dtv

Australien im 19. Jahrhundert. Drei spielende Kinder finden irgendwo im Busch ein schmutzstarrendes Geschöpf, halb Mensch, halb Tier, wie es scheint, halb schwarz, halb weiß. Gemmy Fairley wurde viele Jahre zuvor von der Besatzung eines Schiffes über Bord geworfen und lebte seither bei den Aborigines. Nun hat er sich in die Welt der Weißen zurückkatapultiert. Die Menschen, unter die er fällt, sind Emigranten der ersten Generation, die noch nicht zu Hause sind in diesem Land mit den verkehrten Jahreszeiten, den weiten Horizonten, den Zyklonen und Überschwemmungen. Eine Zeitlang findet Gemmy Unterschlupf bei ihnen. Sie lernen von ihm, er findet seine weiße Vergangenheit wieder. Aber sie betrachten Gemmy auch mit Mißtrauen, halten ihn für einen Spion der allzu fremdartigen Aborigines. Irgendwann gewinnt ihre Feindseligkeit die Oberhand, und Gemmy verschwindet wieder im australischen Busch. Das Leben seiner Pflegefamilie jedoch hat sich durch die Anwesenheit dieses merkwürdigen Jungen verändert … »Ein emphatischer Roman einer unvollendeten Versöhnung, einer tragischen Verfehlung, einer hochherzigen Sehnsucht nach Erkenntnis in Liebe.« (Wolfram Schütte, ›Frankfurter Rundschau‹)

David Malouf wurde 1934 in Brisbane, Australien, geboren. Er schrieb Lyrik, Libretti und Romane. Auf deutsch erschienen ›Das Wolfskind‹ (1987), ›Verspieltes Land‹ (1989), ›Die große Welt‹ (1990) und ›Die Nachtwache von Curlow Creek‹ (1997). ›Jenseits von Babylon‹ wurde 1996 mit dem höchstdotierten Literaturpreis der Welt ausgezeichnet, dem Dubliner IMPAC-Literaturpreis.

David Malouf

Jenseits von Babylon

Roman

Deutsch von Adelheid Dormagen

Deutscher Taschenbuch Verlag

Von David Malouf
sind im Deutschen Taschenbuch Verlag erschienen:
Die große Welt (11905)
Verspieltes Land (12136)

Ungekürzte Ausgabe
Januar 1999
Deutscher Taschenbuch Verlag GmbH & Co. KG,
München

Titel der englischen Originalausgabe:
›Remembering Babylon‹
(Chatto & Windus, London)

Umschlagkonzept: Balk & Brumshagen
Umschlagbild: ›Dreamings‹ (1989) von Pansy Napangati
(Courtesy Gallery Gabriele Pizzi, Melbourne/
© Aboriginal Artists Agency)
Gesamtherstellung: C. H. Beck'sche Buchdruckerei,
Nördlingen
Gedruckt auf säurefreiem, chlorfrei gebleichtem Papier
Printed in Germany · ISBN 3-423-12567-5

Ob dies Jerusalem ist oder Babylon,
wir wissen's nicht.

William Blake, The Four Zoas

Befallen Phantasmen die Seele und Leere,
Nehmen dem Augenlicht
Eine Welt-im-Feuer, da rauchig Meere
Rollen, Blitz den Himmel bricht.

Der Mond wie Blut, der Sonnenstrahl
Gewitterwolkige Nacht,
Die Sterne blauen, dann werden sie fahl,
Und Himmel, beugt Dunkel ihn, macht,
Daß Sonne finstert, den Tag nimmt sie fort –
Wird Sternenlicht wie Himmel sein,
Verlassen erst Erd und Himmel den Ort,
Dann GEDENKST du mein.

John Clare

1

EINES TAGES, in der Mitte des neunzehnten Jahrhunderts, als von Queensland gerade erst die Küste bis zu halber Höhe Richtung Norden besiedelt war, spielten drei Kinder am Rande eines eingezäunten Feldes, als sie etwas Ungewöhnliches bemerkten. Es waren zwei kleine Mädchen in geflickten Ginghamkleidchen und ein Junge, ihr Vetter, in kurzer Hose und Hosenträgern, barfüßige Farmkinder alle drei und nicht leicht zu erschrecken.

Sie hatten wenig Gelegenheit zum Spielen, doch seit einer Stunde waren sie mit einem Spiel beschäftigt, das sich der Junge ausgedacht hatte: das Stück Land mit den lehmverschmierten Steinen und den Ameisenpfaden stellte einen Wald in Rußland dar – sie selbst waren Jäger, die die Spur von Wölfen verfolgten.

Der Junge hatte sich dieses Stück Scheinwelt aus einer Lesebuchgeschichte für Viertkläßler ersonnen; er ging völlig darin auf. Kalte Luft brannte ihm in den Nasenlöchern, Schnee knirschte unter den Füßen; das Gewehr, das er trug, ein ziemlich kräftiger Stecken, hing schwer von seinem Arm. Die Mädchen aber, vor allem Janet, die älter war als er und einen halben Kopf größer, langweilten sich. Was Schnee war, wußten sie kaum, und Wölfe interessierten sie nicht. Sie quengelten und trödelten hinterher, und er mußte seine ganze Phantasie aufbieten, auch seinen Willen, der beharrlich war, um sie bei der Stange zu halten.

Sie hatten einen blauen Kelpie dabei. Er tollte mit heraushängender Zunge durch die Gegend, aufgeregt, weil der Junge so ernst und konzentriert war, gleichzeitig ratlos, weil er nicht herauskriegen konnte, hinter was man eigentlich her war: die Vorstellung von dem, was ein Wolf war, hatte man ihm nicht vermittelt. Er tanzte um die kleine Gruppe herum, manchmal vorneweg, manchmal neben ihr her, schnüffelte dicht am Boden entlang, hob die feuchten Augen in der Hoffnung, Weisung zu erhalten, und von Zeit zu Zeit – er war jung und leicht abzulenken – jagte er den geflügelten Insekten nach, die aufstoben, sobald die Kinder sich näherten, oder einer Heuschrecke, die sich mit gewichtigem Flügelsurren erhob und seitwärts seinen Kiefern entwischte. Dann nahm er plötzlich die Witterung auf. Begeistert aufjaulend schoß er in die Richtung ihres Grenzzauns, und die Kinder, alle drei, wandten den Kopf, um zu sehen, was er gefunden hatte.

Lachlan Beattie fühlte, wie der Schnee zu seinen Füßen dahinschmolz. Er hörte ein schwaches, fernes Rauschen, als fahre Wind einen Tunnel hindurch, und er brauchte einen Augenblick, bis er begriff, daß dieses Geräusch aus seinem Innern drang.

In der ungeheuren Hitze, die alles, was man sah, grell und verzerrt erscheinen ließ, hatte sich ein Teil von dem Sumpfgebiet mit seinen Kohlpalmen, ein Stück von dem Land da drüben, das ihnen verboten war, aus dem Graustreifen abgelöst, der den Horizont des Sumpfes bildete, und kam langgezogen und verschwommen, mehr als wäßrige, hitzeflirrende Luftspiegelung denn als etwas Materielles, auf sie zu getrieben, gesprungen, geflogen.

Ein Schwarzer! Das war der erste Gedanke des Jungen. Wir werden von Schwarzen angegriffen. Nach so vielen falschen Alarmen war es nun soweit.

Die beiden kleinen Mädchen standen gebannt da. Sie hatten den Atem angehalten, einmal schnell Luft geholt, dann vergessen auszuatmen. Auch der Junge war sprachlos, doch faßte er sich schon wieder. Obwohl er sehr blaß um den Mund war, tat er, was sein Mannsein von ihm verlangte.

Sich fest an den Stecken klammernd, machte er beherzt einen Schritt nach vorn.

Aber es war kein Überfall, es gab bloß den einen Feind; und das Ding, soweit er es durch den Schweiß, der ihm in die Augen rann, und bei den flackernden Umrissen erkennen konnte, war womöglich nicht einmal ein Mensch. Die stockähnlichen Beine, an den Gelenken ganz knorrig, erinnerten an einen verletzten Wasservogel, einen Brolga, oder an ein menschliches Wesen, das wie in den Geschichten voller Zaubersprüche und Verwünschungen, die sie sich erzählten, in einen Vogel *verwandelt* worden war, nur halbwegs allerdings, so daß es jetzt, ohne das eine oder das andere zu sein, mit den Flügeln schlagend von dort drüben, jenseits des sumpfigen Niemandslands, auf sie zuhüpfte, aus einer Welt, die Brutstätte all dessen war, was wild war und furchteinflößend und, da sie außerhalb jeder Erfahrung lag, nicht nur der eigenen, sondern auch der ihrer Eltern, Quelle aller Gerüchte von Schreckgespenstern und abergläubischen Vorstellungen und von allem, was dem absoluten Dunkel angehörte.

Ein blauer Fetzen war um seine Mitte geschlungen, von dem Ärmel herunterhingen. Sie baumelten und gaben Zeichen. Aber auch die spindeldürren Arme über seinem Kopf gaben Zeichen, oder sie wehrten Fliegen ab oder eine unsichtbar züngelnde Flamme. Ah, das war es. Es war eine Vogelscheuche, der irgendwie ein Lebensfunke eingehaucht worden war und die von ihrer Stange heruntergestiegen war und jetzt, zerlumpt und fahrig, über die glühende Erde daherstolperte, das lederige Gesicht schwarz verbrannt, aber, wie sie sahen, als sie sich ihnen nahte, mit Haaren, so sonnengebleicht und strohfarben wie ihre eigenen.

Was immer das Ding war, der Junge hatte die Absicht, ihm entgegenzutreten. Standhaft und entschlossen, zwei Schritte vor seinen Kusinen, aber es hätten auch hundert Meter sein können bei der ungeheuren Einsamkeit, die er fühlte, vertraute er auf die Macht der Waffe in seiner Hand, obwohl ihm klar war, daß es ein Ding der Unmöglichkeit war und nur für kurze Zeit wirken mochte, drückte sich den Stecken gegen die Schulter und wich nicht von der Stelle.

Das Geschöpf, jetzt ganz nah bei ihnen, dicht gefolgt von Flash, blieb stehen, gab so etwas wie ein Krächzen von sich, sprang auf das obere Querholz des Zauns und hing dort mit ausgestreckten Armen, als wollte es wegfliegen. Dann spaltete sich der rissige Mund.

»Nicht schießen«, rief es. »Ich bin b-b-britischer Obertan!«

Es war ein Weißer, obwohl man es nach seinem Äußeren nie hätte erraten können. Er hatte das schäbige, halbverhungerte Aussehen eines Schwarzen und, als er mit einem Schrei den Halt auf dem Zaun verlor und ihnen vor die Füße stürzte, auch dessen Geruch, wie totes Sumpfwasser; und er mußte wohl genauso erstaunt wie sie gewesen sein über die Worte, die ihm über die Lippen gekommen waren, denn weitere fielen ihm nicht ein. Er gaffte, grinste, rieb sich die Seite, zuckte zusammen, warf hoffnungslose Blicke um sich, und als er die Sprache wiederfand, klang es wie ein Vorwurf, vielleicht gegen sich selbst gerichtet, ein weinerliches Schwarzenkauderwelsch.

Der Junge war wütend. Die Vorstellung, daß es eine Sprache gab, die er nicht verstand, machte ihm angst. Wenn er dem Mann erlaubte, sie weiterhin zu gebrauchen, würde der sicherlich sehen, wie schwach sie waren, und ihnen gegenüber im Vorteil sein. Ruckartig zielte er mit dem Stecken auf das Herz des Mannes. »Hör auf damit«, schrie er. »Halt die Klappe.«

Der Mann reagierte auf das Wilde im Ton des Jungen und begann herumzukriechen, die Nase im Staub. Der Junge entspannte sich – So ist es besser, dachte er –, und selbst Flash, der jetzt sah, daß der Bursche bereit war, zu kuschen, hörte zu kläffen auf und machte sich daran, dem Fremden die Knie abzulecken.

Der Mann war nicht begeistert davon. Mit kindischem Winseln hüpfte er herum und versuchte, den Hund abzuschütteln. Lachlan war verwirrt und leicht angewidert von diesem so deutlich zur Schau gestellten unmännlichen Verhalten, aber da er zeigen wollte, daß er als Sieger ebenso großmütig wie auch streng sein konnte, rief er Flash zurück. Dem Burschen befahl er mit seiner schroffsten Stimme: »Auf mit dir«, und bald schon hatte sich sein Gefangener in Marsch gesetzt, allerdings humpelnd – das eine Bein war kürzer als das andere. Er wies seine Kusinen an, hinter ihm herzugehen, und in der Glorie seiner neugewonnenen Autorität ließen sie sich führen.

Nach einer Weile begann der Mann zu murren, dann zu brabbeln, als wolle er protestieren, doch als Lachlan ihm den Stecken ins Rückgrat drückte, bewegte er sich schneller und brachte Töne hervor von solch bereitwilliger Unterwürfigkeit, daß dem Jungen das Herz vor Stolz schwoll. Er hatte ganz deutlich das Gefühl, sein Oberkörper wölbe sich von der Magengrube nach oben. Er hatte so etwas noch nie erlebt! Er brachte einen Gefangenen mit. Dazu war er unbewaffnet, hatte nichts als seine dreiste Kühnheit und die Macht seiner Phantasie vorzuweisen.

Und so zog die kleine Prozession dorthin, wo der Vater der Mädchen in der Schlucht unterhalb ihrer Hütte dabei war, einen Baum zu entrinden.

Eine Stunde später hatte sich die Neuigkeit in der ganzen Siedlung verbreitet. Eine Menschenmenge hatte sich schon versammelt, um sich dieses Exemplar von – von was? anzusehen. Was war er?

Sie standen da in der Hitze, die um diese Tageszeit übermächtig war, und gafften.

Ablenkungen waren rar an diesem Ort; selbst der syrische Hausierer machte sich nicht die Mühe, so weit herauszukommen. Sie waren isoliert, weit weg von allem.

Außer den verstreut liegenden Parzellen Land, deren größte vierzig Morgen umfaßte, gehörte zur Siedlung nur ein Laden nebst Postamt, mit rohen Brettern verschalt, samt einer Veranda und davor einem ständig schlafenden Hund, der sich jedoch, sobald er einen Tritt erhielt, erhob, fünf Schritte machte und wieder alle viere von sich streckte.

Dem Laden gegenüber waren ein Wellblechschuppen, eine primitive Kneipe noch ohne Schankkonzession, davor Pfosten zum Anbinden der Pferde und ein ausgehöhlter Baumstamm, der als Trog diente.

Der Bereich dazwischen, der freie Platz, wo sie jetzt standen, war vielleicht Teil einer Straße, denn Pferde und Karren kamen dort vorbei, auch Frauen mit Sonnenhüten gingen hier spazieren und barfüßige Halbwüchsige, die am Abend nichts zu tun hatten und sich auf der Veranda niederließen, die Füße gegen das Geländer gestemmt, um sich derbe Witze zu erzählen, gezieltes Spucken zu trainieren und die Zigarettenstummel in den Trog zu schnipsen, wo sie aufzischten. Es war noch keine Straße und hatte noch keinen Namen.

Der nächste Ort mit eigenem Namen, Bowen, war zwölf Meilen entfernt, doch zwölf Meilen bedeuteten, daß sie nur wenig damit verbunden waren und weniger noch mit dem, womit der Ort verbunden war: der Person in amtlicher Uniform, die ihm seinen Namen gegeben hatte, und der Krone, die er repräsentierte und die sie alle, einen ganzen Kontinent, in ihrer Gewalt hatte.

»Ein häßlicher Kerl, der da, was? Pfui! Der stinkt aber!«

»Taub. Ich schätze, der ist taub.«

»Nein, ist er nicht! Er hat mit mir geredet. Nicht schießen, hat er gesagt, hast du doch? Nicht schießen! Nicht schießen!«

Der Mann, der die Worte als die seinen erkannte, entblößte seine geschwärzten Zähne, die bis zu Stummeln abgewetzt waren, führte unbeholfen ein Tänzchen auf und stand dann dumm in der Gegend.

»Nicht schießen«, wiederholte der Junge und hob den Stock zur Schulter. Eines der kleineren Kinder lachte.

»Mich kennt er«, sagte der Junge. Er war entschlossen, das bißchen Ruhm, das er sich erworben hatte, festzuhalten. »Stimmt doch, was? Was? Mich kennt er.« Mit stürmischem Eifer, der ihn fast atemlos machte, sauste er davon, um Neuankömmlinge abzufangen, stürzte aber immer wieder zurück an die Seite des Mannes, ins Zentrum ihrer Blicke.

Einen Augenblick lang hatte er sich selbst gesehen, wie ihn diese Erwachsenen sehen mochten, noch ein Kind, zwölf Jahre und klein für sein Alter, und er hatte Angst bekommen, weil er erkannte, daß seine Macht vielleicht nicht von Dauer war. Aber schon hatte er sich wieder gefangen – er fing sich immer rasch, so rasch, wie ihn auch seine Anwandlungen von Mutlosigkeit überkamen –, und erneut beflügelte ihn das Erregende an der ganzen Geschichte. Die Luft um ihn herum knisterte. Er tat sich hervor. Immer wieder, in Worten, die ihn jedesmal, wenn er sie wiederholte, das Ereignis in einem helleren, aufregenderen Licht sehen ließen und sich selbst auch, erzählte er, wie es passiert war: wie der Bursche zum Zaun gestürmt kam, »als wär ein Heer von Teufeln hinter ihm her«, und seine Worte, als er auf den Zaun hinaufgesprungen war.

Die Worte waren es, die für den Jungen am meisten zählten. Indem sie den Stecken, den er in der Hand hielt, in das verwandelten, was seine Geste damit beanspruchte, hatten die Worte auch ihn verwandelt, und er wollte jetzt nicht zurückverwandelt werden. Solange er weiterredete, dachte er, und die anderen ihm zuhörten, würde das nicht passieren.

Janet McIvor, die auch dort gewesen war und alles, was vorfiel, gesehen hatte, wenn anscheinend auch niemand sich für ihre Version interessierte, war überrascht, daß er so ungestraft davonkam; ihr Vater war nicht immer so nachsichtig. Aber er und ihre Mutter schienen wie die anderen von Ehrfurcht ergriffen und gafften bloß. Keiner von ihnen hatte auch nur das Geringste getan, um ihn auf den Boden der Wirklichkeit zurückzuholen.

Tatsächlich hatte das ungewöhnliche und unerwartete Ereignis ihnen den sonst so vertrauten Jungen, der eine ganz wichtige Rolle dabei beanspruchte, fast so fremd werden lassen wie diesen Mischling oder Entlaufenen. Etwas Beeindruckendes und Geheimnisvolles verlieh den beiden Gestalten, Lachlan Beattie nicht weniger als dem strohblonden, halbnackten Wilden, eine Dimension von Unnahbarkeit. Also ließ man den Jungen einfach gewähren, bis seine Tante, die ihn noch nie in einem solchen Zustand gesehen hatte, wie er da gleich einem Schauspieler auf der Bühne einmal dahin, dann wieder dorthin flitzte, aus Angst, er könnte direkt vor ihren Augen in die Luft fliegen, ihm sagte, er solle sich um Gottes willen beruhigen, und sein Onkel, wie aus einem Traum erwacht, eingriff und ihm eins hinter die Ohren gab.

Der Junge schaute um sich, die Augen endlich weit offen, rieb sich die Seite des Kopfes, wo die Hand seines Onkels aufgetroffen war, und war nun wieder bloß ein drahtiges zwölfjähriges Bürschlein. Der Flüchtling, vielleicht doch nur irgendein Einfaltspinsel, wie sie nun dachten, erschrak über diesen Ausbruch und begann zu stöhnen.

»Ich und Meg, wir haben ihn auch gefunden, nicht allein Lachlan«, warf Janet McIvor ein, die Gelegenheit beim Schopfe packend, aber niemand beachtete sie. »Und eigentlich war's Flash.«

»Ach du meine Güte, Mädchen«, sagte die Mutter zu ihr, »fang du nicht auch noch an.«

Unterdessen stand der Mann wartend da. Wartete auf was?

Darauf, daß jemand etwas unternahm.

Aber wie *konnte* man denn etwas unternehmen mit dem seltsamen, verstörten Kerl, der außer dem, was Lachlan ihn hatte rufen hören, kein einziges englisches Wort kannte, dem man einen Sinn entnehmen konnte; eine klägliche, trübäugige, mißgebildete Figur, der reinste Zappler, der sich über sie zu wundern schien – als wären *sie* hier die Kuriosität – und ständig lachte und blinzelte.

Er war ein Mann, der offensichtlich viel Unbill erlitten hatte. Auf Brust und Armen hatte er Brandnarben, weil er wohl einmal in ein Lagerfeuer gerollt war, und es gab Anzeichen dafür, daß er irgendwann einmal übel zugerichtet worden war. Eine Augenbraue fehlte. Merkwürdig, wie unwichtig Augenbrauen doch sind, solange man zwei davon hat. Es gab seinem Gesicht etwas Verlaufenes. Er hatte den verblüfften, halb erwartungsvollen Ausdruck eines Köters, der oft geschlagen worden ist, sich aber in nie versiegender, törichter Hoffnung immer noch der Welt zuwendet, die ihm Essensreste zuteilt wie auch Schmerzen.

Seine Gelenke waren geschwollen, und ein Bein war kürzer als das andere und ein wenig verbogen. Wenn er sich erregte, wurden seine Bewegungen fahrig, als würde er an Schnüren gezogen, von denen eine oder zwei gerissen waren. Er verzog das Gesicht, grinste, sah interessiert drein, dann, wenn sein Mut sank oder seine Konzentration nachließ, verstummte er und schaute um sich, als wüßte er mit einemmal nicht, wie er hierhergelangt war und wo er sich eigentlich befand.

Über das Land, aus dem er entwichen war, wußten sie nichts. Selbst im vollen Sonnenlicht blieb es undurchdringlich dunkel.

Nach Norden hin, beginnend mit dem letzten eingezäunten Stück Erde, erstreckte sich Sumpfgebiet, von Vögeln bewohnter Morast; dahinter, wo sich der mächtige Rücken des Dividing Range in Kämmen und Nebelbänken erhob, gab es Regenwald, der von träge fließenden Flüssen durchzogen war.

Auch das Land im Süden war unbekannt. Die Besiedlung erfolgte in Froschsprüngen von einem kleinen Küstenort zum nächsten. Dazwischen erstreckten sich Gebiete, die kein Weißer je betreten hatte. Das war schon beunruhigend: daß sich hinter einem wie vor einem unbekanntes Land befand. Wenn das Zischen der Lampe erstarb, versank die Hütte in Schweigen. Das Murmeln eines Kindes im Schlaf vermochte es vielleicht noch für einen Augenblick lang menschlich zu machen oder das Rascheln von Stroh; was aber zurückblieb, wenn der letzte Schläfer Ruhe gefunden hatte, war die grenzenlose Nacht, dicht über der Erde gelagert. Man lag da und lauschte dem Krachen von Tieren durchs Unterholz, dem Knacken eines entrindeten Baumes, wie wenn ein Knochen bräche, draußen auf dem eingehegten Feld, dann dem dumpfen Getöse, wenn er umstürzte; oder irgendeinem anderen, nicht zu identifizierenden Geräusch, lauter, weiter fort – ein Ereignis in der Geschichte des Landes, nicht Teil der eigenen Geschichte. Das Gefühl, versenkt und in den Tiefen des Landes versteckt zu werden, aber auch verloren zu sein, war dann sehr stark.

In ihrem ganzen Leben hatten sich die meisten von ihnen, bis sie hierherkamen, nie aus der Sicht- oder Hörweite eines Dorfkirchturms hinausgewagt, der, während sie sich bückten, um die Garben zusammenzutragen und gegeneinanderzulehnen, immer dastand, wenn sie hochsahen, und den Horizont hinter einem Hügel oder über freien Feldern brach.

Hier draußen war ihnen sogar der Boden unter den Füßen fremd. Er war nie gepflügt worden. Man mußte wieder von vorne erlernen, wie man mit dem Wetter umging: heftige

Wolkenbrüche, wenn in wenigen Augenblicken all die freigelegte Ackerkrume zu schlammigen Rinnsalen und all die kleinen ausgetrockneten Bäche in der Umgebung zu wilden Strömen wurden; Wirbelstürme, die ganze Bäume an den Wurzeln herausreißen konnten und einen Schuppen, der zu locker verankert war, mühelos davonsegeln ließen, wobei seine Wellblechplatten gegeneinandergeneigt zusammenstürzten, die Luft zerschnitten und im Wind sangen. Und überall, vorne und hinten, schlimmer als Wetter und tiefste Nacht, die Eingeborenen, Stämme von umherwandernden Wilden, die bei ihren Streifzügen in alle Richtungen auf der Landkarte ständig Grenzen übertraten, auf denen man bei Tageslicht bestehen konnte – eine gute Schrotflinte sorgte dafür –, aber in den dunklen Stunden, wenn man nicht mehr wie ein lebender Markierstein mit all der glanzvollen Machtvollkommenheit eines Weißen zur Stelle war, wurden sie wieder zu einem Flußbett oder einem Granithügel wie andere auch, und nichts deutete darauf hin, daß sechshundert Meilen entfernt dieses Stück Land auf dem Grundbuchamt in Brisbane einen Namen in einer numerierten Urkunde erhalten hatte und eine Grenzlinie eingetragen worden war, die mit der ganzen Autorität des Gesetzes ausgestattet war.

Am beunruhigendsten war das Wissen, daß nur drei Jahre zuvor genau dieses Fleckchen Erde, auf dem man stand, zur anderen Seite der Dinge gehört hatte, Teil des Unbekannten war und trotz ihres ständigen Kommens und Gehens, trotz des Schweißes, den man auf den ein oder zwei Morgen gepflügten Bodens hatte fließen lassen, einen Rest von Geheimnis haben mochte, im Urwaldunterholz zwischen den Feldern und in farnbestandenen Stellen fern der Sonne. Grund genug, daß man in dem Land, sobald man es schaffte, jede Spur der naturhaften Ursprünglichkeit tilgte; die Bäume entrindete, Lichtungen schlug und es zu dem verwandelte, was es zu guter Letzt ein wenig heimatlich machen würde.

Von diesem Standpunkt aus blickte die kleine Schar von Siedlern, die sich zu dieser ungewöhnlichen Tageszeit versammelt hatte, dem schwarzen Weißen entgegen, den die Kinder hergebracht hatten.

Nach und nach trat im Laufe des Nachmittags eine Erklärung zutage – aber nur ganz langsam. Sie hatten keine Eile, Dinge zu entscheiden und einem Ereignis ein Ende zu setzen, das soviel an Wundersamem bot und zudem auch noch derart unterhaltsam war.

Sein Name war Jimmy oder Gemmy, je nachdem, wie man es verstand (am Ende des Tages hatte man sich für Gemmy entschieden, und so redeten sie ihn vertraulich an), und sein Familienname lautete Fairley oder Farrelly. Sechzehn Jahre zuvor, als er nicht viel älter als Lachlan Beattie war, war er aus einem Schiff über Bord geworfen worden und hatte seitdem im Buschland zum Norden hin bei den Schwarzen gelebt. Dies alles machte er ihnen teils mit Zeichen, teils mit Worten verständlich, die er bei Bedarf herausbrachte, aber derart verdreht, wie er da summte, johlte, Speichel ausspie und sich abmühte, sie über die Lippen zu bringen, daß sie lieber die begleitenden Zeichen zu erkennen suchten. Zu erraten, was er damit meinte, wurde zum Spiel und schließlich, als sie sich dieser ungewohnten Fröhlichkeit hingaben, zum lärmenden Volksfest.

Gelegentlich blitzte im matten Licht eine Einhegung mit all den bandagierten Baumstümpfen und knochenweißen Geweihästen Farbe auf, Rot, Blau oder Gelb, und es kam dann wohl einem Mann, während ihm leichter ums Herz wurde, auf freilich beunruhigende Weise in den Sinn, daß ein Land, das meist des Teufels war, manchmal auch etwas Spielerisches haben konnte; daß es hier vielleicht Türen gab, bisher noch unentdeckt, die in eine hellere Welt führten. Etwas davon war auch in diesem Ereignis, wie sie, sie als Gruppe auf der einen Seite, Jimmy oder Gemmy auf der anderen, sich den Schädel kratzten, sich von einem zum anderen wandten und wie er Zeichen machte, mit den Lippen Worte formte, den Kopf schüttelte, wenn sie es wieder nicht begriffen, bis einer aus ihrer Runde, schneller als der Rest oder verwegener, sich meldete und sagte: »Also, ich weiß ja nicht. Vielleicht ist er eine Leiter rauf. Hat Kirschen gepflückt. Oder Hopfen – wie wär's mit Hopfen?«

Die anderen spotteten: »Sei nicht so blöd, Jack, das kann's doch nicht sein. Was für ein Dummkopf! Hört euch den Dussel an! Hopfen!«

Berichtigungen wurden vorgenommen, neue Vorschläge gemacht, und nach reichlichem Diskutieren einigten sie sich endlich untereinander auf etwas, das einen Sinn ergab.

»Ein Schiff! Er war Matrose.«

»Irgendwas hat ihm Angst eingejagt.«

»Nein, ich hab's, Fieber! Er will sagen, er war krank.«

Einige der Jüngeren, richtige Flegel, nicht leicht im Zaum zu halten, waren so feierlich bei der Sache, als wäre das Ratespiel eine Prüfung. Begierig darauf, recht zu haben, wetteiferten sie miteinander, gerieten in Rage, schrien; und mußten sie eine Niederlage einstecken, bekamen sie einen verbissenen Zug um den Mund und schmollten. Andere fanden es eine schöne Gelegenheit herumzualbern.

Kinder, die solche Zusammenkünfte nur sonntags in der Kirche erlebt hatten und bei den von Mr. Frazer, ihrem Geistlichen, organisierten Versammlungen, bei denen sich ihre Eltern, eingezwängt von Kragen, Bindern, Häubchenbändern, Knöpfen, steif und eingeschüchtert verhielten, staunten nun über soviel Leichtfertigkeit. Nie hätten sie sich vorstellen können, daß ihre Väter, auch ihre Mütter, so herumschrien und johlten.

Inzwischen war der Mann dabei, imaginäre Segel zu hissen, blies die Wangen auf, verdrehte die Augen nach oben und schüttelte seine Handgelenke in dem Drang, ihnen etwas begreiflich zu machen. Er zog die Brauen zusammen und stieß Zischlaute durch die Nasenlöcher aus, während er auf einen Vorschlag von ihnen wartete, und wenn sie einander anblickten, den Mund nach unten zogen und immer noch nichts begriffen, geriet er schier außer sich vor Verzweiflung.

In seinem Wunsch, die Erwachsenen zu beeindrucken, hatte er sich von Lachlan abgewandt; wie er nun aber sah, daß der Junge zu denen gehörte, die am schnellsten errieten, was er meinte, kam er auf das zurück, was er als Affinität zwischen ihnen betrachtete. Aus Respekt vor den Erwachsenen machte er die Zeichen immer in ihre Richtung, doch wenn sie nichts begriffen, wandte er sich an Lachlan; oder jemand aus der Menge tat es. »Was ist es, Kleiner? Was will er sagen?«

Der Junge, der seine Macht in einer neuen Form wiederhergestellt sah, war entschlossen, soviel wie möglich daraus zu machen.

Da seht ihr's, verriet die Linie seines Mundes, wenn der Kerl wieder einmal lachte und seiner Schlauheit mit einem Schlag auf den Schenkel Tribut zollte, ich hab's euch gesagt, ich war's! Oder er hielt sich absichtlich zurück und ließ die anderen warten, legte sein Gesicht in Falten und tat, als wäre er um eine Antwort verlegen, damit er dann, indem er einen Triumphschrei ausstieß und sich mit den Fingerknöcheln an den Schädel tippte angesichts der eigenen Dummheit, desto dramatischer eine Antwort präsentieren konnte. »Bist ein schlaues Kerlchen!« zischte ihm einer der älteren Burschen ins Ohr.

Aber schließlich schien dem Mann nichts Handfestes mehr einzufallen. Er schaute unsicher um sich; dann, als Beweis für das, was er behauptete, riß er das Tuch weg, das er um den Leib trug, und hielt es ihnen entgegen. Kichern und verlegenes Räuspern, als einer der Männer, Ned Corcoran, sich des Lumpens bemächtigte und ihn vorsichtig beäugte.

Es waren die Reste einer Jacke. Salzverkrustet und steif

vor Schmutz, war sie einst blau, vielleicht königsblau, gewesen und zeigte noch Spuren davon.

Ned Corcoran runzelte die Stirn. Was sollte er mit dem Ding anfangen? Er hielt es auf Armeslänge von sich und überreichte es dem Nächststehenden. Auch der untersuchte es und gab es weiter. Eine der Frauen, der man das stinkende Bündel anbot, rümpfte die Nase und wandte sich ab. Gemmy hatte mit gefurchter Stirn begonnen, auf einem Bein herumzuhüpfen, und stieß leise Klagelaute aus.

»Er will es zurück«, sagte eines der kleineren Mädchen träumerisch und aus eigener Erfahrung, und dann sah es weg, plötzlich verschüchtert, weil es den Mund aufgemacht hatte.

»Er will's wiederhaben. Das Kind hat recht. Gib's ihm zurück.«

Jock McIvor, in dessen Hände der Lumpen geraten war, gab ihn zurück, und der Kerl grinste und drückte ihn an die Brust, machte aber keine Anstalten, ihn wieder dorthin zu tun, wo er am dringendsten nötig gewesen wäre. Das war zuviel für Jim Sweetman. »Um Himmels willen, Mann«, explodierte er, »bedecke dich.«

Jim Sweetman, ein ehemaliger Hufschmied, war ein Mann, der viel Respekt unter ihnen genoß. Er war groß und ernst und trug bei jedem Wetter eine Flanellweste, aus der sich grauer Draht kringelte. Er mißbilligte lästerliche Worte und benutzte selbst nur einen einzigen Fluch: »Sapperment«, tanzte aber mit der Behendigkeit eines Mannes, der nur halb so schwer und so alt war wie er, und oft sah man ihn, wie er, seine dreijährige Enkelin auf dem Arm, die Kleine zu Walzerklängen herumwirbelte. Er drängte seine Autorität nicht auf, und nie kam ein Wort des Tadels über seine Lippen, aber es gab nur wenige unter ihnen, die nicht vor dem Bild zurückschreckten, das sie von sich bekamen, wenn Jim Sweetman, eher mit traurigem Blick als verächtlich, sie einen Moment lang fixierte und sich dann bedauernd abwandte.

Am Ratespiel teilgenommen hatte er nicht – auch kein Vergnügen daran gefunden. Ein Haufen erwachsener Männer und Frauen, die herumtrödelten, schrien und lachten, während ein einfältiger Wilder, ein Hampelmann oder Geistesschwacher, herumhopste und sich vor ihnen aufspielte. Und das alles splitternackt! Schlimm genug, wenn er war, was er zu sein schien, ein armer Wilder; war er aber ein Weißer, war es entsetzlich. »Gebt dem Burschen was Anständiges zum Bedecken«, donnerte er, als klar war, daß niemand sonst die Notwendigkeit gesehen hatte oder bereit war, dem Spektakel eine Weile zu entsagen, um Abhilfe zu schaffen. Rot vor Scham riß er dem Mann den Lumpen aus den Händen, warf ihn ihm dann wieder zu, deutete, schaute dann weg. Der Mann strahlte. Willfährig knotete er sich das Ding um die Taille, doch es machte keinen großen Unterschied.

Aber gleich danach war er bei einem neuen Spiel. Er hatte etwas anderes vorzuführen.

Er schlug sich mit der flachen Hand auf den Kopf und schrie »K-K-Kopf«, sah dann erschrocken drein, als wäre ihm das Wort gegen seinen Willen entschlüpft. Sie schauten zu, warteten auf mehr, aber er mußte innehalten.

Es war das Stottern. Es gehörte zu jemandem, den er längst verschwunden, verloren geglaubt hatte, und nun kam es ihm wieder über die Lippen. Es war in dem Moment oben auf dem Zaun zurückgekehrt, als er zum erstenmal Wörter in seiner englischen Sprache gefunden hatte. Eine Schwäche, die vielleicht nicht zu trennen war von der Sprache selbst. Das entmutigte ihn etwas. Es bedeutete einen Rückschritt. Aber er schluckte mehrmals und kämpfte dagegen an.

»Nase«, brüllte er, faßte sich an die eigene und lachte laut über die Leichtigkeit, mit der er das Wort gefunden und herausgebracht hatte. »Arm! M-M-Mund! Ohr!« Er schrie jetzt mehr zum eigenen Vergnügen, als um irgend etwas zu beweisen, wie berauscht von dem, was da aus ihm drang.

Es war, als sei die Sprache dieser Menschen eine Atmosphäre, in der sie sich bewegten. Allein in ihrer Nähe zu sein gewährte ihm Zutritt. Er atmete die Atmosphäre ein aus der Luft zwischen ihnen, griff sich die Wörter wie Knöpfe von ihren Hemden oder einzelne Haare aus ihren Bärten. »B-B-Bart«, schrie er – da hatte es ihn wieder, und es würde nicht verschwinden –, »Fuß«, er hob dabei einen Fuß hoch und tanzte unbeholfen auf dem anderen; dann brachte er das, was, wie er wußte, die komische Seite der Dinge war, ins Spiel, sagte »Arsch« und schlug sich auf den mageren Hintern.

Ein paar Kinder lachten und schlugen sich die Hand vor den Mund, ganz Auge. Die kleinsten unter ihnen, die jungen, dünnen Gesichter ernst und aufmerksam, schauten hoch, um festzustellen, wie ihre Eltern das aufnehmen würden, und als niemand protestierte, fragten sie sich, ob neue Regeln in Kraft getreten waren und ob das Erscheinen dieses Schwarzen der Anfang von etwas bedeutete.

Und nun, erregt und voller Tatendrang, stürzte er sich in die Menge, und bevor jemand es verhindern konnte, hatte er einem der Zuschauer einen Hammer entrissen, Hec Gosper, ein grobschlächtiger junger Mann mit Hasenscharte, der im ersten Schrecken und weil er argwöhnte, es handele sich um einen tückischen Angriff, wie er typisch für die Eingeborenen war, den Fehler beging, ihn ihm wieder entwenden zu wollen. Der Kerl war stärker, als er aussah; er hielt fest, und es kam zu einem Handgemenge. Sie rangen um den Hammer, zerrten hierhin, dorthin, bis einige Umstehende lärmend Partei ergriffen und Hector, verwirrt und im Bewußtsein, daß man sich über ihn lustig machte, aufgab.

Ein fröhlicher junger Mann, doch sehr empfindlich hinsichtlich seiner gesellschaftlichen Stellung, hatte er das Gefühl, von den anderen im Stich gelassen worden zu sein. Einige hatten nämlich Partei für den Schwarzen ergriffen.

Er stand da mit hinten hochgerutschtem Hemd und fuhr sich mit dem Vorderarm über die Stirn. Die Hasenscharte bedeutete, daß er in der Vergangenheit hart hatte kämpfen müssen, um nicht verspottet zu werden. Er war jetzt aufgebracht, weil sein zufälliges Erscheinen am Schauplatz mit dem Hammer in der Hand ihn erneut zur Zielscheibe des Spotts hatte werden lassen. Mit grimmiger Geste stopfte er sein Hemd zurück in die Hose und rührte sich nicht vom Fleck, in Gedanken noch bei der erlittenen Kränkung.

Doch anscheinend hatte der Mann nichts anderes vor, als zu zeigen, daß er wußte, wie das Ding benutzt wurde. Einen imaginären Nagel geziert zwischen Zeigefinger und Daumen haltend, hob er den Hammer und demonstrierte, wie man ihn einschlug.

»Ein Nagel«, schrie jemand, dem nicht klar war, daß das frühere Spiel vorbei war.

Der Mann schlug einen zweiten Nagel ein, wonach er mit zufriedenem Ausdruck und großer Feierlichkeit dem beleidigten Besitzer sein Werkzeug zurückerstattete und dem jungen Mann noch einen freundlichen Klaps auf die Schulter geben wollte.

»Rühr mich bloß nicht an«, zischte der Junge und stemmte ruckartig den Ellenbogen unter das Kinn des Niggers.

Die Einzelheiten seiner Geschichte wurden am nächsten Nachmittag aus Fakten zusammengesetzt, die so, wie er sie erzählte, aus der richtigen Reihenfolge gerissen worden waren, und da es so viele Erinnerungslücken gab und so viele Verschiebungen zwischen dem, was er ihnen mitzuteilen suchte, und den wenigen Wörtern, die er von seiner ursprünglichen Sprache wiederfand, konnten sie später nie sicher sein, wieviel davon real war und wieviel sie selbst aus ihnen schon bekannten Geschichten beigesteuert hatten, denn er war keineswegs der erste Weiße, der einfach so aufgetaucht war, nachdem er eine Zeitlang bei den Schwarzen verbracht hatte.

Es war der Geistliche, Mr. Frazer, der ihn im stickig heißen einzigen Raum der kleinen Schule ausfragte, und der Schulmeister George Abbot hielt es schriftlich fest.

Nachdem der Mann in eine Bank in der ersten Reihe gequetscht worden war, setzte sich Mr. Frazer ihm gegenüber. George Abbot saß auf seinem üblichen Platz am Pult auf dem Podium vor der grünlichen Wandtafel, die wolkig von Kreidestaub und mit dividierten Summen bedeckt war.

In der ersten halben Stunde durfte Lachlan Beattie assistieren. Da es zu einer Art Verständigung zwischen dem Mann und seinem ersten Dolmetscher gekommen war, dachte Mr. Frazer, die Dinge könnten vielleicht leichter laufen, wenn er dabei wäre. Aber der Junge spielte sich dermaßen auf, immer bereit, zu unterbrechen, zu widersprechen und das Verfahren weitgehend an sich zu reißen, daß George Abbot, der fünf Tage in der Woche mit ihm fertig werden mußte und nicht willens war, Geduld zu üben, ihm befahl, stillzusitzen und nur zu reden, wenn man ihn dazu aufforderte. Selbst Mr. Frazer war schließlich der Meinung, es sei wohl besser, wenn er zu seinen Kameraden zurückkehre. Die, begeistert von allem, was einem Spektakel ähnelte, lungerten scharenweise auf der Veranda herum, drängelten und schubsten sich im Fensterrahmen, sobald die Ereignisse im Innern etwas dramatischer zu werden versprachen.

Tief gedemütigt angesichts so vieler Zeugen, die nur zu froh waren, mitzuerleben, wie er geduckt wurde, zog Lachlan ab, doch tröstete er sich mit dem Gedanken, daß sie, indem sie ihn fortschickten, sich der einzigen Möglichkeit beraubt hatten, die Wahrheit herauszubringen. Er allein hatte bis jetzt begriffen, was der Kerl auszudrücken suchte. Nun beobachtete er das Ganze vom Fenstersims aus, grinste ein bißchen verächtlich über die falschen Vermutungen des

Geistlichen, deren es viele gab, und empfand Genugtuung, wenn er ab und zu von Gemmy einen leidgeprüften, flehenden Blick auffing, den er, schulterzuckend, genötigt war, zu ignorieren.

Das Problem war, daß Gemmy in seinem kindlichen Eifer, Mr. Frazer alles zu liefern, was auch immer dieser hören wollte, sich auf jeden Vorschlag stürzte und, sobald seine eigenen spärlichen Mittel erschöpft waren, nur zu erfreut war, daß Mr. Frazer die Worte für ihn fand.

Mr. Frazer war der Meinung, daß er aufgrund des beträchtlichen Mitgefühls, das er für den Mann empfand, intuitiv und unfehlbar wußte, was der andere mühsam herausbrachte. Wenn der arme Bursche die Stirn runzelte, auf den Lippen kaute, stockte und sichtlich Qualen litt, bot Mr. Frazer, den Körper ganz nach vorn gekrümmt, bis er praktisch in den Mund des Mannes hineinatmete, Silben an, Wörter, alles, bloß um den Kummer, den er angesichts von Gemmys Kummer fühlte, zu lindern, so daß sie beide zuweilen nur wenige Zentimeter voneinander entfernt dasaßen und sich lautstark anschrien; von Gemmys Seite kamen seltsame Lautexplosionen, bestenfalls unzureichende Wortbedeutungen; von der anderen Seite ganze Sätze, die, ob sie nun genau trafen, was der Mann meinte, oder nicht, in George Abbots Aufzeichnungen eingingen.

»Ja, Sir, ja, das ist es«, stammelte Gemmy, froh, daß er es so gut hingekriegt hatte, weil der Geistliche sich freute, und Mr. Frazer sah erleichtert aus, wenn sie wieder eine Strapaze hinter sich gebracht hatten, und sagte: »Fein, ich dachte, das könnte es sein.« Die Spitze des Zeigefingers auf die fleischige Stelle zwischen den Nasenlöchern gelegt, grübelte er einen Augenblick lang und gab George dann das Zeichen, die Feder einzutauchen und zu schreiben.

George Abbot, in Jacke und Binder, die Nase vom Sonnenbrand geschält, war erst neunzehn Jahre alt; er ärgerte sich über die Rolle, die in dieser Pantomime zu spielen ihm aufgezwungen war, und zwar um so mehr, als Mr. Frazer in seinen Augen ein arger Dummkopf war. Er hatte das Gefühl, daß seine Autorität untergraben wurde, indem er bloß als Schreiber fungierte, und das auch noch vor den Augen seiner eigenen Schüler. Wenn sie in der Fensteröffnung auftauchten und sich durch strenge Blicke nicht zum Schweigen bringen ließen, spürte er, wie er in Wut geriet, und gern hätte er eingegriffen, um Ordnung zu schaffen; Mr. Frazer war ein Mann, der keinen Respekt einflößte. Aber er traute sich nicht, den älteren Mann herauszufordern, verachtete sich deswegen und ärgerte sich um so mehr über die Veranstaltung.

Es war heiß unter dem Dach. Und er neigte zum Schwitzen. Er hakte einen Finger unter den Kragen, fuhr daran entlang, um ihn zu lockern, und während Mr. Frazer wieder einmal seine Fragen stellte, sich den Kopf zermarterte und soufflierte, der Mann die Zähne und seine knotigen Finger zusammenpreßte und herumdruckste, ließ er den Blick über die vielen Köpfe in der Fensteröffnung zu der wie betäubt daliegenden Landschaft schweifen und träumte sich in ihr Inneres.

Wenn einer seiner Schutzbefohlenen das tat, warf er ihm gezielt ein Stückchen Kreide an den Kopf, dann ließ er den Übeltäter, der sich die schmerzende Stelle rieb und finster unter seiner fettigen Topffrisur hervorstarrte, mit dem Gesicht zur Wand hinknien.

Es gab niemanden, der hier Kreide nach ihm warf. Jung genug, um wie seine Schüler mit Schläfrigkeit auf die stickige Hitze zu reagieren und auf die schwere und beengende Kleidung, besonders das dicke Tuch zwischen seinen Schenkeln, merkte er, daß ihm Mr. Frazers Stimme entglitt. Das Rauschen seines Bluts war seltsam eins mit dem Flimmern der Landschaft da draußen und dem Schrillen der Insekten, ein Geräusch, so stetig, so gedämpft und doch hartnäckig in diesen Spätsommertagen, daß es die Sinne einlullte und einem unweigerlich den Boden unter den Füßen entzog –

»Sind Sie bereit, George? George?«

Er fuhr zusammen.

»Jawohl, Sir.«

Er holte ein Taschentuch aus der Manschette, wischte sich den Handballen, steckte es dann verknittert zurück, tauchte die Feder ein, und mit einem amüsierten Blick auf das glückliche Paar, das für den Augenblick das Schreien und Stammeln eingestellt hatte, beugte er den Hals, um sich seiner Aufgabe zu widmen. Sobald ein Blatt vollgeschrieben war, reichte er es dem Geistlichen, und während Mr. Frazer es auf Armeslänge von sich hielt und durchlas, sah Gemmy blinzelnd zu.

Sie kamen zum dritten Blatt, und solange Mr. Frazer es leicht murmelnd überflog, tat George Abbot, als prüfte er seine Feder. Ein Lächeln spielte auf seinen Lippen.

Aus Langeweile, aber auch um sich von der Veranstaltung zu distanzieren und um, allerdings nur vage und indirekt, seine Verachtung zu bekunden, die er angesichts der Selbstgefälligkeit des Geistlichen empfand, hatte er in das, was er gerade aufgezeichnet hatte, ein paar eigene Wendungen einfließen lassen.

Verborgen in Mr. Frazers pompösen Satzperioden, waren sie eine Behauptung seiner Person, seiner Unabhängigkeit, seiner Weigerung, bloßes Werkzeug zu sein. Er wartete ab, ob Mr. Frazer es bemerkte. Als das nicht geschah, nahm er sich vor, das nächstemal kühner vorzugehen. Der Kobold der Erfindung regte sich munter in ihm, und was er jetzt hinzufügte, waren keine abgeänderten Formulierungen, sondern veränderte Fakten – nichts Krasses. Der Gedanke, diese kleinen Unwahrheiten absichtlich all dem hinzugefügt zu haben, was nichts als Spekulation des Geistlichen war, um nicht zu sagen, sentimentale Phantasie, entsprach seinem Sinn fürs Absurde; er freute sich darüber, selbst wenn er der einzige bliebe, der davon wußte. Auf diese Weise machte er die Veranstaltung ein wenig zu der seinen, nahm seinen Platz darin ein und verbarg sich als ein skeptischer Schatten an dieser und jener Stelle im Kolonialmärchen des Geistlichen.

Nachdem das Ganze beendet war und Mr. Frazer die sieben Seiten gelesen und zufrieden genickt hatte, forderte er Gemmy auf, der sich fast den Hals verrenkt hatte, um dem Verfahren zu folgen, die Blätter zu nehmen und sie zu berühren; aus dem Gefühl heraus – einem seltsamen Gefühl, wie George fand, aber der Geistliche hatte nun einmal diese seltsamen Anwandlungen –, daß der Mann, wenn er das tat, vielleicht ein wenig von dem verstehen würde, was sie hier gemacht hatten und was die sieben engbeschriebenen Seiten darstellten.

Zu Georges großer Belustigung hatte Gemmy, als er die Blätter empfing, einen feierlichen Ausdruck angenommen, ganz ähnlich demjenigen Mr. Frazers; er mischte die Blätter nach Belieben, hielt sie dann wie Mr. Frazer auf Armeslänge von sich und machte ernsthaft kleine Hm-Laute, die seine Zustimmung ausdrücken sollten, erst eine Seite überfliegend, darauf die nächste. Nachdem dieses Ritual vorbei war, hob er die Blätter an die Nase und roch daran, hätte womöglich auch daran geleckt und sie sogar hinuntergeschlungen, wäre Mr. Frazer nicht eingeschritten. Er sah verblüfft aus, als Mr. Frazer ihm die Blätter behutsam abnahm.

Stumm beobachtete Gemmy nun, während seine Zunge sich schüchtern im Mundwinkel blicken ließ, als könnte er eigentlich nur mit ihrer Spitze richtig sehen, wie das Bündel Papier in der Jackentasche des Geistlichen verschwand, schaute unverwandt, vielleicht im Glauben, daß der Zauberakt, den sie hier vorgeführt hatten, noch nicht vorbei war und Mr. Frazer seine Blätter schwungvoll wieder aus seiner Tasche befördern könnte, diesmal jedoch in Gestalt eines fetten weißen Täubchens oder einer Reihe bunter Taschentücher.

Dies war die Vorstellung des Lehrers, nicht die Gemmys, traf aber genauer zu, als er ahnte. Um Zauberei, wie Gemmy sie verstand, hatte es sich im Kern bei dieser Sache gehandelt.

Er wußte, was Schreiben war, hatte selbst aber nie gelernt, wie es ging. Während er die Blätter angefaßt, sie hin und her gewendet und den besonderen Geruch, der ihnen anhaftete, aufgenommen hatte, drängte sich sein ganzes Leben in seiner Kehle – Tränen, auch ein Anflug von Lachen –, und unendliche Dankbarkeit erfüllte ihn. Er hatte ihnen gezeigt, was er war. Er war erkannt. Ließe man ihn mit den Blättern allein, um nachzudenken und zu schnuppern, könnte vielleicht alles, was er wirklich war, *Gemmy*, zu ihm zurückkommen, und er überlegte, während er an sein Leben dachte, das von der Bildfläche verschwunden war und dort in der Tasche des Geistlichen steckte, wie er es wiederergattern konnte.

Es überraschte ihn nicht – das war das Wesen der Zauberei –, daß alles, was ihm widerfahren war, Glück und Unglück, der viele Schweiß und die vielen Qualen, die zurückgelegten Entfernungen, die abgenagten Knochen, die Nächte mit eisigem Tau und die Träume, die Träume – daß alles, was er während des langen Nachmittags flüchtig gesehen und wiedererkannt hatte, was er gesehen hatte und wovor er zurückgeschreckt war, was er hatte sagen wollen, ohne daß es ihm geglückt war, jetzt auf das beschränkt sein sollte, was ein Mann in der Hand halten und in seine Tasche gleiten lassen konnte; ein paar Blätter, in denen er, wenn er nur erkennen könnte, wo zwischen den Schnörkeln sie sich befanden, vielleicht Willett mit seinem borstigen roten Haar und die Ratten, ja, und eigentlich, fiel ihm jetzt ein, auch den alten Crouch wiederfinden könnte und seine Tochter, den Wassergeist – hatte er das erwähnt? Mosey und den Iren jedenfalls nicht. Er wollte sie nicht da drin haben. Nicht *sie*.

Er umfaßte die Knie mit den Armen. Was ihm einfiel, war das stark riechende, nach Erde riechende schwarze Zeug, dessen Geruch er eingeatmet hatte, als er die Papiere an die Nase hielt.

War das der Geruch seines Lebens, sein Geist, das schwarze Blut, das sie ihm entzogen hatten? Kein Wunder, daß er sich schwach fühlte.

Alle Ereignisse seines Lebens – alles, was er erzählt und was er nicht erzählt hatte, und mehr, viel mehr, jetzt, da es sich zu regen und rühren begann –, die ihm nun langsam wieder ins Gedächtnis zurückkehrten, waren wie eine riesige Rautenschlange in ihm zusammengeringelt gewesen. Sie war erwacht. Ihren blinden Kopf hebend, tauchte sie Windung für Windung in der Sonne auf.

2

HALB LAG er im Salzwasser und in dessen warmem Wellenschlag, halb in Luft, die versengte. Die Augenlider so aufgedunsen vom Licht, daß Licht kaum mehr eindrang, und das wenige machte ihn blind. Verkrustete Nasenlöcher, zwischen seinen Lippen die Luft ohne Feuchtigkeit, jeder Mundvoll eine Flamme in seiner Kehle.

Er war völlig von Flocken bedeckt, und die Flocken waren winzige Geschöpfe mit kleinen Scheren und Mündern, nichts als Licht, die in die Ritzen krochen, die sich in ihm aufgetan hatten, und den Knochen suchten. Nur wenn ein Wolkenschatten vorübertieb, hörten die vielen Münder des Lichts auf.

Er versucht den Schatten festzuhalten, die Erinnerung daran auf seinem Fleisch andauern zu lassen, um das wilde Gewusel überall auf seiner Oberfläche zu dämpfen und einzudämmen. Aber sein Geist läßt die Wolke davongleiten wie alles andere, was darin war. Alles, was in seinem Schädel hinter den blinden Augen bleibt, ist der Himmel, und auch er brennt, schüttet Glut aus. Wolke auf Wolke schlingert dahin, streift ihn, kühlt und ist vorüber. Unwiederbringlich.

Die Schar der nackten Frauen und der großäugigen Kinder mit der glänzenden Haut, die ihn bei Ebbe in ihrer Bucht angeschwemmt fand, umringte ihn, einen Fuß auf den anderen gesetzt, die Brauen gerunzelt.

Was war das? Ein Meeresgeschöpf von einer nie zuvor gesehenen Art aus den Tiefen jenseits des Riffs? Ein Geist, ein schwacher, der von den Toten zurückgekommen und nur halb wiedergeboren war?

Der Leib war wund, bedeckt von weißen, blumenähnlichen Geschwüren, wo das Salz eingedrungen war, Münder, die sich öffneten, wenn das weiche Wasser sie berührte, und ihre blassen Fühler ausstreckten. Winzige Krabben türmten sich auf, kletterten einander über den weichschaligen Rücken und hievten sich hoch und glitzerten. Eine der Frauen versuchte sie zu vertreiben. In Wellen wimmelten sie unter ihm hervor, fielen aus den Falten der Borke, in die er eingebettet war, und als die Sandkörnchen unter ihnen verrutschten, kreisten sie mit dem Seufzer einer Million winziger Scheren in einer Wolke über dem blubbernden Sand.

Die Augen des Geschöpfes sprangen auf. Sie waren milchig; leer, vielleicht blind. Die Schar der Frauen rückte näher.

Die offenen Augen waren auf etwas gerichtet. Nicht auf uns, dachten sie.

Nicht auf sie, auf eine andere Welt oder ein anderes Leben, dem das Geschöpf, was es auch war, Meerkalb oder Geist, noch nicht ganz entglitten war. Sie fuhren zusammen, erwarteten, während sie zuschauten, eine weitere Verwandlung. Die Augenlider fielen zu und zuckten. Jetzt, dachten sie. Es läßt jenes andere Leben los. Es sieht uns. Jetzt. Der Mund öffnete sich und enthüllte eine geschwollene Zunge. Aber es kam zu keiner Veränderung.

Zaghaft, als hätten sie Angst, eine pietätlose Handlung zu begehen oder eine Änderung in dem Geschöpf zu bewirken, die sich von der unterschied, auf die es langsam hinarbeitete, hoben sie die lockere Hülle hoch, in die es eingewickelt war, und entdeckten die silbrige Haut, den Bauch mit seiner vertrauten Einkerbung und dem kleinen Knoten (sie gerieten in leichte Erregung), und als die letzte von Krabben verkrustete Schicht aufbrach und seine Meeresbegleiter ihn verließen, den weißen Wurm seines Schwanzes. Wieder flüsterten sie miteinander, aber sie waren immer noch ratlos und zogen sich zurück.

Er beobachtete sie. Ließ sie mit sich machen, was sie wollten. Was ihm auffiel, war der Geruch, den sie ausströmten; oder vielleicht war es die Luft an diesem Ort. Animalisch, fremd. Was er dachte, war: Ich bin wieder verloren, verlorener als je zuvor. Es ist nicht das, was ich erwartet habe.

Was er jenseits all der Glut erwartet hatte, nach so vielen Tagen des Brennens, war, Willett zu sehen, wie er aufstand in einem Geruch von verkohltem Holz, seine Augenbrauen in Flammen, seine versengten Stiefel, die ihm an den Schnürsenkeln vom Hals baumelten. Die Enttäuschung war wie Tränen in der Kehle und würgte ihn.

Eine der älteren Frauen schickte eine jüngere los, und als sie zurückkam, hatte sie Wasser dabei, das aus einem Flaschenkürbis schwappte. Sie befeuchteten ihm die Lippen. Er stöhnte, umklammerte das Ding, preßte die Zähne auf den Rand, schluckte hastig. Er hielt den Blick auf sie geheftet, und sie beugten sich vor, um ihn trinken zu sehen.

Ein wenig später, er konnte nicht sagen, wie lange danach, war er nicht mehr am Meeresstrand, sondern lag auf weichem Sand, im Schatten eines Strauches, dessen fächerförmige Nadeln das Licht gerade eine Handbreit vor seinem Gesicht brachen und ihm Kühle zufächerten. Die Gruppe der Frauen, die wie Vögel zwitscherten, zog davon.

Noch später fand er sich im Dunkeln wieder, nicht weit von einem Feuer entfernt, wo Schatten flackerten. Der Geruch von Rauch stach ihm in die Nase – Ah, vielleicht doch noch!

Die hohen Baumwipfel waren von einem Summen erfüllt, von dem er glaubte, daß die Sterne es von sich gaben. Wie war er hierhergekommen? Hatte jemand ihn getragen, oder hatte er sich vom Strand bis zum Strauch geschleppt, angezogen vom Klang der Stimmen und der Aussicht auf Gesellschaft? Denn die Stimmen, die er gehört hatte, waren die von Menschen. Ihr in die klare Nacht aufsteigender summender Atem war es, was er für Sterne gehalten hatte.

Nach einer Weile robbte er sich auf den Ellenbogen zu ihnen hin, in den Feuerschein hinaus. Die vielen Gesichter, gerötet vom Widerschein des Feuers, drehten sich ihm zu, die Münder offen und die Augen starr, während die bleiche, wurmähnliche Gestalt sich ihnen ganz langsam näherte.

Er mühte sich hoch, um aufrecht zu sitzen, und hörte, wie sie den Atem anhielten. Dann ließ er sich nach vorn fallen und kam auf alle viere; erhob sich schwankend und mit großer Anstrengung, streckte die Hände aus und jaulte auf mitleiderregende Weise, wie er es vor langer Zeit erlernt hatte – er glaubte nicht, daß es hier weniger wirken würde als auf den Straßen in der Heimat –, und mit einem reichen Repertoire an Gesten, die sie fesseln und für ihn einnehmen sollten, wackelte er mit den Ohren und zog mit zwei Fingern den Mund in die Breite, was aber zuerst nur eine Art bestürztes Schweigen bei ihnen hervorrief, bis die Stille von schallendem Gelächter unterbrochen wurde, das in allgemeine Heiterkeit mündete.

Sie warfen ihm Reste zu und verstummten von neuem, während er mit gesenktem Kopf dahockte und gierig mit den Zähnen über versengtes Fell herfiel. Dann rollte er sich an Ort und Stelle zusammen und schlief ein, und als er aufwachte, bereiteten sie sich unter Nebelschwaden zwischen den Bäumen zum Aufbruch vor.

Er folgte. Zuerst in einigem Abstand, wenngleich einige von Zeit zu Zeit zurückschauten, um zu sehen, ob er noch da war; dann holte er auf, bis er sich der losen Gruppe von Alten anschloß, vorwiegend Frauen, die hinterherzockelten.

Sie ließen gebührend Raum um ihn, doch an einer Stelle, wo der Wald sich verdichtete und es fast dunkel war, versuchten sie ihn vom Weg abzudrängen, dann, als sie sahen, daß man ihn nicht los wurde, ließen sie es bleiben. Eine alte Frau gab ihm, ohne irgendwelche Anteilnahme zu bekunden, als wäre er ein kleines, unbehaartes weißes Ding, das sich nicht allein durchbringen konnte, einen Mundvoll Samen. Und wieder beobachteten sie ihn, noch nicht ganz beruhigt, während er diese schluckte. Als sie schließlich haltmachten und ein Lager aufschlugen, beanspruchte er einen Platz für sich im zweiten oder dritten Ring ums Feuer, und seine Nachbarn, wenn auch argwöhnisch, duldeten es.

So begann er unter ihnen zu leben und tat, was er immer getan hatte. Er kannte nichts anderes. Da er irgendwie seinen Weg in die Welt gefunden hatte, war sein Ziel, wie das jedes anderen Wesens, darin zu bleiben, und das mit allen ihm zu Gebote stehenden Mitteln. Er hatte einen Bauch zu füllen. In den darauffolgenden Tagen ergatterte er sich einen Platz unter ihnen, machte sich klein, kundschaftete aus, wem er sich anschließen könnte, sah possierlich drein, sah bemitleidenswert drein, und wenn er das Gewünschte nicht auf diese Weise bekommen konnte, stürzte er herbei und grabschte sich unter Knüffen, die ihm halb spielerisch, halb ängstlich verpaßt wurden, das, was er kriegen konnte, und schlang es hinunter, bevor man ihn daran hinderte. Prellungen, die er gelegentlich erlitt, entmutigten ihn nicht.

Er war ein Kind und hatte die schnelle Auffassungsgabe eines Kindes und das Talent des Gassenjungen, alles nachzuahmen. Sie waren erstaunt über die Geschwindigkeit, mit der er ihre Sprache lernte, und die Schärfe seiner Augen, hatte man ihm einmal eine Sache gezeigt. Im Vertrauen auf einen Verstand, der ihm angeboren war und der sich unter härteren Bedingungen als diesen hier geschärft hatte, ließ er sich in eine Welt aufnehmen, deren Wildheit ihn zunächst erschreckte, die sich im Wesen aber letztlich kaum von der unterschied, die er früher gekannt hatte, bei all ihrer Merkwürdigkeit: Tag für Tag sonnenbeschienene steinige Pfade, Insektenbisse und Nächte, wo man sich unter umgestürzten Baumstämmen verkriechen mußte, während der Regen den Schlamm hochspritzte, und lange Zeiten zwischen einem vollen Bauch und dem nächsten vollen.

Er paßte auf sich auf und auf diese Welt, stopfte alles, was sie bot, in sich hinein, soviel Fett und Fleisch, wie er kriegen konnte, und auch die Namen der Welt, ihren Atem. Was einen hier am Leben hielt, war das eine wie das andere, und sie waren untrennbar: das Geschöpf mit den blassen, steif hochgestellten Ohren, das sich wachsam aufsetzte in seinem Leben wie du in dem deinen, und sein Name auf deiner Zunge. Wenn es die Beine von sich streckte und sein Blut aus ihm herausströmte, verließ es nicht die Welt, sondern lebte jetzt in dir fort und konnte für alle Zeit, Atem auf Atem, in deinen Mund hinein und hinaus und war sowenig verloren wie das Wasser, über das du dich beugtest, um zu trinken, und das nicht aufhören würde zu fließen, bloß weil du es gierig hinunterschlucktest und es später auspißtest.

Jung genug, um zu lernen und geformt zu werden, als wäre es das erstemal, war er auch jung genug, um zu vergessen. Er verlor seine alte Sprache in der neuen, die ihm über die Lippen kam. Er hatte tatsächlich nie über mehr als die paar hundert Wörter verfügt, die er unmittelbar brauchte, um sich den Bauch vollzuschlagen oder seine Haut zu retten, denn in seinem kurzen Leben hatte er nicht viel anderes als Befehle, Flüche und grobe Zärtlichkeiten gehört, die Sprache der Gosse, die auszuspucken er wie die übrigen gelernt hatte, und Schnipsel von Leichterem – Scherze, Rätsel, Worte eines Gassenhauers –, die er von Willett aufgeschnappt hatte oder in dem Bierausschank, während er, das eine Bein angezogen, darauf wartete, daß man das Bier für sie beide gezapft hatte, und in seinen Jahren auf See aus den Gesprächen der Matrosen, die bei der hin und her schwingenden Buglampe über eine Flickarbeit gebeugt waren oder sich auf Deck rekelten. Das genügte nicht, ihn zu halten.

Und was die Dinge anging, mit denen er zu tun gehabt hatte, so gehörte ihm keines. Bei den meisten war er ins Stammeln geraten, St-t-tiefel, K-k-krug; er hatte sie nicht recht im Griff. Jetzt entglitten sie ihm ganz und gar, verschwanden aus seinem Leben, und mit ihnen und den Wörtern verflüchtigten sich auch die paar dünnen Fäden, die sie zusammengehalten und die Substanz seiner Welt ausgemacht hatten.

Gelegentlich kam einer der Gegenstände aus seinem früheren Leben wieder angetrieben und stieß auf ihn drauf. Er sah ihn zwar ganz deutlich, spürte, wie seine Hand den Henkel des Kruges umfaßte, oder roch fleckiges dunkles Leder, aber kein Wort gesellte sich zu ihnen, und wenn sein Geist sich des Begriffs bemächtigen wollte, löste sich auch der Gegenstand auf. Er fühlte eine Art Trauer, die wie Hunger war, allerdings ein Hunger des Herzens, nicht des Bauches, und mußte annehmen, da diese Dinge nur in Fragmenten auftauchten, daß sie zum Leben eines anderen Geschöpfes gehörten, dessen Erinnerung er teilte, eine Erinnerung, die gelegentlich aufstieg und ihn rüttelte, um ihn dann im Stich zu lassen.

Mit der Zeit wurde sein Erscheinen bei ihnen zu einer weiteren Geschichte, die sie erzählten, und er hörte mit Verwunderung zu, als wäre das, was sie sich berichteten, vor unendlich langer Zeit passiert, in einer Zeit jenseits aller Erinnerung, und jemand anders zugestoßen. Wie er, als sie ihn fanden, noch halb Kind, halb Meerkalb war, sein Haar von Geistern in Gestalt winziger phosphoreszierender Krabben gewimmelt hatte, sein Mund von Korallen verschlossen war; wie er, aschfahl und gespensterhaft in seinem kurzen weißen Hemd, das schon lange wie die Glückshaube von Neugeborenen verrottet war, sich im Feuerschein erhob und tanzte und sich vor ihren Augen aus einem Meeresgeschöpf in ein mageres Menschenkind verwandelt hatte.

Er hörte zu, und ein Teil von ihm, der Teil, der ihrem Stammesleben verbunden war, schenkte dem Glauben, ein anderer Teil aber nicht. Es gab noch eine andere Geschichte, dachte er, die nur ihm gehörte und geheim war: die eine andere Form hatte und vielleicht, um erzählt zu werden, die Worte brauchte, die er im Mund gehabt hatte, als sie ihn damals fanden, und die er verloren hatte; wenn auch nicht für immer, meinte er.

Der Stamm akzeptierte ihn, aber mit Zurückhaltung; auf die belustigte, halb ängstliche Weise, die sich für ein Geschöpf zwischen zwei Welten gebührte.

Keine Frau zum Beispiel wollte mit ihm etwas zu tun haben, und es gab viele Gegenstände im Lager, die zu berühren ihm verboten war. Ihr Leben war ein kompliziertes Gewebe aus Rechten und Beschränkungen; für alle gab es Gegenstände, auch Personen, die sie nicht betrachten durften; aber bestimmte Beschränkungen galten nur für ihn, und die Abgrenzung, die er spürte, sein fragwürdiger Status hielten in ihm wach, was er ansonsten wohl losgelassen hätte. Wenn er sich auf seinem Platz am Lagerfeuer ausstreckte und seine Augen und seine Hände nichts zu tun hatten, waren die Bilder, die auftauchten, selbst wenn er sie nicht fassen konnte, so real wie der Fettgeschmack in seinem Mund oder der vertraute, deutliche Geruch von jenen, die neben ihm ausgestreckt dalagen.

»Stiefel«, flüsterte die Dunkelheit – er erhaschte nur die Andeutung des Wortes –, und da waren sie: Gegenstände, die hier keinen Sinn ergaben, er sah sie vor sich, angelehnt an einen Kaminrost, in jedem Riß im Leder Feuerschein, die Schuhzungen lose, die Schnürsenkel herunterhängend, und die Stimme im Dunkel, ganz heiser, aber nicht grimmig, war die von Willett, und da war auch er, erhob sich, die Augenbrauen in Flammen. Willett!

Die anderen hatten ihre Erklärung für diese mitternächtlichen Heimsuchungen. Er war ein geplagter Geist. Die im Schlaf ausgestoßenen Schreie, die Schrecken, die ihn peinigten, waren der Beweis, daß er, obwohl er aussah wie ein Mensch, doch noch keiner war. Der Tag würde kommen, da er, endlich ganz einer der Ihren, die andere Welt loslassen würde.

Gemmy sah die Sache anders. Eines Tages, dachte er, werde ich mich auf einem Pfad tief im Busch umdrehen, und *er* wird dasein, sich mir rasch nähern, nicht als Geist, keineswegs als Geist, und ich, ich werde dort auf ihn warten, bis er bei mir ist, eine Öffnung machen, damit er hineinkann, und wir gehen weiter. Er fragte sich nicht, wohin.

In der Zwischenzeit war er hier, auch wenn ihm ein Rätsel blieb, wo er war und warum er hier war und nicht irgendwo anders.

Manchmal kam er diesem Rätsel nahe, berührte es fast und empfand Unbehagen. Meistens forschte er nicht weiter. Wenn die Zeit da ist, sagte er sich, wird es sich mir enthüllen.

Als dann die Nachricht aus dem Süden hochdrang, es gebe weißgesichtige Geister, die von Kopf bis Fuß in Baumrinde gehüllt seien und auf vierfüßigen Tieren ritten, größer als ein Mensch, war er ganz verstört, und der Wunsch, diese Geschöpfe zu sehen und festzustellen, was sie waren, regte sich in ihm, bis er keine Ruhe mehr fand. In Begleitung einer alten Frau, die das Land kannte, weil sie dort aufgewachsen war, zog er los, um sie aufzuspüren, aber als sie eine Gegend erreichten, die die Frau nicht kannte, kehrte sie zurück. Er ging allein weiter. Lange bevor Lachlan Beattie und die beiden Mädchen ihn erblickten, war er am Rande der Siedlung herumgestrichen, hatte sich von dem ernährt, was er in dem fremden, dennoch vertrauten Land dort unten fand, und alles aus dem Schutz des Busches genau beobachtet.

Als erstes entdeckte er Spuren, die ihn zunächst vor ein Rätsel stellten, mitten auf dem Weg eine Reihe Kothaufen hintereinander, groß, rund, goldbraun, leicht glänzend, etwa so groß wie ein Bussardei, nicht zu vergleichen mit den Kügelchen der hiesigen Tiere. Von banger Neugier gepackt, ließ er sich auf alle viere nieder und schnüffelte. Eine Art Getrappel ertönte in seinem Kopf, und er schaute hoch, erwartete, sich in der engen und lärmenden Begrenzung von – von was zu befinden? Was hatte er beinah gesehen? Schon war es wieder weg. War es das, was er auf der anderen Seite des Busches vorfinden würde?

Er grübelte über den Anblick nach, versuchte noch einmal eine Einzelheit zu erhaschen, die sich zu einem Bild fügen würde, aber es war bloß ein Aufblitzen gewesen, vor allem ein Geräusch, auf das er mit panischer Angst reagiert hatte. Und um ihn herum, so deutlich, daß es ihn ganz erfüllte, war das gewohnte geschäftige Treiben des Busches, ein leises, stetes Schaben und Scheuern, unterbrochen von Vogelrufen, deren jeder ihm einen bestimmten kleinen Körper ins Bewußtsein brachte, Flügelflattern, Gehusche, das Schrillen von Insekten.

Das nächste Zeichen, auf das er stieß, war eine rote Decke, die über eine Leine geworfen war. Sein Herz schlug höher. Aber als er vorwärts kroch und die Decke beiseite riß, gab es da nur leuchtende Grasspitzen, eine wuchtige Holzhütte und davor ein rundbäuchiges, nacktes kleines Mädchen, recht wacklig auf den weißen Beinen, das ihn anstarrte. Einen Moment lang verharrte es so, verdutzt, in seinen Anblick vertieft, dann hob es die Fäuste an die Augen und heulte los.

Später blickte er aus einem anderen Teil des Busches in eine Lichtung, überall gefällte Bäume und verstreutes Laub, und entdeckte einen bärtigen Kerl in blauem Hemd und Hosenträgern, der sich in die Hände spuckte, ein langstieliges Gerät mit Schneide in die Hand nahm und sich anschickte, es zu schwingen. Er war erstaunt. Eine bestimmte Bedeutung haftete diesem Bild an, so wie die Kleidung, die der Mann trug, an ihm haftete, und als die Schneide aufblitzte und in das Holz fuhr, kam ihm die Erleuchtung. *Axt.*

Das Wort schoß ihm in den Kopf, so schnell und klar wie

das Aufblitzen und Niedersausen des Werkzeugs. *Axt. Axt.* Bedeutungskreise lösten sich von der Kerbe, die es ins Dunkel seines Schädels einbrannte.

Weiter weg trat eine Frau aus einer Hütte, einen Korb auf die Hüfte gestemmt. Sie setzte ihn ab und begann Kleidungsstücke auf eine Leine zu klammern, Hemden, Hosen, dann Kindersachen und einen Kittel. Er befühlte das grobe Material des Lumpens, den er vom Floß zurückbehalten hatte – er trug ihn um die Taille geknotet als Erkennungszeichen, falls er aufgegriffen werden sollte –, und mußte sich ins hohe Gras setzen, die Arme um die Knie gelegt, so verblüfft und überwältigt von zärtlichen Gefühlen war er.

Er beobachtete, wie die Frau die Leine hochzog, indem sie eine gegabelte Stange darunter stellte, dann den Korb nahm und wieder ging. Die schlaffen Kleidungsstücke bewegten sich in der Brise. Während Sonnenlicht von ihnen tropfte, machten sie Gesten in diese und jene Richtung, ziemlich unbeholfene, weil sie von den Schatten in ihren Falten beschwert waren. Der Saum eines Rockes hob sich, als gingen schlurfend Füße darunter einher.

Später kam dieselbe Frau aus ihrer Hütte, blieb stehen und stieß glucksende Laute aus. Ist das ihre Sprache? dachte er. Er versuchte es ganz leise, legte die Zunge an den Gaumen. Put, put, put.

Plötzlich schoß staubaufwirbelnd eine Schar von großen Vögeln in Sicht. Dicht zusammengedrängt, die Flügel gackernd über den Rücken der anderen schlagend, zankten sie sich und stoben um den Rock der Frau herum. Sie lachte, schöpfte eine Handvoll von etwas aus dem Napf, den sie trug, schleuderte es mitten unter sie und verschwand dann wieder hinter der Hütte.

Dicht an den Boden geduckt, kroch er auf allen vieren rasch nach vorn, krabbelte zwischen all den Schnäbeln und Klauen hindurch, und während die aufgescheuchten Vögel pickend und hackend auf seine Arme losgingen, suchte er sich in Sicherheit zu bringen und stopfte sich dann den nassen Brei in den Mund.

Sein Geschmack, das Fremdartige daran, aber auch das Vertraute, machte ihn schwindelig. Das Geschöpf, dessen Träume er teilte, stieg unmittelbar bis zur Oberfläche hoch. Es nährte sich von der Salzigkeit des Futters, und einen Augenblick lang ergriff es Besitz von ihm. Er sah durch dessen Augen blitzartig und verwirrend Dinge aufleuchten und wurde von Schluchzen geschüttelt, doch woher mit einemmal die Tränen kamen und warum, hätte er nicht sagen können. Ein Fremder, der nie geweint hatte, ein Kind vielleicht, weinte in ihm. Er schaute staunend auf seine Hände und auf den Rest des matschigen Zeugs. Wischte es ab, hatte jetzt etwas Angst vor dessen Macht, und aus Gewohnheit murmelte er Laute, die eine Formel gegen bösen Zauber waren, obwohl er nicht glaubte, daß es ein böser Zauber war.

Er ging zur Leine zurück, wo die Kleider, leuchtender jetzt, voller Sonnenlicht waren und vom Wind gebläht. Sie bewegten sich kraftvoll, waren so lebhaft, so gespenstisch leer, daß er sich zunächst fast davor fürchtete, sich zwischen sie zu wagen. Die Hemden vollführten schlaksige Bewegungen, schüttelten die Ärmel, schossen bei einem Windstoß nach vorn, und instinktiv duckte er sich. Der Rock schwang hin und her. Es war, als stünde man mitten in einer Menge, die nie stillstand. Wo war das bloß gewesen? Wo? Nach einer Weile schlängelte er sich zwischen der Wäsche durch, während die Luft auf seinen Schultern brannte und Gerüche aus dem Gras aufstiegen, das er niederdrückte, riskierte einen Schlag ins Gesicht, als ein weiches Ding, dann ein zweites, ihn streifte, hob die Arme, so daß es, wenn ihn jemand beobachtet hätte, wie er da von einer Seite der Leine zur anderen ging, den Kopf gesenkt, hätte aussehen müssen wie eine Art Tanz, der Tanz eines seltsamen Schwarzen mitten unter der Wäsche. Man stelle sich das vor!

Als die Dunkelheit hereinbrach, kroch er nahe an die

Hütte heran. Aus einer Öffnung zwischen den Brettern strömte gelbes Licht heraus, und wo es hinfiel, erhoben sich aus dem Schatten all die spitzen Steinchen auf dem Hof. Er machte einen Bogen um den Lichtschein, hockte sich dann ganz in seiner Nähe hin und streckte vorsichtig die Hand aus, so daß die Helligkeit ihm den Arm hochwanderte, doch er gab keine Wärme ab.

Er kroch noch näher heran und kauerte sich unter das Fensterbrett. Von innen drangen Stimmen heraus, und obwohl die Worte für ihn keinen Sinn ergaben, außer einigen wenigen, verstand er doch die Töne, das Zischen und Murmeln.

Er lehnte die Schulter an die grob gezimmerten Bretter im Glauben, wenn er nur nah genug heranrückte, würde ihm die Bedeutung dessen, was gesagt wurde, aufgehen und er könnte die Wörter direkt den Lippen der Sprechenden entreißen. Könnte er sich die Wörter einverleiben wie den weichen Brei, dann würde das Geschöpf, der Geist oder was immer es war an die Oberfläche kommen und sie an sich nehmen. Die Wörter waren es, die er festhalten mußte. Die Wörter waren es, die ihn erkennen würden.

Er wollte nicht zurückgenommen werden. Er wollte erkannt werden.

Und als er dann am nächsten Tag auf den Grenzzaun und das eingezäunte Feld zurannte, wo die drei Kinder staunend standen, dachte er nicht im mindesten daran, den Stamm zu verlassen, geschweige denn, aus einer Welt auszubrechen in eine andere. Es ging darum, die Entfernung zwischen beiden Welten zu überwinden, die Verbindung wiederzufinden, die ihm die Wörter auf die Zunge zurückbringen würde, und das Geschöpf, den Geist oder was immer es war einzufangen, der tief in seinem Innern lebte und manchmal für kurze Zeit auftauchte, um ihn zu quälen oder zu necken, der aber, wie er jetzt sah, mit dem, was diese Leute aßen, und mit den Wörtern, die sie gebrauchten, angelockt werden konnte.

Er rannte los, um zu beweisen, daß alles, was ihn von ihnen trennte, eine Strecke war, die man zurücklegen konnte. Es kümmerte ihn dabei nicht, was passieren mochte, wenn er das Ziel erreichte.

Der Hund kam dazwischen. Er schoß hervor und schnappte nach seinen Fersen. Der Junge hob das Gewehr an die Schulter. Er flog auf das Querholz des Zauns hinauf, um seine Haut zu retten, und bevor es ihm bewußt war, waren die Worte von selbst aus seinem Mund gedrungen. Das Geschöpf, der Geist in ihm hatte laut gesprochen, nachdem es die ganze Zeit die Worte in seinem Innern gehabt hatte, die ihn verraten sollten und ihn, als sie herausgeschrien wurden, aufs höchste erstaunten: *Nicht schießen. Ich bin britischer Obertan.*

Eigentlich war es das Geschöpf, das von ihnen so angezogen war, das losgerannt war und ihn einen langen Augenblick oben auf dem Querholz festgehalten hatte, das er mit den Zehen umklammerte, wobei er die ausgestreckten Arme benutzte, um nicht aus dem Gleichgewicht zu geraten, während der Hund hochsprang und die Luft mit seinem Jaulen zerriß, der Junge dastand, das Gewehr auf ihn gerichtet, die Wolken vorüberzogen, der Himmel auf seinem Nacken lastete und das Land, Sumpf und Wald auf der einen Seite, neugeschlagene Rodungen auf der anderen, sich um ihn drehte.

Er erwartete, daß eine Kugel ihn zu Fall brachte oder daß das Geschöpf, der Geist in ihm, entschied, daß es an der Zeit sei, sich aufzuschwingen und ihn davonzutragen. Aber es ließ ihn im Stich, und es war sein Körper, der ihn zu Fall brachte. Auf einen Zuruf des kleinsten Kindes hin verlor er das Gleichgewicht, stürzte und war im nächsten Augenblick auf allen vieren auf der anderen Seite.

3

Er wurde von der Familie der Kinder, die ihn gefunden hatten, aufgenommen, den McIvors, und bekam eine Schlafstelle unter einer roten Decke in einem Verschlag an der Seite der Hütte. Dafür half er Jock McIvor auf der Farm. Er war ein williger Arbeiter, zumindest fürs erste, doch kaum fähig, sich zu konzentrieren; er hielt es nicht lange bei einer Sache aus und war körperlich in einem zu schlechten Zustand, um schwere Arbeit zu verrichten. In dieser Hinsicht konnte der junge Lachlan ihn in die Tasche stecken.

Von Anfang an gab es zwischen ihm und den drei Kindern ein Band, das auf ihre Begegnung am Zaun zurückging. Sie glaubten, ein Eigentumsrecht an ihm zu besitzen, da sie ihn zuerst gesehen hatten, und er, noch mit dem früheren Selbsterhaltungstrieb ausgestattet, mit dem Instinkt, das Beste aus einer schwachen Position zu machen, erkannte den Vorteil, den es ihm brachte, wenn er sich in ihren Schutz begab. Er ließ es zu, daß sie ihn wie einen Hund herumführten – der Hund mochte ihn scheint's auch –, hörte sich ihre Geheimnisse an und ließ sich all die kleinen Dinge zeigen, die ihnen am Herzen lagen.

Er wiederum zeigte ihnen etwas von dem, worauf er sich verstand. Er brachte den Mädchen bei, wie man Grashalme flocht und Körbchen daraus machte, Kürbisse aushöhlte, dicke gelbe oder weiße Wurzeln ausgrub, die, wenn man erst den Dreck mit dem Daumen abgerieben hatte, in der Asche gebraten werden konnten, wie man Beeren sammelte, die der Zunge höchst willkommene Feuchtigkeit spendeten oder säuerliche Süße verbreiteten, so daß es einem den Mund zusammenzog.

Indem er einen Unterschied zwischen dem Jungen und den Mädchen machte, wie er es bei den Schwarzen gelernt hatte, lehrte er Lachlan, wie man Fährten las. Aber er sah den Jungen sowieso in einem besonderen Licht, und auch das ging auf den Augenblick der ersten Begegnung zurück, als Lachlan vor die beiden Mädchen getreten war, das »Gewehr« zur Schulter gehoben, breitbeinig und entschlossen vor ihm stand und direkt auf sein Herz zielte. Natürlich hatte er nur eine Sekunde gebraucht, um zu erkennen, daß es sich bloß um einen Stock handelte, was allerdings nicht hieß, daß er harmlos war. Das, was er bedeutete, und die furchtsame, dennoch furchtlose Haltung des Jungen waren weit wichtiger als Stock oder Gewehr und hatten einen unauslöschlichen Eindruck auf ihn gemacht. Er konnte Lachlan nie anschauen, selbst wenn der nur kindisch herumalberte, ohne in dessen kleiner, gedrungener Gestalt die Macht zu sehen, auf die er mit vorgetäuschter Waffe gepocht hatte.

Sein Ziel war stets, den Mädchen gefällig zu sein, den Schüler zu spielen, wenn sie Lehrer sein wollten, die Puppe, wenn sie jemanden feinmachen wollten. Aber er behielt Lachlan im Auge, war immer schnell dabei, ihn nötigenfalls zu besänftigen; und der Junge mit seiner raschen Auffassungsgabe spürte es und kannte seine Macht. Er führte den Mann an einer unsichtbaren Leine, tat groß vor den anderen Kindern am Ort, und nur wenn sie allein waren, zeigte er seine wahre Zuneigung.

Die Mädchen, vor allem Janet, interessierten sich sehr dafür, wie er angezogen war.

»Nein, nein, mein lieber Gemmy, laß *mich* das machen«, sagte sie, wenn er sein Hemd nicht richtig zuknöpfte. Oder sie lachte über die Art, wie sein Haar in Stacheln abstand und sich nicht glätten ließ. »Bleib jetzt still sitzen, ganz brav, ich bürste es dir, damit du ordentlich aussiehst. Da, ich zieh dir einen schönen Scheitel, Gemmy, siehst du?« Und die kleine Meg hielt den Spiegel hoch und betrachtete ihn leicht amüsiert über den oberen Rand hinweg, während Janet mit dem Kamm hantierte.

Aber es gab auch Zeiten, in denen er das Unbehagen in dem älteren Mädchen spürte, als erkenne sie, daß man ihn nicht wie ein Kind oder ein Spielzeug behandeln konnte. Er ertappte sie manchmal dabei, wie ihr Blick ernst auf ihm ruhte, und dann beschlich ihn ein seltsames Gefühl, als versuche sie, bis auf den Grund seiner Seele zu sehen, seinen Geist einzufangen, denn im Gegensatz zu den anderen war sie sich bewußt, daß er nicht ausschließlich das war, was er sie alle sehen ließ.

Das überraschte ihn. Wenn ein anderer ihn so angesehen hätte, wäre ihm mulmig zumute gewesen. Aber ihr Blick war so offen und verletzlich, daß er darin nichts Bedrohliches spürte und in sich selbst bloß Stille, ein Gefühl zärtlichen Wohlbehagens, weil er einen Augenblick lang bloßgestellt war – nicht vor ihr, sondern vor sich selbst. Dann verdüsterte sich ihre Miene, und sie schaute weg.

Auch für sie, dachte er, war es der Moment, als sie ihn zuerst auf dem Zaun balancierend erblickt hatte, der zählte, und er las in der Konzentration ihres Blickes, daß er immer noch dort schwebte. Etwas war in jenem Moment zwischen ihnen entschieden worden, wie zwischen ihm und dem Jungen.

Immer wieder kam er darauf zurück. In dem merkwürdig flimmernden Licht jenes leeren Nachmittags, als der Himmel auf seinen Schultern glühte, der Magen ihm knurrte, kleine Insekten ihre Flügel über den reglosen hohen Gräsern öffneten und schlossen, das auf- und abschwellende Zirpen der Grillen nicht verstummen wollte, stand er dort und hielt mit den Zehen das Querholz umklammert, versuchte, lange genug oben zu bleiben, damit ihm nichts entging, aber bald wurde die Tendenz seines Oberkörpers vornüberzukippen immer stärker, als wäre es sein Herz, das aus dem Gleichgewicht gebracht worden war, und da waren die drei starrenden Kinder: der Junge mit zusammengekniffenen Augen und aufeinandergepreßten Kiefern, den Stock auf Schulterhöhe; der sabbernde Hund, der ebenfalls mitten im Sprung erstarrt schien; das staksige hellhaarige Mädchen, eine Hand gegen die Sonne gehoben, das dünne Handgelenk gekrümmt, und zum erstenmal mit jenem verwunderten Ausdruck in den Augen, der schon allein, wie er manchmal glaubte, ihn dort hätte festhalten können, ohne daß er je herunterfiel, so groß war die Macht ihres Blicks. Hätte er sich dem anheimgegeben statt der Schwere des eigenen Körpers, hätte er vielleicht für alle Zeit da oben bleiben können. Das sagte ihm ihr Blick. Nur hatte er ihn in jenem Moment nicht verstanden.

Sie war ihm ein Rätsel. Er konnte sich nie sicher sein, was sie dachte. Er kannte die Gedanken Lachlans, weil der Junge Wert darauf legte, daß man sie erfuhr. Seine Macht lag darin, daß man einsah, daß er sie besaß. Die Macht gehörte zu ihm, weil er ein Junge war; weil eines Tages die Autorität, die er beansprucht hatte, als er den Stock zur Schulter hob, real sein würde. Das machte ihn zwar einfacher, aber auch gefährlicher. Im Umgang mit ihm mußte man immer etwas berücksichtigen: seine Besorgnis um jene, deren Aufmerksamkeit er erregen wollte. Die Macht des Mädchens war ganz ihre eigene. Sie brauchte dafür keine Zeugen.

Was die Erwachsenen betraf, entwickelte er bald für Ellen McIvor, die Mutter der kleinen Mädchen, eine Zuneigung, wie er sie nie zuvor erlebt hatte; seine bisherige Erfahrung mit der häuslichen Welt, der Welt der Frauen, war so gering. Es gefiel ihm, Sachen zu finden, die er tun konnte, um ihr das Leben zu erleichtern, mehr noch, die scheue, beiläufige Art zu sehen, wie sie es akzeptierte. Sein Wunsch, ihr Vergnügen zu bereiten, hatte nichts von der Beflissenheit, den Hausvater versöhnlich zu stimmen, die in jeder seiner Gesten ihm gegenüber steckte. Es geschah spontan. Und es heiterte ihn auf.

Jock McIvor seinerseits fühlte sich von Anfang an nicht wohl in seiner Gegenwart. Er versuchte, fair zu sein und geduldig, aber er war nicht mit dem Herzen dabei.

Wenn Jock mit einem Anliegen zu ihm kam oder, häufiger, mit einer Beschwerde, wäre er am liebsten weggerannt. Er zappelte herum, wandte ihm die Schulter zu; Jock faßte es gleich falsch auf. »Um Himmels willen, Mann. Ich werd dich doch nicht schlagen. Ich wollte dir bloß noch mal sagen, du sollst den Kindern nicht immer nachlaufen – ich hab dir's schon hundertmal gesagt. Und wär besser, wenn du dich nicht auf Masons Seite herumtreibst. Hab dir das schon zigmal gesagt. Barney ist etwas kribbelig. Ich hab nicht vor, dir das noch einmal zu sagen.«

Den Mann quälte etwas. Gemmy sah das und war auf der Hut. Jocks Angst, es sich mit seinen Freunden zu verderben, könnte schließlich gefährlicher für ihn werden, dachte er, als die offene Feindseligkeit, die ihm in der Siedlung entgegenschlug, wo er immer beargwöhnt und, selbst wenn niemand ihn zu beobachten schien, stumm überwacht wurde.

Was hatte ihn eigentlich zu ihnen getrieben? Noch nach Wochen, in denen er in der Siedlung zu einem vertrauten Anblick geworden war, stellten sie einander diese Frage oder insgeheim sich selbst.

War er im Bunde mit den Schwarzen? Als Unterwanderer, als Spion? Schlich er sich davon, wenn sie ihn gerade nicht beobachteten – sie hatten ja zu arbeiten, konnten nicht ständig aufpassen –, und nahm Verbindung zu ihnen auf? Besuchten sie ihn heimlich nachts? Vielleicht kamen sie nicht einmal in Fleisch und Blut, sondern hatten andere, weniger sichtbare Arten des Zusammentreffens und der Weitergabe von Nachrichten, die ein Weißer nicht erkannte, da es dem Geist der Weißen nicht gegeben war, dergleichen zu ersinnen. Sogar denjenigen, die dem Burschen gewogen waren, ging er auf die Nerven.

Er sei nicht ganz da, hieß es bei den Leuten; sie meinten damit, er sei einfältig. Doch es gab einige unter ihnen, für die diese Wendung, harmlos, wie sie war, auf Dunkleres hindeutete: selbst wenn er im prallen Sonnenlicht *da war* und ihrem direkten Blick auswich, doch soweit er es vermochte, am Gespräch sich beteiligte, war er halb woanders, jenseits einer Linie, die sich wie der Horizont nicht im realen Raum festmachen ließ und überall beginnen konnte.

»Er hält euch zum Narren«, behauptete Ned Corcoran. »Da könnt ihr sagen, was ihr wollt über den. Mich legt der nicht rein.«

Sie runzelten die Stirn und schauten weg.

Man lernte hier, Nachsicht zu üben, aber Ned Corcoran war nicht der Mann, vor dem sie große Achtung hatten. Seine Vorstellung von gutnachbarlichem Verhalten war es, einen seiner Jungen vorbeizuschicken (er hatte einen ganzen Stall davon), gewöhnlich den sanftäugigen Achtjährigen, um irgendein Werkzeug oder sonst etwas auszuleihen, das dann den Weg in seinen Laden fand. Monate später lieh er es aus purer Großmut, als gehörte es ihm, einem anderen. Und holte es sich auch noch wieder. Er schickte denselben schüchternen Achtjährigen, um es zurückzufordern, und der stand mit offenem Mund atmend da, während man es herbeischaffte. Sie sahen Ned diese kleine Eigentümlichkeit nach, nahmen es aber übel, wenn er ihnen in überlegenem Ton barsch sagte, daß der weiße Nigger ihre Freundlichkeit ausnutzte.

Tat er das?

Enttäuscht von den meist vergeblichen Versuchen zu begreifen, was der komische Kauz eigentlich wollte, und argwöhnend, daß sein Kichern, sein Sichwinden und -drehen und Auf-einem-Fuß-Herumhüpfen nur dazu diente, sie zum besten zu haben, wurde es einigen Siedlern zu bunt, und sie begannen ihn herumzukommandieren; bisweilen in einem Maße, daß man sie zurückhalten mußte. Doch selbst jene, denen der Mann leid tat, waren von dem, was sie seine »Possen« nannten, unangenehm berührt. Es drängte sie, sobald er einen seiner Anfälle bekam, zuckte und stammelte, auf den Horizont zu starren, und wenn das nicht die erhoffte Wirkung zeigte, den Staub zwischen den Stiefeln eingehend zu betrachten. Er war das Zerrbild eines Weißen. Nannte man ihm das Wort für einen Gegenstand, konnte er es nach reichlichem Schnaufen und Pusten wiederholen, beim nächstenmal aber mußte man es ihm wieder von neuem beibringen. Er war eine Nachahmung, die schiefgegangen war, und sein bloßer Anblick setzte einen auch noch ins Unrecht und machte die ganze Sache irgendwie töricht und fraglich.

Der arme Kerl, er war in die Irre gegangen, außerdem war er damals noch ein Kind gewesen. Es war ihre Pflicht, die sie dem schuldeten, was sie waren oder zu sein beanspruchten, ihn wieder zu einem Weißen zu machen, wenn das möglich war. Aber war das denn möglich? Er hatte mehr als die Hälfte seines Lebens unter den Schwarzen verbracht, ganz zufrieden, wie es schien, hatte sich von dem ernährt, was das Land zu bieten hatte, ihr Kauderwelsch erlernt und sämtliche Geheimnisse erfahren, all die *Scheußlichkeiten*, an die sie glaubten. Hatten sie tatsächlich einen Menschen vor sich, einen Weißen, gaben ihm ein Messer in die Hand und reichten ihm Brot, der womöglich –

Sie brachen ab, wollten auch nicht eine Andeutung davon über die Lippen bringen und zu einer Tatsache in ihrer Welt machen. Wenn er es getan hatte, so wies nichts darauf hin, gar nichts. Nichts an seinem stupsnasigen, schielenden Aussehen und in der Unbefangenheit, mit der er in eine Kruste biß und sie mit seinen abgenutzten, geschwärzten Zähnen in Angriff nahm, verwies auf die Dinge, in die er während jener sechzehn Jahre eingeweiht gewesen sein mochte.

Er war am Anfang ein Weißer gewesen. Kein Zweifel. Als er bei den Schwarzen gestrandet war – mit dreizehn, oder? –, war er wie jedes andere Kind gewesen, eines von den eigenen zum Beispiel. (Das war schwer zu schlucken.) Aber war er weiß geblieben?

Sie sahen sich ihre Kinder an, von denen selbst das kleinste munter drauflosplapperte, völlig zu Hause in der Sprache, lauschten dann dem kümmerlichen halben Dutzend englischer Wörter, die dieser Bursche herauswürgen konnte, und sogar die waren so schrecklich verballhornt, daß sich kaum erraten ließ, wovon er redete, und sie mußten sich die schwierigere Frage stellen. Konnte man das verlieren? Nicht nur die Sprache, sondern *es. Es.*

Denn tatsächlich wirkte er manchmal, wenn man ihn betrachtete, nicht weiß. Seine Haut war es vielleicht, nicht aber seine Züge. Der Schnitt seines Gesichts verlieh ihm das Aussehen eines von *denen.* Wie ließ sich das erklären?

Mr. Frazer wußte die Antwort: Seine Zähne waren fast bis aufs Zahnfleisch abgenutzt, weil er einheimische Nahrung gegessen hatte. Die Gesichtsstruktur der Weißen kam von der gänzlich anderen und feineren Kost. Die Zahnstummel und die daher rührende Verbreiterung des Kiefers verliehen ihm das Aussehen, das sie an einen Eingeborenen erinnerte.

Ach so, das war es also.

Oder – auch das stammte von Mr. Frazer und war eine härtere Nuß – es waren die Sprachen, die er erlernt hatte. Er konnte fünf Sprachen. Sein Kiefer hatte sich im Laufe der Jahre den neuen Lauten angepaßt, die er hatte bilden müssen. Konnte es da nicht nach einer Weile passieren, daß die gesamte Gesichtsstruktur davon geformt wurde, so wie sich zum Beispiel die Gesichtsform eines Franzosen von der eines Engländers oder eines Schotten unterschied, so daß jeder eine gewisse Ähnlichkeit mit den anderen Sprechern derselben Sprache hatte?

Na ja!

Oder vielleicht stimmten ja auch beide Theorien, aber dazu kam noch die Mühe, die er sich in jenen sechzehn Jahren gemacht haben mußte, sich einzufügen und einer von ihnen zu werden, Gesichtsausdrücke zu finden, die er instinktiv oder durch Nachahmung übernommen hatte, alle so verschieden von denen eines Weißen, und die ihm den täglichen Umgang mit ihnen vereinfacht hatten. Indem er sich sozusagen diese neue Sprache aus Blicken und Mienenspiel als zweite Natur angeeignet hatte, hatte er das Äußere eines Weißen verloren, insbesondere nach Ansicht von Weißen, die nicht mehr erkennen konnten, was seine Mimik ausdrücken wollte, und war somit in ihren Augen zum Schwarzen geworden.

Sie ließen sich dies durch den Kopf gehen. Möglich. Schon möglich. Aber weit mehr beeindruckt waren sie von etwas Einfacherem und Beunruhigenderem, da es sie persönlich betraf und ihr Gefühl, an einem Ort zu sein, von dem sie noch nicht alle Auswirkungen auf sich selbst kannten.

Stimmte es denn nicht (dies war nicht Mr. Frazer, sondern ein anderer großer Grübler), daß Weiße, die zu lange in China blieben, dazu neigten, nach einer Weile die Schlitzaugen und die flachen Gesichter des Gelben, des Chinesen zu bekommen?

Studiert ihn, wie er dasitzt in der Sonne, mit jenem ausdruckslosen, nach innen gewandten Blick; brütend, verdrossen. Seht die Furchen auf seiner Stirn. Waren es die Gedanken eines Weißen, die sie hervorriefen, oder nicht vielmehr das Wissen um etwas (sie nannten es nicht beim Namen), das einem Weißen kaum vorstellbar wäre und das, wenn die düstere Erinnerung daran ihn durchzuckte, unmittelbar zu einem in den Raum drang als etwas, das man *riechen* konnte? Denn trotz all des Abschrubbens mit Kernseife, trotz der weichen Wollhemden und Hosen aus Moleskin, die Ellen McIvor für ihn aufgetrieben und eigenhändig gewaschen hatte, hatte er den Geruch beibehalten, mit dem er hier aufgetaucht war, den Geruch des Eingeborenen nach Fleisch und Schmutz, ein bedrückender Hinweis auf das, was in ihm sein mochte und nicht mehr rückgängig gemacht werden konnte.

Schon die Art, wie er sich bewegte, war ein Hinweis. Er konnte in einem Raum sein, bevor man es merkte, weil seine Füße fast lautlos über den harten Lehmboden huschten. Man fuhr mit der Hand unwillkürlich zum Nacken, als hätte sich eine Fliege dort hingesetzt. Aber es gab keine Fliege. Man drehte sich blitzartig um, und *er* war es; dann grinste er auf seine typische, teils törichte, teils entschuldigende Art, bestrebt, den Schrecken, den er einem eingejagt hatte, wettzumachen, indem er das eingeweichte Hemd aus der schmutzigen Lauge angelte oder Wasser holte, um die Seifenlauge auszuwechseln, während man sich noch die Seite hielt und darauf wartete, daß das Herz wieder an seinem angestammten Platz schlug.

Natürlich hatte man nicht vor *ihm* Angst. Er war harmlos, so hieß es zumindest, und man war nur allzu bereit, es zu glauben. Es war der Gedanke, daß es vielleicht beim nächstenmal nicht er wäre. Daß es, wenn man aufschreckte und hochsah in Erwartung seines dummen Lächelns, die Axtschneide war, die auf einen herniedersauste. Er ließ wahr werden, was bis dahin nichts als ein schreckliches Gerücht gewesen war, auch wenn das Gerücht in letzter Zeit einen Namen und eine Zahl bekommen hatte. Comet River, neunzehn Seelen.

Denn in jedem Augenblick – das war der Sachverhalt – konnten sie überwältigt werden. Noch der Unerschrockenste von ihnen spürte, wenn er unter die Sterne hinaustrat, um vor dem Schlafen sein Wasser abzuschlagen, die Hose aufgeknöpft und der Nacht preisgegeben, wie die Hoden beim Knacken eines Zweigs schrumpften, und verstaute sofort alles, ohne sich auch nur die Mühe zu machen, die letzten Tropfen abzuschütteln.

Selbst am hellichten Tag einem von ihnen ins Auge zu sehen, der plötzlich aus dem Nirgendwo aufgetaucht war, aus der Erde vielleicht oder dem Dunkel, in dem sie sich immer wie eine Wolke bewegten, stellte die Fähigkeit eines Mannes auf die Probe, unerschütterlich standzuhalten, wenn das Herz auch raste.

Schlagartig wurde man mit einem Schrecken konfrontiert, von dem man glaubte, man habe schon vor Jahren gelernt, ihn als kindisch abzutun: den Butzemann, den schwarzen Mann, die stockfinstere Nacht. Und jetzt ist es hier, keine zwei Meter entfernt, ein kompaktes, atmendes Ding: ein Etwas, neben dem alles, was man je an Dunkel, *sichtbarem* Dunkel, gekannt hat, wie ein Schatten wirkt, und alles, was sich bei dieser Begegnung ins Feld führen läßt, aus einem Leben, das auf der anderen, helleren Seite der Dinge geführt wurde – Shilling und Pence, das Vaterunser, das halbe Dutzend Melodien, das die Finger auf den Saiten einer Fiedel spielen können, die Namen und das Alter der eigenen Kinder, einschließlich derer unter der Erde, die Hand der dir angetrauten Frau auf deinem nackten Bauch und die scheue, nachsichtige Liebe, die man für sich selbst empfindet –, alles wird hinfällig und verschwindet angesichts des Erscheinens einer Gestalt aus dem Nichts, einer Gestalt, die vielleicht größer ist als man selbst und von rußfarbener Schwärze, schwärzer als schwarz, völlig regungslos, ganz nah und dennoch so weit weg, daß es einem bei einer Entfernung von bloß anderthalb Metern unmöglich ist, zu begreifen, wie sie hier im gleichen Raum, zur gleichen Zeit bei einem sein kann.

Den Blick hast du auf die kleinen Fliegen mit dem harten Panzer gerichtet, die in den Winkeln ihrer blutunterlaufenen Augen kriechen und in Abständen sich nach unten verziehen, um den Schweiß von ihren Lippen zu trinken. Und das Grauen, das diese Erscheinung hervorruft, ist nicht nur der Geruch, den du in deinem eigenen Schweiß riechst, der Geruch einer halbvergessenen Sumpfwelt, die tief zurückreicht in beiden von euch, sondern das Wissen, daß für ihn, während ihr euch in der Sonne gegenübersteht, alles, was du bist und was du vertrittst, noch nicht am Horizont der Welt erschienen ist, so daß wenig später deren ganze Fülle für dich geschmälert wird, bis sie gänzlich verlorengeht und ihr euch schließlich in einer erschreckenden Gleichheit begegnet, die dir den letzten Fetzen von der Seele wegzieht und dich so weit an den Rand deines Ichs drängt, daß du befürchtest, nie mehr zurückkommen zu können.

Es war diese Mischung aus monströser Fremdheit und unangenehmer Ähnlichkeit, die Gemmy Fairley so beunruhigend für sie machte, da er ihnen jederzeit die eine oder die andere Seite zeigen konnte; als stünde er immer da bei einer jener Begegnungen, doch *er* käme bereitwillig, und das Zusammentreffen wäre eine Umarmung.

4

DER SCHULMEISTER George Abbot ließ die Siedler im Glauben, er sei ein Mann von sechsundzwanzig oder siebenundzwanzig Jahren mit dem Benehmen eines sogar noch älteren. In Wirklichkeit war er erst neunzehn, aber sein unansehnliches Äußeres und die Strenge, die er jeglicher jugendlichen Schwärmerei gegenüber an den Tag legte, ermöglichten die Täuschung. Er gab sich als Pfeifenraucher, krempelte sich die Ärmel nicht einmal an Tagen hoch, wenn es unter den Schindeln seines Schulhauses so heiß wie in einem Backofen war, und war er sonntags zum Essen eingeladen, verwehrte er es den Müttern seiner Schüler, ihm einen Nachschlag zu geben. Er wollte nicht als Junge angesehen werden, um so weniger, als er von den Gelüsten eines Jungen geplagt wurde und sein Körper zu seiner Bestürzung immer noch wuchs und ihm ständig einen Strich durch die Rechnung machte.

In der armseligen Kammer, die sie ihm zur Verfügung gestellt hatten, hinter der Wandtafel in dem Raum, wo er seine Autorität über einen Haufen von Sieben- bis Zwölfjährigen ausübte, kämpfte er mit seiner Einsamkeit, seiner Jugend und einer sinnlichen Natur, die zu Hause von der Unerbittlichkeit der Konvention und der besänftigenden Anwesenheit seiner Schwestern gedämpft worden war wie auch von dem Pflichtgefühl, das er den eigenen hochfliegenden Zukunftsaussichten gegenüber empfand. Hier in der trägen Luft und der salzigen Feuchte eines Ortes, wo alles von strotzender Üppigkeit war, litt er beständig Qualen. Alles, was einst gut in ihm gewesen war, war verkommen, und er achtete die Wahrheit zu sehr, war zu eifrig und streng darauf bedacht, sich selbst zu erforschen, um nicht zu fragen, was das wohl für eine Art Gutsein war, das auf Gedeih und Verderb von den Verhältnissen abhing und ihnen so leicht erlegen war.

Ihm war das Falsche seiner Stellung bewußt, und er haßte es. Wenn er eingeladen war, war er häufig der einzige am Tisch, der Schuhe trug.

Wenn ihn die älteren Mädchen in einer Familie mit ihrem offenen Blick bedachten, errötete er stets so heftig, daß er, um seine Verlegenheit zu verbergen, sein Taschentuch aus dem Ärmel nehmen und sich der Prozedur des Naseputzens unterziehen mußte – eine Darbietung, die als so bemerkenswert erachtet wurde, daß alle am Tisch zu essen aufhörten und ihn anstarrten.

Ihre Brüder, Burschen in seinem Alter, saßen grinsend da. Sie wußten nicht, wie sie ihn anreden sollten, ohne die eigene reichlich unsichere Würde zu untergraben. Er war »Mr. Abbot« für ihre Eltern und »Sir« für ihre kleinen Brüder und Schwestern. Wenn er ihnen in der Siedlung zufällig begegnete, wie sie herumlümmelten und sich anders als er einigermaßen wohl in ihrer Haut fühlten, verstummten sie, bis er vorbei war, flüsterten dann und lachten los, doch nie laut genug für eine Beschwerde.

Seine Schüler, dünnwangig die Mädchen, die Jungen, einige fast schon Männer, strubbelig und mit schweren Lidern, waren schon vor Morgengrauen auf den Beinen, um die Kühe zu melken und all die sonstige Arbeit zu erledigen, die das rauhe Leben auf der Farm erforderte. Sie saßen leicht taumelig in ihren Schulbänken. Ihre Augenlider flatterten.

Das Einmaleins gemeinsam aufzusagen weckte nicht ihre Lebensgeister, auch nicht Shelleys Gedicht »An eine Feldlerche«, wenn ihre jungen Stimmen es durch die schwüle Luft hinaussandten. Besiegt von der Stumpfheit, die ihm aus den schweißdunklen Griffelhaltern entgegenschlug und ihren bläulich schimmernden Zähnen, fühlte er, wie Wut ihn langsam übermannte.

Mit einer Ironie, die ihm vollkommen bewußt war, notierte er mit Kreide die Wörter aus der Fibel, die sie als Hausaufgabe lernen mußten: *ungestüm, huldvoll, Dekorum, Besonnenheit* ... Und am nächsten Tag, wenn der Klassenordner sie weggewischt hatte, fragte er sie ab und bestrafte jene, die einen Fehler machten, Jungen und Mädchen gleichermaßen, ein Schlag mit dem Lineal für jedes falsch buchstabierte Wort.

Eine Art Widerwillen gegen sie und ebenso gegen sich selbst stieg ihm bei dem essigsauren Geruch auf, den sie ausströmten, wenn sie ihm ihre Hände hinhielten, die Finger nach unten gestreckt, und ihm die Schwielen zeigten, ausgefranst an den Stellen, wo sie daran gekratzt hatten, und die Schicksalslinien von Schmutz gemasert.

Er haßte diese kleinlichen Schikanen. Sie spotteten in ihrer Engstirnigkeit jedwedem Streben in ihm nach dem, was edel und großzügig war. Aber er schlug sie, und die unmittelbare physische Wirkung war befreiend. Wenn er dann die grimmige Entschlossenheit sah, mit der auch die Jüngsten von ihnen die Hände in die Achselhöhlen klemmten und gegen die Tränen ankämpften, hätte er selbst in Tränen ausbrechen mögen, so sehr schämte er sich.

Er hatte nie vorgehabt, nach Australien zu gehen, schon gar nicht in diesen entlegenen Teil.

Als einziger Junge in einer Familie von fünf Kindern war er auf Kosten seines Paten ausgebildet worden, eines Junggesellen mit luxuriösem Lebensstil und exzentrischen Ansichten, der entfernt mit seiner Mutter verwandt und vielleicht einst, zumindest deutete sie so etwas gern an, ihr Bewunderer gewesen war. Nach dem Tod von Georges Vater zögerte sie daher nicht, sich im Interesse des Jungen an ihn zu wenden.

Mr. Robertson, »Cousin Alisdair«, erschien und nahm die Familie in Augenschein, und wenn auch der große Herr zu ihrer Enttäuschung den Besuch nicht wiederholte, willigte er doch ein, Georges Schulausbildung zu zahlen, und zweimal im Jahr, an Ostern und am Michaelistag, durfte der Junge zu ihm auf den Landsitz nahe bei Perth. Er bekam Bleistifte und Bücher geschenkt und an Weihnachten Päckchen mit Bonbons und Walnüssen und süßschmeckenden Mandarinen, die er nach Hause zu seinen Schwestern schmuggelte; und jedes Jahr an seinem Geburtstag wurde Maß für einen Anzug genommen. Der Schneidergehilfe zeigte ihm Stoffe, und angeleitet von Cousin Alisdair, lernte er, zwischen den unterschiedlichen Tweedqualitäten zu unterscheiden; dann stellte er sich auf eine Kiste, während Mr. Davidson staunte, wie schnell er doch wachse und was für einen kräftigen Brustkasten er habe, und das Bandmaß anlegte, derweil Cousin Alisdair in einem hohen Lehnstuhl saß und in Zeitschriften blätterte.

Er war ein gescheites Kerlchen, besaß den kecken Charme, der Hand in Hand geht mit kindlichem Selbstbewußtsein, und wurde bald zum Liebling aller Bediensteten im Haushalt und der vielen Besucher, die beeindruckt waren von der Unbefangenheit, mit der er in Steghose und Faltenhemd den Salon betrat, von seiner Bereitschaft, knifflige Fragen von Cousin Alisdairs juristischen Freunden zu beantworten, Botschaften zu überbringen oder mit der Artigkeit, wie sie einem jungen Mann anstand, ein Buch oder ein Plaid für die Damen zu holen, und von seinem Geschick, aus einem Stiel und der Pappe einer Bonbonschachtel eine Fliegenklatsche gegen die schläfrigen Wespen zu fabrizieren, die aus dem Obstgarten hereingetaumelt kamen, um sie in ihrer Ruhe zu stören. Er nahm all dies nur als die fällige Huldigung an einen Charme, der angeboren und unwiderstehlich war, und es war darum ein Schock, als das Leben ihm, als er etwa fünfzehn Jahre alt war, eine erste und zugleich verhängnisvolle Enttäuschung bereitete. Eine niederschmetternde Unansehnlichkeit zeichnete sich in seinem Äußeren ab, und er merkte – er brauchte etwas Zeit, um es ganz zu begreifen –, daß die Leute ihm nicht mehr das gleiche Interesse schenkten und verlegen dreinblickten, wenn er auf seine alten Charmeurtricks zurückgriff: sie paßten nicht mehr zu dem großen, übermäßig aufgeschossenen Burschen, der er geworden war.

Auch Cousin Alisdair verlor das Interesse an ihm. George hatte, das sah er voll Bitterkeit, den Respekt verletzt, den der große Herr dem Ästhetischen zollte. Er mußte schwer darum kämpfen, daß durch die Kränkung nicht ständig nagender Groll in ihm entstand angesichts der Ungerechtigkeit der Dinge und daß er nicht ebenso verdrießlich wurde, wie es sein grobschlächtiges Aussehen eigentlich nahelegte.

Mr. Robertson zahlte weiterhin für seinen Unterhalt und seine Ausbildung und schrieb ihm zu Beginn jeden Semesters herzliche, nichtssagende Briefe, aber sie trafen sich nicht mehr. Und so kam es, daß George sich in seinem verletzten Stolz, aber fest entschlossen, dies nicht zu zeigen, eines Morgens, bescheiden ausstaffiert und endlich mit seinem akademischen Grad bewaffnet, am George Square einfand, um seinem Wohltäter, wie es sich gehörte, für die erwiesene Güte zu danken, aber auch in der Hoffnung, den ihm in Aussicht gestellten Posten zu bekommen.

Der Diener, der ihn einließ, war ein strammer, stupsnasiger Bursche seines eigenen Alters, sehr modisch herausgeputzt. Der tut gern groß, dachte George, und als sie durch verschiedene Räume schritten und der junge Bursche beiseite trat, um ihm den Vortritt zu lassen, fühlte George sich als Gegenstand träge prüfender Blicke, die ihn dazu verführten, auf linkische Weise an seinem Kragen herumzuzupfen.

Es war, als hätte dieser große Bauernbursche, der allerdings nicht schlecht aussah, in seinem Dünkel angesichts des eleganten Schnitts seines Gehrocks, seiner schwellenden Schenkel in den blaßseidenen Strümpfen und Gott weiß was für anderer Gründe für arrogante Selbstsicherheit einen Vergleich zwischen ihnen angestellt und ihn mit großer Befriedigung zu seinen eigenen Gunsten entschieden. George wurde der Wind aus den Segeln genommen. Er mußte sich nachdrücklich vor Augen halten, daß er hierhergekommen war in der Absicht, sich nicht auf alte Gefühle zu berufen und vor allem nicht den Versuch zu unternehmen, alten Charme anzuwenden. Mochte sein Wohltäter ihn ernst nehmen, und als das, was er war.

Mr. Robertson saß am Schreibtisch mit der Morgenpost. George war erstaunt, wie wenig *er* sich verändert hatte. Er stand auf, frisch duftend von Kopf bis Fuß, legte seine goldgefaßte Brille beiseite, kam um den Schreibtisch herum und umarmte George auf so herzliche und natürliche Weise, daß all der Groll nachließ, den er verspürt hatte, und sein altes Verlangen nach Zuneigung ihn wieder überkam. Er hatte Cousin Alisdair einmal sehr gemocht.

Mr. Robertson zog sich wieder hinter den Schreibtisch zurück, aber sein rosiges Gesicht drückte nach wie vor Interesse aus.

Es freue ihn wirklich, zu sehen, wie stattlich er geworden sei; auch zu sehen, wie gut er sich gemacht habe.

Fortschritte? Ausgezeichnet. Seiner Mutter gehe es gut? So eine liebe Frau. Was für schöne Erinnerungen an frühere Zeiten. Und seinen Schwestern?

George war froh, daß sich ihm die Gelegenheit bot, Mr. Robertson daran zu erinnern, wie sie, seine Mutter und seine Schwestern, von ihm abhingen. Mr. Robertson lobte sein Verantwortungsgefühl, war erfreut, es bei einem so jungen Mann anzutreffen. Das Gespräch verlief flüssig, und ganz zwanglos kamen sie auf seine Zukunft zu sprechen. Hatte er sich schon Gedanken darüber gemacht?

Hatte er eine Vorstellung, was er mit seinem Leben anfangen wollte?

Das hatte er natürlich, und in der Vertrautheit, die wieder zwischen ihnen herrschte, und mit der ihm eigenen Offenheit zog George Cousin Alisdair ins Vertrauen, was ursprünglich nicht sein Plan gewesen war. Er wich von seiner vorbereiteten kleinen Rede ab und sprach von seinen Gefühlen, seinem Streben, wagte sogar, ein, zwei witzige Pointen anzubringen; er erlaubte sich, ein bißchen großzutun, was doch bestimmt verzeihlich war, bedachte man, wieviel auf dem Spiel stand. Am Schluß legte er ein regelrechtes Bekenntnis ab. Inspiriert von den üblichen Geschichten aus der Sonntagsschule, des weiteren von der seriöseren Lektüre von Forschungsberichten – und selbstverständlich vom Beispiel ihres Landsmanns Dr. Livingstone –, sei er darauf gekommen, nicht voreilig, sondern nach genauem Erkunden des eigenen Innern und stillem Sinnieren, daß sein Leben, sein *wirkliches* Leben, dem dunklen Erdteil, Afrika, gehöre. Er wünsche sich ein Leben voller Anstrengung, das seine ganze Kraft in Anspruch nehme – er habe eine sehr robuste Konstitution. Er habe keine Ahnung, wie Mr. Robertson über dergleichen denken mochte, und er sei sich stets bewußt, daß er Rücksicht auf seine Mutter und seine Schwestern nehmen und sich wohl vorläufig etwas Praktischerem widmen müsse, das heißt dem Handel, dem Geschäftsleben – doch dies zu entscheiden stehe seinem Wohltäter zu, und natürlich werde er, falls es dazu komme, sich unterordnen, es mit Geduld tragen –, aber es ziehe ihn nach Afrika, das wisse er mit Sicherheit. Die Idee sei zu mächtig, als daß sie von den Jahren, die er wohl dem Geldverdienen würde widmen müssen, zerstört werden könnte. Er mache sich hinsichtlich der Härten, die ein solches Leben bereithalten mochte, keinerlei Illusionen. Er sei darauf gefaßt. Ja er freue sich darauf; Arbeit dieser Art, die einen auf die Probe stelle und fordere und ...

Mit einemmal wurde er sich einer zweiten Stimme im Raum bewußt. Mr. Robertson hatte gesprochen; zwei oder drei Silben, die zwar an sein Ohr gedrungen waren, nicht jedoch zu seinem Verstand. Fortgetragen von der eigenen Begeisterung, hatte er es als selbstverständlich betrachtet, daß Mr. Robertson ihn bis zum Ende anhören würde, und war erstaunt, das Gesicht seines Wohltäters, rotwangig und erwartungsvoll, jetzt von einem Ausdruck amüsierten Interesses oder gar – konnte das wirklich sein? – boshafter Belustigung belebt zu sehen.

Australien. Das war das Wort, das Mr. Robertson beiläufig geäußert hatte. Schweigen umgab es, breitete sich weiter aus. Habe er, erkundigte sich Mr. Robertson freundlich, und seine Augen funkelten dabei hinter den dünnen goldenen Kreisen, zufällig Australien in Erwägung gezogen?

Nein, das hatte er nicht. Noch nie in seinem Leben. Nicht ein einziges Mal. Der Atem stockte ihm; er versuchte, die große, erdrückende Masse wegzuschieben.

Australien? Er wußte ja kaum, wo das lag. Er hatte das unbehagliche Gefühl, daß seinem Wohltäter die Idee gerade erst in den Sinn gekommen war. Daß ihn vielleicht einer der Briefe darauf gebracht hatte, die unglücklicherweise zufällig in einem Haufen in der Nähe seiner Ellenbogen lagen. Das Willkürliche daran erfüllte George mit einer Art Ausgelassenheit. Gelächter stieg in ihm auf, drohte sich zu entladen und alle Dinge ringsum zu zersplittern und hallte als Echo vom anderen Ende der Welt wider, während Cousin Alisdair, ganz in moirierte Seite gekleidet, aber mit stählernem Glanz im Blick, als wären eloquente Ergüsse ein Familienmerkmal, das sich noch bei Cousins fünften Grades zeigte, ausführlich die Vorteile jenes anderen, rivalisierenden Friedhofs darlegte – desjenigen, den George *nicht* ins Visier genommen hatte. Freunde in Sydney... Möglichkeiten da draußen, wie sie nicht günstiger sein konnten ... Bester Boden für die Aussaat ... Sieben Jahre.

(George hatte den Eindruck, als fiele die ganze graue Masse auf ihn.) Unterdessen werde er, Cousin Alisdair, dafür sorgen, daß es Georges Mutter an nichts fehle, seine Schwestern die Mittel bekämen, um sich zu verheiraten, und immer, ja immer werde er sich freuen zu hören, wie er zurechtkomme ...

Er kam überhaupt nicht zurecht. Im Gegensatz zu dem, was man sagte, war der Boden für die Aussaat zu fett und hatte ihn ruiniert. Immer wieder dachte er verbittert an jenen großtuenden Diener, der sich, die Stirn vor Anstrengung gefurcht, Buchstabe für Buchstabe durch eine halbe Spalte des *Glasgow Herald* mühte, ohne einen reichen Paten, der sich um ihn kümmerte, und ohne Zukunftsaussichten, der aber, da er sonntags die ganze Stadt zum Herumstolzieren hatte und so viele Mädchen zum Anschauen und Hofieren, dazu saubere Fingernägel und ein blütenweißes Hemd, tausendmal besser dran war als er selbst.

Alles, was sich seinem Blick in diesem gottverlassenen Kaff darbot, sagte ihm, wie erbärmlich sein Leben war, wie einsam und hoffnungslos. Niemand hatte ihn gern. Die Tage vergingen, ohne daß er je ein intelligentes Wort hörte. Afrika hätte, glaubte er, seinen Geist gestählt und in ihm den Mann zum Vorschein gebracht. Hier forderte man ihm nichts dergleichen ab. Die Umgebung brachte einem auf schmähliche Weise Niederlagen bei. Sie war rundum niederdrückend, in all ihren Formen klebrig und heimtückisch gefällig – Üppigkeit und rascher Blüte folgte dumpfiges Verwesen, so daß der Geist in einem Augenblick heftig erregt, gereizt, ja überspannt war und im nächsten träge daniederlag. Selbst die Eingeborenen waren von einem schmuddeligen trüben Grau. Dünnwadig, staubbedeckt und würdelos waren sie, und das Leben, das sie führten, war bloß degeneriert, so dreckig und verfloht, daß es nichts als Entsetzen einflößte beim Gedanken, woraus die menschliche Natur sich anfänglich entwickelt haben mochte und wie leicht sie in solch einer Umgebung wieder zum ursprünglichen Zustand zurückkehren konnte.

In diesem Licht betrachtete George den jammernden, jaulenden Burschen, dessen Geschichte er an jenem Tag in seinem Schulzimmer aufgezeichnet hatte.

Er war sich gescheit vorgekommen, als er die zusätzlichen Bemerkungen bei dem machte, was zu dokumentieren seine Aufgabe war. Seine Befürchtung war jetzt, daß er sich, jenem frivolen Drang nachgebend, infiziert hatte, und zwar auf dieselbe träge, beinahe schläfrige Weise, wie er hier alles tat, als wäre nichts von Bedeutung oder Tragweite.

Er verbot den kleinen McIvors, sich von dem Burschen zur Schule begleiten zu lassen, und als man sich seinen Geboten widersetzte – »Wir können's nicht ändern, Sir«, zirpten sie, »wenn er uns nachtrottet« –, brachte er die Angelegenheit beim Vater der Mädchen zur Sprache. Der Junge, Lachlan, machte sich gezielt daran, ihn zu provozieren. Statt Gemmy auf Distanz zu halten, ermutigte er ihn, und ein Hickhack zwischen Lachlan und ihm war die Folge, von genau der banal ausgetüftelten Art, die ihn in seinen lichteren Augenblicken so deprimierte.

Er war der aufgeweckteste seiner Schüler, dieser Lachlan Beattie, und hätte leicht sein Lieblingsschüler werden können, ging tatsächlich auch davon aus, daß dem so war. Unabhängig und von rascher Auffassungsgabe, erfüllt von einem kecken Selbstvertrauen, das George nur allzugut wiedererkannte, und begierig auf Lob, hatte er zu Beginn alles nur Mögliche getan, um die Aufmerksamkeit auf sich zu lenken und Anerkennung zu erhalten; und aus ebendiesem Grund war George von Anfang an entschlossen, ihm diese zu verweigern. Absichtlich und auf eine Art, die der Junge gewiß erkennen mußte, ignorierte er ihn, und als Lachlan bemerkte, daß er, wie schnell er auch die Antwort parat hatte, wie energisch er mit der Hand in der Luft wedelte, nicht an die Reihe kam, wurde er hochmütig, dann aufrührerisch und schließlich abgestumpft. Und nun fügte George seiner üblichen gezielten Gleichgültigkeit auch noch Sarkasmus hinzu, indem er die Anwesenheit des »Schattens« dazu benutzte, den Jungen vor seinen Kameraden lächerlich zu machen. Jetzt war es Lachlan, der Gemmy auf Distanz hielt.

5

Als ihre Mutter ihnen mitteilte, ein Vetter werde zu ihnen kommen, waren die beiden Mädchen entzückt. Endlich Familie, außerdem ein Junge! Aus Schottland, von daheim. Sie sollten besonders liebevoll zu ihm sein. Sein Vater war bei einem Grubenunglück umgekommen und hatte fünf kleine Kinder hinterlassen, die ernährt werden mußten; Lachlan war der Älteste.

Sein Vater, Rob, war der Lieblingsbruder ihrer Mutter gewesen. Als sie ihn das letztemal gesehen hatte, war er ein Bursche von neunzehn Jahren und frisch verheiratet. Sie hatte ihm sein Hochzeitshemd genäht aus reiner Sea-Island-Baumwolle, die sie zwei Shilling den Meter gekostet hatte; sechs Monate lang hatte sie darauf gespart.

Sie kannten alle Einzelheiten aus dem Leben ihrer Mutter daheim, sie hatte ihnen oft davon erzählt, doch nun erzählte sie es ihnen noch einmal: wie ihre eigene Mutter, ihre Großmutter also, als Kind, nicht viel älter, als sie jetzt waren, unten in der Mine gearbeitet hatte – könnt ihr euch das vorstellen! Das Haus mit einem kleinen Hinterhof, kaum groß genug, daß eine Katze reinspringen konnte – und hier hatten sie zwanzig Morgen. Der Vater und die vier Brüder, alles Bergleute. Janet sah sie, wenn ihre Mutter davon sprach, lärmend beim Tee zusammensitzen, noch dreckig von der Grube, die Fäuste schwarz, nur ihre Augenlider, wenn sie auf ihre Teller blickten, und ihre Zähne, wenn sie grinsten, leuchteten weiß in den rußigen Masken, bis sie, einer nach dem anderen, in der kleinen dunklen Waschküche neben dem Hof den Kopf in den Zuber steckten, Rücken und Schultern einseiften und dann wieder hereinkamen, so weiß, daß sie jetzt zu groß wirkten für das niedrige Wohnzimmer, das Haar mit dem Handtuch rubbelnd, lachend herumblödelnd und endlich wieder – sie sah auch das – ihr separates, erkennbares Selbst erhielten: Willie, Ewan, Jamie, Rob.

Ihre Mutter hatte als Mädchen ihnen allen den Haushalt geführt, Hemden gewaschen, Socken gestopft, sich ihr Brummeln und Grummeln angehört, aber sie haßte die Grube und war fest entschlossen, wenn sie einen Mann für sich fand, dürfte es nie und nimmer ein Bergarbeiter sein. Sie hatte gesehen, wie die einzelnen Brüder heranwuchsen, wie aus lebhaften, liebevollen Kerlchen rauhe Burschen wurden, die alle feineren Empfindungen in sich unterdrückten, ja auslöschten. Samstag abends waren sie nicht besser als die anderen Männer von Airdrie. Sie gerieten in Schlägereien, kamen heim mit Prellungen, aber in Hochstimmung, fielen dann in einen dumpfen, bleiernen Schlaf.

Als ihr Papa erschien – Janet schaute auf und sah ihn grinsen, zufrieden mit sich und zwanzig Jahre jünger aussehend –, war's gerade noch rechtzeitig, erzählte sie ihnen. Sie war nämlich schon vierundzwanzig und dabei, eine alte Jungfer zu werden. Einer ihrer Brüder brachte ihn nach einem Fußballspiel mit nach Hause, doch sie hatte ihn bereits beim Tauziehen im vergangenen Sommer gesehen. Ein großer, hagerer Bursche mit heller Haut und rotblondem Haar. Angesäuselt und leicht beschämt, war er steif wie ein Stockfisch bei jener ersten Begegnung, später allerdings wurde er draufgängerischer. Er arbeitete wie sein Vater als Gärtner auf einem großen Gut. Ihre Brüder neckten sie mit der Warnung, so zahm sei er nicht, wie er aussehe, er trinke gern einen Schluck, habe ein Auge für die Mädchen; aber das hatte sie selbst schon bemerkt. Es schreckte sie nicht ab.

Janet lauschte alldem traumbefangen, wie immer, wenn ihre Mutter von Dingen sprach, die ihr die Welt da drüben wieder lebendig machten; sie klammerte sich an jede Einzelheit und konnte nicht genug kriegen. Sie liebte dieses andere Leben, das ihre Eltern geführt hatten; liebte Schottland und die Zeit, bevor sie nach Australien gingen, bevor sie geboren wurde, es war auch ihre Zeit, die ihr Leben über die wenigen Jahre hinaus, an die sie sich selbst erinnern konnte; in die Vergangenheit dehnte und einer Welt Wirklichkeit verlieh, die sie brauchte: lebhafter und interessanter, mit mehr *Dingen*, auch mehr Menschen erfüllt als die Welt, in der sie sich befand. Dieser Vetter würde durch sein Kommen ein wenig davon mitbringen. Noch würde Licht von jener Welt auf ihm ruhen, lebendig und real. Er würde deren Sprache sprechen.

Aber nachdem er einmal da war, zeigte er keine Dankbarkeit für die Chance, die man ihm bot, und freute sich überhaupt nicht, sie zu sehen. Er war ein stämmiges, zähes Bürschchen von neun Jahren, ein Junge aus der Stadt. Airdrie, sagte er ihnen hochmütig, sei eine Stadt. Der Busch – das war noch nicht einmal richtiges Land – interessierte ihn nicht, und Janet sah – da er sie in seiner überlegenen, allwissenden Art dazu brachte, es zu sehen –, daß die Dinge, die sie sich aufgespart hatten, um sie ihm zu zeigen, all ihre kleinen Schätze und Geheimnisse, in seinen Augen armselig waren – *wie* armselig, das hatte sie bis jetzt nicht gesehen. Sie fühlte sich gedemütigt, als wäre die Armseligkeit in ihnen selbst. Es kam ihr nicht in den Sinn, daß er sich vielleicht schützen wollte; daß seine Weigerung, ihre Welt zu betreten, womöglich die Angst war, die Welt, die er verlassen und nach der er Heimweh hatte, noch mehr zu verlieren, als er sie schon verloren hatte. Er rümpfte die Nase und gab an. Nichts hier war gut genug für ihn.

Er begann jeden Satz mit »Daham in Schottland« – aber daheim, wie sie von ihrer Mutter wußte, hatten sie Hunger gelitten. Sie verhärtete sich und zog ihn auf. »Ah ja, daham in Schottland«, sagte sie im Singsang seines Akzents, den sie doch mochte. Er wurde rot bis an die Ohren und konnte kaum die Tränen verbergen.

Sie hatte triumphiert. Aber als sie es merkte, schämte sie sich, es war so leicht. Und Schottland, die Heimat, war ihr heilig. Sie griff sich selbst an, wenn sie sich darüber lustig machte.

Manchmal fühlte sie sich hilflos gegenüber einem Ort, den die Eltern mit jedem Wort, das sie äußerten, heraufbeschworen und der soviel stärker an die hochgespannten Empfindungen in ihr rührte als der Ort, an dem sie lebte. Und er hatte ihn gesehen und sie nicht. Das würde er ihr immer voraushaben.

Nach einer Weile entdeckte er, was ihn auszeichnete und ihm einen Vorteil ihr gegenüber verschaffte, und nutzte es unbarmherzig aus; nur war die Sache für ihn so natürlich, zufällig und nebensächlich, daß er, wenn er sie auch benennen konnte, selbst nicht wußte, was es eigentlich war. Er war voller Hohn, wenn sie ein Wort, das er gebrauchte, nicht verstand, und hatte sein Vergnügen daran, mit ihrer Mutter wieder in den alten Dialekt zu verfallen. Er blickte dann zu ihr hin mit weit geöffneten Unschuldsaugen, aber einem kleinen zufriedenen Lächeln um den Mund, weil er sie für den Augenblick ausgeschlossen hatte. Es juckte sie, ihm den selbstgefälligen Ausdruck aus dem Gesicht zu fegen, und er wußte es und war um so hochnäsiger. »Ich versteh's nicht«, jammerte die kleine Meg. »Was ist Kuddelmuddel? Was ist Klumpatsch?« Aber *sie* fragte nicht.

Der Kampf zwischen ihnen war heftig. Bis Lachlan auftauchte, war sie es gewohnt, ihrer eigenen Wege zu gehen, an keinerlei Bedingungen gebunden, frei. Sie war in nichts eingeschränkt. Jetzt verübelte sie ihm, daß er einfach davon ausging, er sei der Überlegene, der bei allem, was sie taten, die Führung zu übernehmen habe, und sie müsse sich selbstverständlich ihm fügen.

Sie war einen halben Kopf größer, im Augenblick hatte

sie ihm das voraus; aber das würde nicht so bleiben, sie machte sich darüber keine Illusionen. (Vor langer Zeit schon hatte sie entdeckt, wie befriedigend es war, wenn sie sich mit bitteren Wahrheiten quälte.) Sie suchte nach Mitteln, um ihn zu verletzen. Er war sehr stolz und glaubte gern, er sei hart im Nehmen, dabei weinte er leicht, und sie konnte ihn dazu bringen. Hatte sie ihn soweit, war sie bestürzt und fühlte sich elend und wollte ihn ganz gegen ihr eigenes Interesse trösten, auch wenn ihr klar war, daß er sie, sobald sie es täte, dafür hassen würde.

Manchmal waren sie sich für einen oder zwei Tage nah. Lebhaft und den Kopf voller Pläne, was man alles unternehmen könnte, war er, solange man ihn machen ließ, recht umgänglich. Allerdings mußte er sich dauernd zur Geltung bringen und der erste sein. Er war in die eigene innere Größe verliebt, hatte es aber gleichzeitig nötig, mit Dingen zu prahlen, die, wie Janet sah, nicht immer stimmten. Er verletzte ihren Sinn für unbedingte Wahrheitstreue. Sie war streng sich selbst gegenüber; warum sollte sie mit ihm weniger streng sein? Nach einer Weile wurde sie beherrscht von dem Bedürfnis, ihn zu entlarven, ihn zu dem Geständnis zu zwingen, daß so vieles von dem, was er behauptete, bloß ein weiterer Versuch war, sie einzuschüchtern und sich und die Überlegenheit von »daham« geltend zu machen; was ja stimmen mochte – letzteres stimmte ja tatsächlich –, aber sie konnte nicht zulassen, daß er sich als Richter aufspielte.

Sie hätte ihm alles verziehen, wenn er sich nur eine Spur demütiger verhalten hätte. Sie war voller Zuneigung und wollte ihn lieben, sie sehnte sich nach etwas Nachgiebigkeit in ihm, die ihr dies erlauben würde, ohne daß sie ihren Stolz verlor. Aber zuerst einmal müßte er zugeben, daß er sie brauchte, und das unterblieb. Alles, was sie und Meg wußten, er aber nicht, war nicht wissenswert.

Sie zeigten ihm das rötlichgoldene Harz, das die Eukalyptusbäume schwitzten und das, wenn man es kaute, bitter schmeckte. Er spuckte es aus und glaubte, sie machten sich lustig über ihn.

Sie zeigten ihm Hornklee. Er sagte verächtlich: »Kein Hornklee. Ist nicht der *richtige.*« Er hatte Glockenblumen gesehen. Als er aufstand und mit seiner hohen, klaren Stimme von ihnen sang, war Janet überwältigt, und ihre Mutter weinte. Sein Gesicht leuchtete. Er strahlte. Das Licht aus einem weit entfernten Ort, den sie sich nur vorgestellt hatte, schien durch seine Haut.

Sie stahl sich davon und blickte in einen Spiegel, konnte aber keine solche Schönheit – auch nicht in der Zukunft – in sich entdecken. Sie war schlaksig und sommersprossig. Sie hatte Warzen auf den Händen. Und in ihr war so ein Hunger nach Schönheit. Das Erscheinen der Schönheit in Lachlan machte sie nicht neidisch. Es erfüllte sie mit Ehrfurcht, wie vor etwas Unpersönlichem, das sie gegen ihren Willen völlig beherrschte.

Aber nach einer Weile merkte er trotz all seines Eigensinns und Stolzes, daß er, wollte er es hier zu etwas bringen, die Örtlichkeit kennen mußte. Er begann verbissen die kleinen Fertigkeiten und Tricks zu erlernen, die für das Jagen im Busch wichtig waren, und weil er aufgeweckt war und in allem der Beste sein mußte, war er schon bald ein hervorragender Jäger, couragiert und von der wild entschlossenen Zähigkeit eines Buben, die selbst Jim Sweetman Respekt abverlangte. Jock McIvor war stolz auf ihn. Sie verfolgten die Fährten von Tieren und gingen gemeinsam auf die Jagd, schossen Buschtruthähne, metallfarbene Tauben, stellten Butterfischen nach und Fruchttauben und einem Dutzend Entenarten im Kohlpalmenwald am Rand der Lagunen.

Es glühte in dem Jungen, diese Macht, die er über die Welt um sich gewonnen hatte. Er hörte auf, verächtlich zu tun, da er jetzt derjenige war, der »Bescheid wußte«, und sein Benehmen bekam etwas Lockeres, Maskulines, das er sich durch Nachahmen der Älteren angeeignet hatte, und er war so überzeugend dabei, daß es ganz natürlich wirkte. Und was ist mit mir? dachte sie. Ich bin so mutig wie er. Das könnte ich alles auch. Da er nun so viele Fertigkeiten beherrschte und den Kodex, der dazugehörte und der den Männern vorbehalten war, hatte er sich außerhalb ihrer Reichweite begeben. Und sie war doch, wenn auch nur noch um zwei Fingerbreit, die Größere!

Sie nahm es übel, daß er, bloß weil er ein Junge war, sich bewähren und aktiv sein durfte. Er brauchte nicht selbstquälerisch zu brüten; mußte nur geduldig sein, einfach warten, bis er erwachsen wurde und die Konturen ausfüllte, die ihm vorgegeben waren. Diese Gewißheit und seine Willenskraft verliehen ihm etwas Strahlendes, was man bei diesem schmalgesichtigen, schmalschultrigen Jungen aus der Stadt nie vermutet hätte, als er damals bei ihnen aufgetaucht war. Nun würde er schnell wachsen. Die Vision von dem, was vor ihm lag, würde seine Schultern verbreitern, seine Stimme tiefer machen, ihm Raum verschaffen.

Sie hatte keine solche Vision von ihrer Zukunft. Was sie als für sich vorgegeben sah, war nur das, was ihre Mutter darstellte, ein spröder Stolz auf die eigene Tüchtigkeit und Unermüdlichkeit, auf die Tatsache, daß sie keine Umstände machte. Sie bewunderte ihre Mutter, aber die Beschränktheit von alledem war schrecklich für sie.

In stummer Auflehnung stand sie da und knetete einen Klumpen Teig auf dem Küchentisch ihrer Mutter und hätte ewig so weitermachen können – stand auf dem Lehmboden, den einen nackten Fuß auf den anderen gestellt, und knetete den eigenen stumpfen Klumpen Seele. Ihre Mutter beobachtete sie und war besorgt. Sie schaute auf und lächelte, ein schwacher Versuch. Ihre Mutter ließ sich nicht täuschen.

Sie grübelte über Büchern, über allem, was ihr in die Hände fiel und ihr in Aussicht stellte, daß die Welt größer war, leidenschaftlicher, grausamer – selbst das wäre ein Trost – als die, an die sie gefesselt war.

Sie saß über einer einfachen Häkelei und arbeitete, als hinge ihr Leben von jeder Masche ab; als würde eines Tages der Engel des Jüngsten Gerichts den Topflappen mit dem Vergißmeinnichtmuster hochhalten, auf eine Masche zeigen, die zu eng oder sonstwie unvollkommen war, und laut vor aller Welt, vor den versammelten Geistern aller Zeitalter sagen: »Janet McIvor, hast du das gemacht?«

Eines Tages, als sie im Schatten eines verkümmerten Zitronenbaums hockte und müßig an einer verschorften Stelle auf ihrem Knie herumkratzte, war sie erstaunt, nachdem sich die harte Kruste abgelöst hatte, eine Farbe zu entdecken, die sie noch nie zuvor gesehen hatte, eine zweite, zart rosafarbene Haut, schimmernd wie eine Perle. Sie hätte einem ganz anderen Geschöpf gehören können, und ihr kam der Gedanke, wenn all die rauhe Haut ihres jetzigen Seins eine Kruste bilden und sich ablösen würde, müßte dieses edlere Wesen, das irgendwie in ihr verborgen war, sich im Sonnenlicht glänzend offenbaren.

Als sie aufstand und zu dem eingehegten Feld ging und die samtigen Halme aufflammten, von einem goldenen Schein umgeben, fühlte sie sich unter dem Einfluß ihrer geheimen Haut plötzlich so leicht, als wäre sie vom Gewicht des eigenen Lebens befreit und als regte sich ganz sacht das strahlendere Wesen in ihr und schlüge mit den Flügeln.

In einem eigentümlich vibrierenden Licht, das ihr sonst unter Umständen Kopfschmerzen verursacht hätte, schimmerte die ganze Welt und war verändert.

Das Weizenfeld mit den aufrecht stehenden Halmen loderte, während sie weiterschritt, von Flammen auf, die flackernd hochsprangen, bis eine vorbeiziehende Wolke alles auslöschte.

Grashüpfer, winzige Quentchen Staub, aber mit Muskeln wie Sprungfedern in den Schenkeln, die es ihnen ermöglichten, Entfernungen zu springen, die nach menschlichen Maßstäben Hunderte von Metern bedeutet hätten, schienen aus feinstem Glas gemacht, und auch sie fühlte sich feingesponnen, beinah transparent.

Bäume schüttelten Bänder zerfetzter Rinde ab, und die glatte Haut darunter war hellstes Grün, orangefarben gestreift wie ein Sonnenuntergang, oder zeigte das pudrige Rot von Blut. *Glorie* fiel ihr als Wort dazu ein. Ein Teil von ihr schwang sich in unbestimmte, helle Sphären, wo ihr Name, dachte sie, Flora hätte lauten müssen; sie haßte das gewöhnliche Janet. Als man ihr den Namen gab, hatte man sie zu weit unten plaziert und damit ihr Schicksal zu früh besiegelt. (Sie hatte Flora Macdonald vor Augen, aber eine andere Traumgestalt mit Blumen am Kleidsaum und glänzenden Blütenblättern, die wundersamerweise aus den Erdschollen zu ihren Füßen sprossen, hätte auch dort in den Sphären sein können, in denen sie sich bewegte, eine Handbreit über dem Boden.)

Doch sie war ein praktisch veranlagtes Kind und mißtraute bloßen Gefühlen. Die flammten einen Moment lang auf, vergingen dann und überließen dich deinem Schicksal, barfuß im Gras. Sie schätzte sie nicht allzuhoch ein, doch sie waren wichtig genug, diese Augenblicke, damit sie sie für sich bewahrte.

Anders Lachlan. Wenn er von irgend etwas begeistert war, brauchte er ein Ventil dafür. Das genau machte es ihm schwer. Glänzende Pläne für die Zukunft im Kopf und heroische Visionen, in denen die Beschränkungen der Knabenzeit endlich überwunden wären, fühlte er, daß diese Dinge, wenn er sie nur deutlich sehen könnte, dort vor ihm wären und darauf warteten, daß er sie einholte und endlich die genauen Angaben von Ort und Zeit mitbrächte.

Sobald er alt genug wäre, würde er zusammen mit Gemmy als Führer eine Expedition organisieren, um Dr. Leichhardt zu suchen. Irgendwo unterwegs würde er vielleicht von Schwarzen verwundet werden. Gemmy würde ihn mit Kräutern, die nur die Eingeborenen kannten, wieder gesund pflegen. Er würde zwei oder drei Flüsse entdecken, die er nach Bekannten benennen würde, und einen Berg, dem er vielleicht den Namen seiner Tante geben würde, Mount Ellen, oder den Namen einer Ortschaft in Schottland, und sie würden Leichhardt finden, zumindest seine Knochen, und wenn sie zurückkämen und die Leute ihnen ein Denkmal errichten wollten, würde er edelmütig darauf bestehen, daß Gemmys Name mit dem seinen dort eingelassen würde. Danach, wenn all das getan wäre …

Es gab kein Ende, auch keine Schranken für seine Pläne.

Janet konnte das nicht ernst nehmen, nicht weil sie nicht an seine Fähigkeit glaubte, eines Tages dergleichen zu tun, sondern weil die Dinge selbst so normal waren. Ihrer Meinung nach ergriff einen das wirkliche Leben nicht in einer Art, die man sich schon vorgestellt und gemeistert hatte. Doch sie wünschte sich nicht mehr, ihn von seinem hohen Roß zu holen, und so triumphierte er auch darin über sie.

Derjenige, der vor allem seine Visionen mit ihm teilte, war Gemmy, der ihm lauschte, nur die Hälfte von dem verstand, was er hörte, und sich selbst ein Urteil bildete.

Was ihn am meisten rührte, war, zu sehen, daß auch er in den Träumen des Jungen vorkam. Er empfand eine heftige Zuneigung, weil Lachlan Beattie ihm vertraute und ihm einen Platz zugewiesen hatte in dem, was er sich vorgenommen hatte, aber auch eine ängstliche Fürsorglichkeit, die Lachlan, wenn er sie bemerkt hätte, übelgenommen hätte.

Er war nur ein Kind! Diese Einsicht erschreckte Gemmy, beruhigte ihn aber auch. Es kam nicht oft vor, daß er hier wieder das Gefühl haben konnte, erwachsen zu sein.

6

VON ANFANG AN kam für einige unter ihnen, Ned Corcoran war der Vehementeste, nur diejenige Art des Umgangs mit Schwarzen in Frage, die anderswo gepflegt worden war. »Wir müßten raus«, eiferte er und hielt mühsam den Speichel zurück, der ihm im Mund zusammenfloß, »und sie ein für allemal loswerden. Das schwör ich, wenn ich auch nur einen einzigen von den Kerlen auf meinem Grundstück erwische, knall ich ihn ab.« Die letzten Silben stieß er heraus, und die Lautexplosion mit dem nachfolgenden Schweigen bewirkte, daß es einigen Männern unbehaglich heiß wurde. Die übrigen scharrten mit den Stiefeln, blieben aber stumm. Sie waren nicht so freimütig wie Ned Corcoran, dachten im Grunde aber ganz ähnlich. Es war die schnellste Methode; vielleicht auf Dauer auch die menschlichste. Sie hatten ja gesehen, was mit den Schwarzen dort passierte, wo die Leute menschlich waren. Es war kein angenehmer Anblick.

Aber es gab andere in der Siedlung, Gemäßigtere, die argumentierten, es wäre gewiß einen Versuch wert, eine sanftere Methode auszuprobieren. Ihnen schwebte eine Kolonie vor, in der sie mit der schweren Aufgabe vorankommen könnten, ein Zuhause zu gründen und vielleicht, wenn sie Glück hatten, eine Stadt, wo im Lauf der Zeit die Zivilisation Einzug hielte. Wenn diese Voraussetzungen erst einmal da waren, konnten auch die Eingeborenen mit einbezogen werden, als Arbeiter oder Hausangestellte. Insgeheim stellten sich einige Plantagen vor, wo schwarze Gestalten in Reih und Glied auf einem Feld arbeiteten, ein eingezäuntes Grundstück mit sauberen, weißgetünchten Hütten, eine Diele ganz aus poliertem Holz, dazu einen alten, grauhaarigen Schwarzen, der »Ja, Sir« sagte und ihnen die Stiefel auszog (dies alles natürlich in der Zukunft, vielleicht in sehr ferner Zukunft; im Augenblick erwähnten sie die Stiefel nicht, da die meisten von ihnen gar keine besaßen). Sie sollten sich zumindest, so dachten sie, dieses Gemmys bedienen, um an glaubwürdige Informationen zu kommen, die den hier umlaufenden aberwitzigen Gerüchten, die ihnen beständig Angst einflößten, durch Fakten die Nahrung entzogen. Was sie nicht losließ, war der Gedanke an die endlose Kette von Vergeltungsmaßnahmen, mit denen sie sich zu befassen hätten, wenn einer von ihnen angegriffen und von einem Speer durchbohrt würde (was weiß Gott nur zu leicht passieren konnte) und dann Heißsporne wie Ned Corcoran es sich in den Kopf setzten, ein Vernichtungskommando aufzustellen.

Und so sah Gemmy gleich zu Beginn seine Befrager in zwei Lagern.

Die eine Gruppe wollte aus ihm einen Verbündeten machen in einem Krieg, von dem sie hofften, er werde leicht zu gewinnen sein.

Sie waren leutselig, diese Burschen. Sie boten ihm Kautabak an, hockten sich auf die Fersen und sagten »hm« und »äh« und blickten in die Ferne – er konnte sich gut vorstellen, was sie dort sahen. Sie fragten ihn, erst der eine, dann der andere, ganz beiläufig, ob die Stämme da draußen, da droben in den Bergen, die Gewohnheit hätten, sich an einem bestimmten Ort zu versammeln, und in welcher Zahl, und ob es bloß die Männer seien oder der ganze Haufen, auch Frauen und Kinder. Sie kauten ihren Tabak und spieen den Saft aus oder rauchten ruhig, ohne irgendwelche Eile; aber er spürte, wie es sie in den Fingern juckte, sah in ihren Augen, wie sich die grauen Rauchschwaden ausbreiteten, dann wie Regenwolken hängenblieben. Sie lachten stillvergnügt und glaubten, er könne es nicht hören. Er kaute Tabak und schwieg.

Als er bei ihnen ankam, war es ihm zunächst unmöglich, aus ihrem stumpfen Gesichtsausdruck und den noch stumpferen Gesten abzulesen, was in ihren Köpfen vorging. Sie verbargen, was sie fühlten, als schämten sie sich dessen, zumindest war er zu diesem Schluß gekommen; ob vor den anderen oder vor sich selbst, konnte er allerdings nicht sagen. Augen und Münder schienen tot in den starren Gesichtern. Nur allmählich gelang es ihm, nach langer Beobachtung, die kleinen Zeichen, die sie deutbar machten, zu erkennen: den runden Knorpel im Winkel der Backe, den man tatsächlich leise knacken hörte, wenn man darauf achtete; das Anschwellen der wurmähnlichen Ader in der Schläfe direkt unter dem Haaransatz, das Zusammenziehen der Krähenfüße rund um die Augen, das fast unmerkliche Zucken nackter, rosafarbener Lider; wie sich die Kuhle unter dem Schlüsselbein vertiefte, wenn sich die Halsmuskeln strafften und ein Wort, das zurückgehalten wurde, weil es unaussprechlich war, dort hoch- und runterstieg, ein Klumpen, der weder verschluckt noch ausgehustet werden konnte. Er bemerkte jetzt diese Dinge, und was ihn erstaunte, war, wieviel sie preisgaben. Vielleicht waren ihre Gesichter ausdrucksvoller, weil er nach und nach mehr von den Wörtern begriff, die sie gebrauchten, selbst jene, die sie unausgesprochen ließen. Solange er dem einen gegenüber taub gewesen war, war er blind für das andere gewesen. Jetzt nicht mehr.

Und so sagte er »hm« und »äh« und kaute seinen Tabak, und als er schließlich reden mußte, speiste er sie mit Antworten ab, mittels deren er, indem er einen markanten geographischen Punkt woanders plazierte und einige Tote zu den Lebenden hinzuzählte, seine Leute weiter nördlich, als tatsächlich der Fall war, ansiedelte und ihre Zahl vergrößerte. Er spürte eine große Verantwortung.

Sie waren listig. Sie taten so, als wären sie zufrieden mit ihm. Auch er war listig, war sich aber nicht so sicher, wie er es gern gewesen wäre, ob er ihnen nichts erzählt hatte, was sie ausnutzen konnten. Er sprang umher, machte mit schwerem Herzen Witzchen, und sie kniffen die Augen zusammen, breit lächelnd. »Braver Bursche, Gemmy«, sagte Ned Corcoran, als hätte er ihm den Schädel einschlagen mögen.

Aber es war die zweite Gruppe, die ihn beunruhigte, jene, die auf die moderate Methode setzte. Sie konnten nicht verstehen, warum er ihnen etwas verheimlichte. Sie waren doch die Friedfertigen, sie wollten doch Blutvergießen vermeiden, konnte er das nicht sehen? Konnte er das nicht unterscheiden? Die Dringlichkeit brachte sie zur Verzweiflung. Sie schrien ihn an, danach sich gegenseitig.

Tatsächlich hätte er ihnen vieles von dem, was sie zu erfahren suchten, nicht sagen können, selbst wenn er es gewollt hätte, einfach deshalb, weil es in ihrer Sprache keine Worte dafür gab; wenn er allerdings, wie es manchmal passierte, auf ein Wort der Eingeborenen zurückgriff, das einzige, das etwas Bestimmtes genau ausdrückte, trat ein harter Blick in ihre Augen, als wäre die bloße Existenz einer ihnen unbekannten Sprache eine Provokation, eine Art und Weise, sie hilflos zu machen. Das war nicht seine Absicht, aber auch er sah, daß es wahr sein könnte. Es gab keine Möglichkeit, in diesem Land zu leben, sich durchzuschlagen, es sei denn, man nahm in sich die Laute auf, machte sich die Töne zu eigen, die all die verschiedenen Teile des Landes miteinander verbanden und sie zu einem Ganzen fügten. Ohne das war man blind, war man taub in ihrer Welt, so wie er es anfänglich gewesen war. Man stolperte einher und sah Löcher, wo in Wirklichkeit mächtige Geister am Werk waren, die man besser besänftigte und die, wenn man wußte, wie sie zu beschwören waren, hilfreich sein konnten. Die Hälfte von dem, was einem hätte klar und vom Atem des Lebens beseelt vor Augen stehen sollen, war in Nebel gehüllt.

Und so schrien sie ihn in einer Sprache an, und er verschloß mit zusammengepreßten Zähnen eine andere, und je wütender sie wurden, desto mehr verstand er, daß es besser war, für sich zu behalten, was sogar die Anständigen unter ihnen ihm zu entreißen suchten.

Es gab eine Ausnahme, eine merkwürdige.

Eigentlich hätte Mr. Frazer, der Geistliche, ihn einschüchtern müssen – die meisten waren eingeschüchtert; ihm war es nicht entgangen, daß selbst die Lautesten unter ihnen verstummten, wenn der Geistliche sich näherte, wenn sie auch schnell wieder ihrem Ruf als harte Burschen gerecht werden wollten, indem sie über den Mann spotteten, sobald er weg war. Aber Gemmy hatte seit dem ersten Tag im Schulhaus Mr. Frazer eine Gabe des Verstehens zugeschrieben, die intuitiv erfaßte, was er ausdrücken wollte, und zwar oftmals, bevor er selbst es wußte. Er vertraute dem Geistlichen und war glücklich, sich in seiner Gegenwart ganz dem zu öffnen, was immer aus ihrem stummen Gedankenaustausch entstehen mochte, wenn sie in den kühlen, frühen Morgenstunden und manchmal wieder am späten Nachmittag hinausgingen, um, wie Mr. Frazer es nannte, zu *botanisieren*, im Buschland auf der anderen Seite des Wasserlaufs oder direkt in der schattigen Galerie des Bachs, wo es nach Westen steil anstieg.

Mr. Frazer trug bei diesen Ausflügen einen Schlapphut mit ausgefranstem Rand, an einem Riemen über der Schulter hatte er ein tragbares Tintenfaß und in einer Leinentasche eine Sammlung kleiner, dicker Bücher. Darin skizzierte er zu Gemmys Entzücken Teile von den Pflanzen, die er ihm zeigte, Wurzeln, Blätter, Blüten, mit kleinen Pfeilen links und rechts vom Rand, wo Mr. Frazer in seiner sorgfältigen Schrift, nachdem er eine ganze Weile diesen und jenen Klang ausprobiert hatte, die Namen notierte, die Gemmy ihm lieferte.

Zuerst beunruhigte es ihn, es verletzte seinen Sinn fürs

Schickliche, daß die Dinge, die Mr. Frazer sehen wollte, dieselben waren, die er den kleinen McIvors zeigte: Weiberkram. Was würden die anderen Männer denken, wenn sie das wüßten? Er schämte sich für den Mann, doch schließlich legte sich seine Besorgtheit vor lauter Freude, wieder frei herumwandern zu können, und dank der Befriedigung, die er bei ihrer Zusammenarbeit fand, wo er Hand und Auge des Unternehmens war, auch der Atem, wenn es darum ging, den Dingen einen Namen zu geben, so wie Mr. Frazer der Vermittler war, der alles aus jenem Bereich, der Anstrengung, Schweiß und Dreck, Graben mit den Fingernägeln, Dornen und Kratzer umfaßte, in diese Konturen auf dem Papier übertrug, die reiner Geist waren, Ergebnis von Stille und stummer Konzentration.

Es war immer der gleiche Ablauf. Gemmy nannte die Frucht, während er sie pflückte, biß in das Fleisch hinein oder schnitt sie auf (die Feige oder den Apfel, wie Mr. Frazer die Früchte nannte), um den weichen Teil zu zeigen oder, wenn es eine Beere war, den Mund mit ihrem Saft zu färben. Darauf reichte er das Ding Mr. Frazer, der daran roch, dann bedachtsam, den Mund wie ein Arschloch gerundet, kostete und lächelte, wenn es ihm schmeckte, oder aufschrie und ausspuckte. Danach versuchte er auch den Namen auf der Zunge; leckte einleitend, wie Gemmy es sah, an der Yamswurzel oder der Knolle, um einen Streifen Farbe bloßzulegen oder die Rauheit der Haut zu überprüfen, wie Gemmy es selbst schon, nur kraftvoller, mit dem Daumen getan hatte. Nur selten gelang es dem Geistlichen, ihn richtig auszusprechen. Er öffnete den Mund nicht weit genug, oder die Zunge war am falschen Platz oder schnellte hin und her wie die eines Papageis, oder zuviel Speichel bildete sich oder zuwenig. Gemmy war froh, daß keiner von der Sippe da war und das mitkriegte.

Einen Namen falsch zu artikulieren war komisch, konnte aber auch lästerlich sein. In einem Fall brachte Mr. Frazers

Mund die Hoden eines Alten hervor, in einem anderen Fall kam die Knolle als Kothaufen heraus. Natürlich verstand er gleich, daß er einen Schnitzer gemacht hatte, und verbesserte nach vielfachen Versuchen den Fehler, bei einer Gelegenheit allerdings mit so skandalösem Ergebnis, daß Gemmy entsetzt war und ängstlich umherblickte, da das Wort, auf das Mr. Frazer zufällig gestoßen war, eines war, das die in der Nähe weilenden Geister niemals von den Lippen eines *Mannes* hätten vernehmen dürfen, und er fürchtete, einige dieser Dinge könnten auch in das Buch Eingang finden.

Er reagierte empfindlich auf diese Beziehung zwischen Name und Geist. Es geschah aus einer Art Ehrfurcht wie auch aus Angst vor der Gefahr, in die er sich und Mr. Frazer womöglich brachte, daß er ihm, der, wie er wußte, ohnehin nichts davon bemerken würde, vieles von dem, was er selbst sehen konnte, verhehlte. Dinge, die zu berühren verboten war, da sie sich in der Obhut von Männern befanden, deren Land sie gerade durchstreiften; andere, denen nur Frauen sich nähern konnten; wiederum andere, die mehr Macht verliehen, als zu kontrollieren er in der Lage war. Sie konnten mit diesen Dingen nicht Umgang haben, ohne die Welt in Aufruhr zu versetzen, was ihm und Mr. Frazer und vielleicht auch anderen einen nicht wiedergutzumachenden Schaden zufügen würde.

Und wenn er und der Geistliche sich, halb geduckt, durch die überhängenden Zweige einer kleinen Schlucht zwängten oder einen felsigen, von der Sonne verbrannten Hügel hinaufstiegen, von wo aus sie nach Norden und Westen hin das ganze Land sahen, in dem er zu Hause war, bewegte er sich in einer Welt, die für ihn lebte und leuchtete; manches davon flimmerte und glimmerte selbst im tiefsten Schatten, so daß er zwinkern und die Augen bedecken mußte, und alles knisterte, knarrte und strotzte vor prallem Leben; aber er erhellte nur bestimmte Stellen für Mr. Frazer und beließ den Rest im Dunkel.

Das eine oder andere Mal sah er auf diesen Ausflügen Schwarze, die ihm unbekannt waren, wie erstarrt im Busch stehen, jeder Muskel angespannt.

Er gab ihnen kein sichtbares Zeichen, keines jedenfalls, das Mr. Frazer wahrnehmen konnte, denn er wußte, welchen Argwohn die Weißen gegen ihn hegten; aber feierlich erkannte er im Vorbeigehen das Recht der Beobachter an, und sie akzeptierten das und ließen sie ziehen.

Bei anderen Gelegenheiten sah er nichts, spürte aber die Gegenwart von Beobachtern als Kälte unten am Rückgrat, als sich verdichtendes Dunkel am Rande des Weges. Und wieder gab er ihnen zu verstehen, daß er sie anerkannte, ob sie nun da waren oder nicht.

Mr. Frazer bemerkte überhaupt nichts. Selbst wenn sie gesehen werden wollten, unterschied er sie nicht von der Vegetation oder vom Spiel von Licht und Schatten im Laub. Er trottete schnaufend einher, summte seltsame Liedchen vor sich hin, scheuchte immer wieder die Fliegen weg und rief Gemmy zu sich, um ihn auf dieses oder jenes aufmerksam zu machen; und Gemmy klärte ihn nicht auf.

Was die Schwarzen ihrerseits sahen, wußte Gemmy genau. Er selbst würde von Licht umgeben sein, so klar wie die Linien von Mr. Frazers Zeichnungen. Es kam von der Energie, die freigesetzt wurde, wenn sein Geist die Geister berührte, zwischen denen er sich hindurchbewegte.

Alles, was sie von Mr. Frazer sahen, war, was das Land selbst sah: eine magere Gestalt ohne bestimmte Merkmale, die einen Augenblick lang wie Nebel oder eine Wolke den Weg verstellte, bevor das Land in voller Kraft wieder aufflammte und der Schatten verschwunden war, als wäre er in der langen Geschichte des Ortes zu unbedeutend, um zu überdauern, oder als hätte es ihn nie gegeben.

7

Ach, ich hätt keine Angst vor Gemmy. Der ist doch harmlos.«

Das sagte Jock McIvor zu der kleinen Gruppe von Nachbarn, die sich hin und wieder an der Stelle versammelten, wo drei Farmen oben auf einem Hügel aneinanderstießen; ohne Absprache geschah das, nicht förmlich, sondern in unausgesprochenem Einvernehmen, daß es wieder einmal einer dieser Abende am Ende eines anstrengenden Tages war, wo man auf den Hügel schlendern könnte, eine rauchen und sehen, was sich so tat; bei dem mühseligen Leben, das sie hier draußen führten, war das ein erholsamer Augenblick unkomplizierter Kameradschaft. Er antwortete damit auf einen Zweifel, den sein Nachbar Barney Mason gerade zum Ausdruck gebracht hatte. Es war keine Beschwerde – der Freundschaftskodex zwischen ihnen untersagte das; vielmehr eine seit geraumer Zeit bestehende allgemeine Besorgnis auf Barneys Seite, die sich aber zu Jocks Kummer seit kurzem auf den weißen Schwarzen konzentrierte.

Gemmy lebte seit fünf Monaten bei ihnen, aber Jock hatte sich nicht an ihn gewöhnt. Als er an jenem ersten Nachmittag eingewilligt hatte, den Burschen aufzunehmen – in der Verwirrung und Aufgeregtheit des Augenblicks, als die Kinder so lautstark danach verlangt hatten und seine Frau stumm an ihn appellierte, ausnahmsweise nicht so streng zu sein und ihnen den Gefallen zu tun –, hatte er wider besseres Wissen gehandelt. Er wußte das und hatte es trotzdem einfach geschehen lassen, aus Verlegenheit; er wollte nämlich nicht vor den anderen offenbaren, daß zwischen Ellen und ihm eine Uneinigkeit bestand, die nur sie beide anging und die sie seiner Meinung nach nicht ausnutzen sollte.

Er hatte Einwände erhoben, allerdings nur schwache. Ihrer beider Leben war doch schon hart genug; mußten sie denn noch die Familie vergrößern? »Aber Jock«, sagte sie ruhig, »sieh dir das arme Wesen an! Er wird uns keine Mühe machen – Lachlan wird sich um ihn kümmern.«

Er hatte kein weiteres Argument angeführt, denn was er in der Hauptsache gegen den Mann hatte, war so unsinnig, daß er sich dessen schämte.

Vom ersten Augenblick an, als er den Burschen sah, hatte ihn eine Art Abneigung moralischer Art erfüllt, wie er glaubte, auch wenn sie sich physisch äußerte. Selbst jetzt, da er daran gewöhnt war, ihn um sich zu haben, und sah, was für ein rührendes Geschöpf er war – so bemüht, sich nützlich zu machen, und so gut im Umgang mit den Kindern –, konnte er das Gefühl nicht abschütteln, das er am ersten Tag empfunden hatte und, soweit er sich erinnern konnte, schon gleich beim ersten Anblick, als er, angetrieben von Lachlan, die Schlucht heruntergehumpelt kam. Er konnte es nicht ertragen, wenn Gemmy ihm nahe kam. Wenn das passierte und er ihn auch noch berühren wollte, vielleicht um ihm für eine kleine Freundlichkeit zu danken, denn er war sehr gefühlsbetont, verlor er die Nerven. »Hör auf damit, Mensch – das langt! Laß mich um Himmels willen in Ruh!« Gemmy sah dann verwirrt aus, und Ellen mußte einschreiten, um die Dinge wieder ins Lot zu bringen. »Schon gut, Gemmy, das reicht, bist ein braver Junge. Geh und hol mir doch einen Armvoll Holz.«

Als er Barney mit der Beteuerung zu beruhigen suchte, daß Gemmy harmlos sei, war er daher in gewisser Hinsicht aufrichtig – körperlichen Schaden würde er ihnen nicht zufügen –, aber in einem tieferen Sinn war er es nicht.

Barney war einer, der sich immerzu Sorgen machte, ewig über dies oder jenes brummelte und grummelte. Er war kaum über Dreißig, doch hatte sich eine Furche auf seiner Stirn eingegraben, als hätte vor Jahren jemand oder wahrscheinlicher *etwas* mit einer Schleuder auf ihn gezielt; doch war es auch möglich, daß der Schlag noch bevorstand. Jock hatte Verständnis, war aber zu der Ansicht gelangt, am besten wäre es, Barneys Ängste auf die leichte Schulter zu nehmen, auch wenn er sich heimlich eingestand, sie könnten real sein.

Sich lauthals zu sorgen war Barneys Art, mit etwas fertig zu werden. Seine eigene Art war es, sich zusammenzureißen und seine Probleme für sich zu behalten. Er war sich nicht sicher, ob das wirkungsvoller als Barneys Methode war, aber es paßte zu ihm. Als Barney wegen Gemmy diesen Tick entwickelte, wußte er nicht, wie er sich heraushalten konnte. Er haßte die Uneinigkeit, die dadurch zwischen ihnen entstand, die flehenden Blicke, die Barney ihm zuwarf, und seine verständnislose Enttäuschung; schlimmer noch war, daß ihre gegenseitige Befangenheit sich zeigte, wenn andere zugegen waren. Es war ein Jammer. Vieles wurde dadurch verdorben.

Bei den harten Lebensbedingungen, die hier herrschten, waren Nachbarn wichtig, und in den letzten Jahren waren er und Barney mehr als das geworden. Durch den halbgelichteten Wald sah man von der einen Hütte aus jeweils die andere – zumindest die Lichter. Polly Mason war Ellens beste Freundin. Die Kinder gingen, wenn sie keine Aufgaben zu erledigen hatten, miteinander auf Abenteuer ins Buschland, tauschten ihre Schätze aus, hatten Händel miteinander und gingen sich ein oder zwei Tage lang aus dem Weg, versöhnten sich aber bald wieder. Sie hatten sich nie um Zäune oder Grenzen gekümmert. Als die McIvors Gemmy aufnahmen, waren darum auch die Masons betroffen, und Barney mochte das gar nicht. Gemmy war ermahnt worden, sich nicht auf das Land der Masons zu verirren, und soweit Jock wußte, hielt er sich daran, aber Barney in seiner ängstlichen Art schritt ständig die Grenze seines Gebiets ab, um zu sehen, ob jemand unerlaubt eingedrungen war; nur daß es da keine Grenze gab, auch der Eindringling vielleicht bloß ein Schatten auf Barneys Gedanken war, und wie konnte man *damit* zurechtkommen? Alles, was Jock tun konnte, war, auf die rituelle Beschwerde mit ritueller Beschwichtigung zu antworten und zu hoffen, daß das Gespräch, das hier stets gemächlich und mit vielen Pausen ablief, die leicht den Platz von Worten einnahmen, unterhalb des ausgedehnten Schweigens vorangekommen war und, wenn es wieder an die Oberfläche drang, ein neues Thema fand. Doch diesmal hatte er kein Glück.

»Na gut«, sagte Ned Corcoran nach längerer Gesprächspause, »ich kenn mich da nicht aus. Ihr könnt das am besten beurteilen, Jock, du und Barney. Wie harmlos der Kerl ist. Hockt euch ja auf der Pelle. Bloß ich, ich wollt den nicht so nah bei mir rumhängen haben. Könnt nicht schlafen nachts – schlaf jetzt schon kaum. Würd mich dauernd fragen – versteht ihr –, ob er nicht – versteht ihr – Besuch kriegt. Von alten Freunden.«

Sie scharrten mit den Stiefeln im Staub. Jock wurde schwer ums Herz. Und Hec Gosper, der junge Mann, dem Gemmy an jenem ersten Tag den Hammer entwunden hatte und der seitdem einen Groll gegen ihn hegte, ließ das Kinn sinken, um ein Lächeln zu verbergen.

Er war neu unter ihnen, gerade erst der Gruppe von Jugendlichen entwachsen, die auf der Veranda vor dem Laden herumhingen. Er sagte nicht viel, war noch auf Probe, beobachtete aber alles sehr aufmerksam. Er hatte erst vor kurzem einen ironischen Zug in sich entdeckt, dem er in dem Spiel, das unterhalb der bedächtigen Äußerungen dieser Leute stattfand, noch mehr allerdings in der Tiefe ihres Schweigens, freien Lauf ließ. Es amüsierte ihn zum Beispiel, daß sie anfingen, Jock McIvor, einen aus dem inneren Kreis, näher unter die Lupe zu nehmen; als hätte er ein ungewöhnliches Merkmal bekommen oder eine Mißbildung wäre zutage getreten, die sie bis dahin übersehen hatten.

Was Hector faszinierte, war, daß Jock McIvor, der immer wohlgelitten war und dementsprechend selbstsicher daherkam, bereits etwas von jener magischen Ausstrahlung verloren hatte. Kleine abwehrende Spitzen und Kanten machten sich bemerkbar an ihm, was die anderen überraschte und den Verdacht nährte, daß sie sich womöglich in ihm getäuscht hatten.

Hector verdankte seine Kenntnis in diesen Dingen seiner Hasenscharte; die beeinträchtigte jedoch nicht sein Bild von sich selbst (besonders seit ein flaumiger Schnurrbart die Hasenscharte verdeckte) als prachtvollem jungen Mann und potentiellem Dandy, wenn er sich nur nach Brisbane absetzen könnte oder an sonst einen Ort mit Friseurläden, Billardsalons, Buggys auf den Straßen, abendlichem Schein von Straßenlaternen und Frauen mit klappernden Absätzen auf den Trottoirs. Er sah sich in hohen Stiefeln, dazu gut ein Meter Band am Hut, doch noch stand er da, barfüßig, den Kopf gesenkt, und strich sich das Bärtchen über der Lippe, während Ned Corcoran nicht lockerließ und sie dorthin zurückführte, wo sie steckengeblieben waren.

»Also«, sagte er, »um die Frau tät ich mir Sorgen machen. Wenn ich es wär. Versteht ihr? Gracie.«

So, dachte Hec. Was nun, Jock McIvor?

Er spürte keinen Groll gegen Jock. Das lag nicht in seinem Wesen. Das Schauspiel an sich interessierte ihn, die jähe Entdeckung, daß es womöglich mehr in der Welt gab, worüber sich nachdenken ließ, als bloß das eigene Ich.

Jock schluckte. Am liebsten hätte er gesagt, daß Gracie Corcoran, anders als seine Frau, eine Maus war, wenn nicht eine Ratte, doch er hielt sich zurück. Aber es deprimierte ihn, das alles. Er spürte den Klumpen im Hals, eine harte kleine Nuß von Ungerechtigkeit. Daß die anderen ihm nicht zu Hilfe kamen – Jim Sweetman zum Beispiel schaute nur verlegen drein und wandte sich ab. Daß Ned Corcoran, ein Mann, den sie nicht achteten, jetzt um sich blickte mit der frechen Gewißheit, ins Schwarze getroffen zu haben, und daß er angehört wurde.

Was danach kam, war nicht neu, dennoch verletzte es ihn; sie waren nicht originell, diese Burschen. Es wunderte Jock, daß er das noch vor kurzem nicht bemerkt hätte, und wenn, dann hätte ihn das so leicht Voraussagbare an ihnen beruhigt. Er war in letzter Zeit krittelig geworden, sogar Jim Sweetman gegenüber, und das wollte er nicht. Ihm mißbehagten die Erfahrung – die für ihn neu war –, seine Freunde aus einer gewissen Distanz zu sehen, sie auf der einen Seite zu finden und sich auf der anderen, und das Wissen, daß auch er, wenn er sie mit neuen Augen sah, Gegenstand prüfender Blicke geworden war, da die Distanz für beide Seiten gelten mußte. Am meisten verwirrte ihn, wie er dadurch sich selbst sah. Als wäre da etwas in ihm, was prüfende Blicke rechtfertigte. Daß er vielleicht weniger offen war, als er erschien.

Wenn Ellen McIvor die Schwierigkeiten ihres Mannes mit Gemmy beobachtete, das fast schon komisch anzusehende Entsetzen, das ihn bei den übertriebenen Gefühlsausbrüchen des armen Burschen packte, kehrte sie in Gedanken zu einem Bild von Jock zurück, das in diesen letzten Jahren durch die Mühsal, die sie beide durchgemacht hatten, matter geworden war. Damals hatte ein Wesenszug in ihm sie gefesselt, der nicht so recht zu seiner großen Gestalt paßte und der Grund sein mußte, dachte sie, warum sich auch andere Frauen zu ihm hingezogen fühlten, eine Mischung aus Energie und fast mädchenhaftem Schamgefühl.

Die Arbeit im Freien hatte ihn gebräunt; er sah gesund aus. Wenn die Ärmel aufgekrempelt waren, hatte seine Haut nichts von der toten Marmorblässe, die sie von ihren Brüdern her kannte und mit der sonnenlosen Welt unter Tage verband. Sie glühte. Man spürte ihre Wärme direkt durch sein Hemd. Sie hatte einen Duft von Gras und klarem Sonnenlicht an sich, nach dem sie sich, so glaubte sie zumindest, während ihres ganzen Lebens in der düsteren Welt, in der sie aufgewachsen war, gesehnt hatte, wo alles von Kohlenstaub verschmutzt und fleckig war, wo selbst in der Luft, die man einatmete, Grus war und man ständig einen Geschmack von Teer im Mund hatte.

Er hatte mit ihr nach Kanada gehen wollen. Das hatte er ihr angetragen, zusammen mit seiner Person. Doch als sie es sich genauer überlegten, schien Australien mehr Möglichkeiten zu bieten. Es gab dort reichlich Land und Sonnenschein (sie konnte es kaum erwarten) und viel Raum, wie sie ihn sich hier, sagte er, kaum vorstellen konnten. Und ob sie das konnte: Sonnenschein und Raum waren das erste, was sie in ihm gesehen hatte.

Sie kamen bei drückender Januarschwüle in Brisbane an. Die Stadt mit ihren matschigen Straßen, durch Laufbretter gangbar gemacht, und den Häusern, eher provisorische Hütten aus Baumrinde und Blech zwischen dunklen Feigenbäumen mit glänzenden Blättern, war ein trister Ort, in dampfiger Lethargie versunken, wo alles, was die Haut berührte, feucht war und die Haut selbst noch feuchter und die Luft einen süßlichen Geruch hatte, fast schon von Fäulnis. Die Trunksucht, der sie in den Straßen begegneten, hatte etwas derart Verzweifeltes, daß sie sich fragte, was dieser Ort, dem solche Weite beschert war, wohl an sich hatte, um Männer rasend und Frauen so verhärmt und farblos zu machen. Es war nicht das, was sie erwartet hatten. Jock wurde trübsinnig, und da bemerkte sie zum erstenmal, daß das Sonnige, das sie in ihm gesehen hatte, nicht seine wahre Natur war. Sie war es, die insistieren mußte, daß die Hitze nicht so schlimm war, auch der schwüle herniederprasselnde Regen nicht oder die Wolke von Moskitos, die aus den stickigen Mangroveninseln in die Flußmündung hineinwehten und deren Stiche seine Augenlider anschwellen ließen; auch nicht die Küchenschaben, groß wie Zaunkönige, die durch jedes offene Fenster hereingeflogen kamen und im Dunkeln über ihre Gesichter huschten; und auch nicht das ewige Warten. Ein Gleichgewicht ganz anderer Art hatte sich in diesen ersten Tagen in der Kolonie zwischen ihnen ergeben, als wären sie, nachdem sie um die halbe Welt gefahren waren, nicht so sehr an einem neuen Ort angekommen, sondern hätten sich jeweils in ihrer Natur neu eingerichtet.

Das untätige Warten ging weiter, und ihr Geld schrumpfte; sie mußten sich billigere Unterkünfte suchen, wo sie nach Schlafsälen getrennt wurden, da die Männer, dort die Frauen, und noch immer war von dem Land nichts zu sehen, das man ihnen versprochen hatte. Als ihnen schließlich klar war, daß sie nichts von anderen erhoffen konnten und selbst etwas unternehmen mußten, verließen sie Brisbane und zogen in die Darling Downs, wo er als Handlanger auf einer großen Farm arbeitete, sie als Hausmädchen. Und Jock, enttäuscht und wohl auch beschämt, weil er ihr soviel versprochen und sowenig gegeben hatte, kultivierte in sich die verbissene Hartnäckigkeit und strenge Selbstdisziplin, wie sie das Land selbst zu fordern schien und die ihm trotz all des grellen Sonnenlichts auch noch den Rest seiner eigenen Sonnigkeit austrieben. Sie bekam Janet, verlor danach einen kleinen Jungen, dann ein Mädchen. Sie hielten durch, sparten, was sie konnten, und als Land in den unbesiedelten Gebieten jenseits des Burdekin erschlossen wurde, zogen sie nach Norden. Sie hatte mehr von sich, als sie sich einzugestehen wagte, im Innern der Farm zurückgelassen, deren große Veranden sie gewischt hatte, und in dem Kupferkessel, wo sie Woche um Woche montags die Wäsche des ganzen Haushalts gekocht hatte; am allermeisten in den zwei kleinen Gräbern unter der schwarzen Erde in dem Bunyaswäldchen, Gräbern, die sie, wie sie wußte, nicht wiedersehen würde.

Jock, härter denn je, da mehr auf dem Spiel stand, war unnachgiebig sich und auch den Kindern gegenüber, erst Meg, als sie kam, dann Lachlan. Sie sah, wie der Rest seiner Jugend in den heißen Buschfeuersommern ausgemerzt wurde, wenn der ganze Himmel tagelang ein glühender Schmelzofen war. Und um ein wenig seine sorglose Galanterie von früher ins Gedächtnis zu rufen – um ihret- und auch seinetwillen –, neckte sie ihn oft wegen der Mädchen, denen sie ihn abspenstig gemacht hatte; sie kannte deren Namen von ihren Brüdern – Annie McDowell, Lettie Davidson, Minnie Kyle – und freute sich, daß es ihm trotz aller Proteste gefiel, sogar einen Funken seines alten scheuen Übermuts in ihm weckte, wenn er an seine jugendlichen Eroberungen erinnert wurde und an den hübschen Burschen, der bei jenem ersten Mal vor der Tür zu ihrem Wohnzimmer den Kopf ins Wasser tauchen mußte, so angesäuselt war er. Mit der Zeit wurde diese Nekkerei so etwas wie eine Darbietung, um die beiden kleinen Mädchen zu unterhalten, aber auch um ihnen eine andere Seite ihres strengen Vaters vorzuführen. Sie hörten so gern die Namen – es gab nur so wenige Namen in ihrem Leben.

»Wie war sie denn«, wollten sie wissen, »diese Lettie Davidson? Erzähl uns von Lettie.«

»Oh, da müßt ihr euren Vater fragen«, antwortete sie. »Ich hab das Frauenzimmer nie im Leben gesehn. Sag du's ihnen, Jock.«

Er sah ein wenig verdattert drein. »Hör schon auf damit, es gab keine anderen«, wehrte er ab.

»Wer's glaubt, wird selig«, lachte sie dann, »was der Mann lügt. Schaut nur, wie rot er wird. Schaut euch euren Vater an, kann der Lügen erzählen.« Ihm wurde dabei leichter ums Herz.

Er hatte oft Heimweh, obwohl er nichts sagte. Das Land hier schlief niemals. Könnte er doch nur eines Tages aufwachen und es unter einer Decke von Schnee finden, bloß für einen Tag! Was er vermißte, waren die Zeichen der Veränderung. Der Schrei von Brachhühnern hoch in der Luft, wenn sie sich in Scharen versammelten und zu einer neuen Jahreszeit aufbrachen, zu einem Ort Tausende von Meilen weiter nördlich, wo Winter geherrscht hatte und nun alles Frühlingsfrische atmete, erfüllte ihn mit Sehnsucht nach den Ebereschen, die dort gerade ausschlugen und klebrig grüne Blätter trieben, und noch Tage danach war er aufbrausend und streitbar, als wäre das Verlangen der Baumrinde nach etwas strahlendem Glanz in ihm selbst.

Sie konnte sich nicht so preisgeben. Von Natur aus war sie weniger unbeständig, neigte weniger zu Extremen. Manchmal, wenn sie einen alten Rock mit Rittersportmuster wusch, dessen kräftige Farbe zu einem Grau verblichen war, spürte sie einen kleinen Stich bei dem Gedanken, daß sie womöglich nie wieder einen Rittersporn sehen würde. Sie hatte den Kattunstoff vor Jahren gewählt, weil sie das lebhafte Blau so liebte. Aber sie trauerte kaum der Welt nach, die sie hinter sich gelassen hatte – vielleicht weil sie kein bißchen ihrer Jugend nachtrauerte. Sie lebte in den Anforderungen der Gegenwart, in den Mädchen, in Lachlan, und war zu stolz, zu unabhängig, um sich darum zu kümmern, ob sie es anderen Frauen recht machte oder nicht.

Die kamen nachmittags mit ihrer Stopfarbeit vorbei. Sobald die Nadeln ins Gewebe fuhren, senkten die Frauen den Blick und stellten besorgte Fragen voller Widerhaken.

Gemmy, immer ging es um Gemmy. Worüber hatten sie eigentlich geredet, fragte sie sich, bevor Gemmy erschienen war und ihren Gesprächen diese atemlose Eindringlichkeit verliehen und die Luft in der engen kleinen Hütte so verdüstert hatte, daß sie sich manchmal wundern mußte, wie die Frauen, selbst bei zusammengekniffenen Augen, das Loch zum Einfädeln finden konnten, da der Raum so voller Schatten war, die sie heraufbeschworen, um sich selbst und andere das Fürchten zu lehren.

Ob es ihr nicht manchmal schwerfalle, am selben Tisch

mit ihm zu sitzen? Man bedenke, daß er vielleicht glücklicher wäre, wenn er nackt herumliefe – du lieber Himmel, unvergessen jener erste Tag! –, als die Hemden zu tragen, die sie für ihn wusch. Und die Hosen natürlich! Und daß er vielleicht lieber Maden aß – man stelle sich das vor! – statt Kartoffeln und kaltes Hammelfleisch. Falls es nicht etwas noch Schlimmeres war. Ihre eigenen Großväter, so hieß es doch. Und hatte sie denn gar kein bißchen Angst – ja, sie wußten, daß *sie* keine hatte, aber sie würden sich jedenfalls fürchten, wirklich ein Wunder, wie ruhig sie war –, weil er soviel Zeit mit den Kindern verbrachte? Mit den kleinen Mädchen zum Beispiel. Und mit Lachlan, der so lebhaft und empfänglich für Eindrücke war? Ob sie sich denn nicht manchmal Sorgen machte wegen dem Einfluß, den der Bursche haben könnte? Und ließ sie ihn wirklich Holz hacken für sich? Ihn tatsächlich mit einer *Axt* frei herumlaufen?

Das Wort nahm Form und Gestalt an, und man hörte das Sausen der Schneide durch die stille Luft, während die Frauen den Atem anhielten. Gracie Corcoran, die römisch-katholisch war, bekreuzigte sich.

Sie vergäßen, sagte sie in eisigem Ton zu ihnen, daß Gemmy ein Weißer sei.

Ellen McIvor verachtete diese Versuche, ihr den Boden unter den Füßen wegzuziehen. Besonders wütend machte sie die Andeutung, daß ihr die Sicherheit ihrer Kinder wohl nicht so am Herzen lag. Sie würde ihnen nicht zeigen, wie sehr ihre Anspielungen sie durcheinandergebracht hatten. Nur ruhig Blut. Dachten sie das wirklich?

Sie waren an einem Ort, wo es keinerlei Gewißheiten gab. Natürlich war sie nicht ruhig! Und natürlich gab es Zeiten, in denen sie nicht nur Angst hatte, sondern vor Schreck wie gelähmt war, allerdings geschah das selten, und diese Momente der Schwäche behielt sie für sich.

Man atmete in kleinen Zügen langsam die Luft ein, bis die Angst verschwand.

Man nahm es als gegeben hin, daß das Leben seinen normalen Gang ging, und wenn man fest genug daran glaubte, war es auch so. Drei Mahlzeiten auf dem Tisch, das Geschirr, das auf dem Gestell trocknete, die Wäsche auf der Leine, Hemden, Kleidungsstücke der Kinder, im Augenblick noch im Wind flatternd, doch bald schon würde man sie sich über den Kopf ziehen, sie überstreifen, zuhaken, zuknöpfen, verschmutzen und durchschwitzen.

Aber es gab Nächte, in denen sie mit hämmerndem Herzen starr im Dunkeln lag, die Fäuste an den Seiten geballt, und sich nicht sicher fühlte.

Sie war sich der drei Kinder bewußt, die da im Dunkeln atmeten, zwei eigene, das dritte ein ihr anvertrautes heiliges Gut; ihre Atemgeräusche waren verschieden, so unterschiedlich wie ihre Stimmen und ihre hellen, behenden Körper. Was würde aus ihnen werden? Welche Art von Leben konnten sie hier haben?

Sie hatte Lachlan bessere Chancen geben wollen als die, die er zu Hause wohl gehabt hätte, aber er war unberechenbar, er konnte überall hingehen in diesem Land, wo alles in steter Bewegung war, in einem Augenblick so, im nächsten schon anders. Nichts konnte man im voraus wissen. Beeinflußte Gemmy ihn wirklich?

In diesem Schwebezustand kurz vor dem Schlafen oder, schlimmer noch, vor der verzweifelten Schlaflosigkeit geschah es, daß die Bedenken der Nachbarinnen Besitz von ihr ergriffen.

Ihre Gedanken schweiften dorthin, wo er schlief, unter einer roten Decke zusammengerollt im Verschlag nebenan; nur wenige Zentimeter entfernt auf der anderen Seite der Wand.

Manchmal hörte sie ihn tief in der Nacht aufschreien. Dann schreckte Jock auf und tastete sofort nach der Schrotflinte; eines der Kinder regte sich und murmelte etwas wie zur Antwort, dann ein zweites.

Sie legte ihrem Mann die Hand auf den Arm. Er beruhigte sich, auch das Kind. Sie lag da und holte tief Luft, fragte sich, welcher Traum aus der dunklen Welt, in der er gelebt hatte, hochgestiegen war, um ihn zurückzufordern, oder welchem Traum er entgegengegangen war; der womöglich in dem völlig wehrlosen Zustand, in dem man war, sobald das Bewußtsein schwand, die Macht besaß, von einem Kopf in einen anderen überzugehen, in den vertrauten Kopf ihres Mannes, der auf dem Kissen neben ihr schlief, auf dem Rücken, den Mund offen und die Fäuste oberhalb des Schlüsselbeins leicht geballt, oder in den Kopf eines der blonden Kinder, wo ein Strohsack sich raschelnd bewegte.

Die anschließende Zeitspanne, in der sich stickiges Dunkel ausbreitete, war länger als jeder Zeitraum während des Tages, und auch der Raum verlor seine Dimensionen. Wenn sie sich in völliger Finsternis vom Bett erhob, setzte sie den Fuß auf den Boden und ging unsicher, eine Hand ausgestreckt, dorthin, wo das Wasserfaß stand, zehn Schritt neben der Tür entfernt. Es war, als durchquerte sie, Schritt für Schritt, einen Kontinent, wobei das Dunkel sich unendlich vor ihr ausdehnte, ohne sichtbare Markierung an den Seiten. Schließlich stieß sie mit den Fingerknöcheln gegen Holz, fand den Schöpflöffel, ihre Lippen berührten eine vertraute Kühle, die wie Helligkeit im Kopf war.

Nach solchen Nächten half die Gewohnheit zur Normalität zurück: das Zündholz aufglimmen lassen, die Späne mühsam zum Aufflammen bringen, sechs Becher vom Haken holen und auf den Tisch setzen, Kindern mit schlafverquollenen Gesichtern und noch nicht aus den Träumen zurückgekehrt, in denen sie eingetaucht waren, gut zureden, damit sie wieder wurden, was sie bei Tag waren. Die kleine Meg, die nach Milch roch und sich noch gern an ihren Schürzenzipfel klammerte, Janet, die auf ihrem Zopfende kaute, Lachlan mit einer abwesenden, fast kämpferischen Miene, als wäre die rauchige Hütte mit den vertrauten Ge-

genständen und Gerüchen nicht das, was er erwartet hatte oder bereit war, vorläufig zu akzeptieren; Jock, dem es wie stets schwerfiel, den Tag zu beginnen, die Ellenbogen auf dem Tisch, den Kopf mit dem blonden, abstehenden Haar zwischen den geschwollenen Händen, der entblößte Hals faltig, rauh und mitleiderregend. Er mußte auf der Bank weiterrutschen, um Platz für die Mädchen zu machen. Er tat es wortlos. Die Mädchen nahmen es hin. Sie kannten seine düsteren Anwandlungen. »Lachlan«, sagte sie zum zweitenmal, aber leise, um nicht die Aufmerksamkeit ihres Mannes zu erregen.

Der Junge zog dann betont langsam die Hose an, schnitt eine Grimasse dabei und tat so, als hörte er nichts. Wenn er lange genug trödelte, dachte er, würde Gemmy anbieten, das Holz zu hacken, das sie brauchte. Er selbst bliebe verschont.

»Halt, Gemmy«, sagte sie nachdrücklich. Denn Gemmy mit seinem törichten Gesichtsausdruck stolperte benommen daher, sofort bereit, alles zu erledigen, was sie von ihm verlangte, ebenso eilfertig wie ungeschickt, und nichts an ihm deutete auf die dunklen Orte hin, zu denen die Nacht ihn vielleicht geführt hatte. »Das ist Lachlans Arbeit. Lachlan! Wenn ich es noch einmal wiederholen muß – «

Jock hob dann den Kopf, und Gemmy, der die Härte in ihrer Stimme hörte und Angst vor möglichen Schlägen hatte – nicht ihm drohten sie –, hüpfte bekümmert in der Stube herum. »Um Himmels willen, Gemmy«, sagte sie, »gib Ruhe und trink jetzt deinen Tee.«

Sie stellte die prekäre Ordnung her, die im nächsten Augenblick den Tag in Schwung bringen würde, bis er seinen gewöhnlichen Verlauf nahm. »Los, Bürschchen«, drängte sie, ihr Ton ein wenig unbeschwerter, »rühr dich und hol mir das Holz.«

8

George Abbot hatte die Gewohnheit, am späten Nachmittag mit einem Buch ins Freie zu gehen, meist mit einem französischen, da ihm daran lag, selbst hier, wo keine Möglichkeit bestand, die Sprache zu sprechen, zumindest lesend in Übung zu bleiben. Der dünne Band in seiner Tasche, um dessen Schnörkelschrift sich Putten rankten, bedeutete Flucht vor der eigenen Natur, den Demütigungen und armseligen Unzulänglichkeiten seines Daseins als Schulmeister, und, wichtiger noch, er hielt die Hoffnung auf eine freundlichere Zukunft wach, indem er das Talent nutzte, das für sie angemessen war.

Er hatte verschiedene Lieblingsplätze, wohin er sich zurückzog. Dort saß er dann, sein Buch auf dem Knie und die Stiefel im Staub – stets auf der Hut vor Ameisen –, im pfeffrigen Duft und in der matten Glut eines tropischen Nachmittags; sein Geist weilte aber in weiter Ferne (zum Beispiel in Paris), wo ihn die Wörter *sensibilité, cœur, paradis*, bei denen ihm das Herz vor Freude hüpfte, von seiner bärenhaften Schwerfälligkeit und den derben Stiefeln befreiten, und ringsum bekam das Buschland neue, gleichwohl vertraute Farben, wenn das Wort *paysage* es erhellte, öffnete sich auf Alleen, an deren Ende ein von Säulen getragener Tempel zwischen herabhängendem Laubwerk leuchtete, wo die primitiven Bedürfnisse, die ihn plagten, schwanden, sobald er die Gesellschaft einer Heldin genoß, die fordernd, dennoch subtil willfährig war, mit zierlichen Handgelenken und einer entzückenden, engelhaft unschuldigen Oberlippe, und deren Name Ursule oder Victorine lautete.

Eines Tages, als er zu einer Stelle hinauswanderte, wo der Eintritt in jene Welt leichtfiel, rief ihm jemand von hinten etwas zu, und als er sich umdrehte, sah er eine alte Frau in Braun, untersetzt, ohne Kopfbedeckung, in Stiefeln, die ihr eine Nummer zu groß waren. Er erkannte sie sofort, obwohl sie sich nie begegnet waren.

»Das nenn ich Glück«, rief sie. Sie schleppte einen Sack über der Schulter und zog einen fast drei Meter langen abgefallenen Ast hinter sich her. Er blieb mit dem Buch in der Hand stehen und wartete auf sie.

»Da«, sagte sie, als sie neben ihm war, »nimm das«, und reichte ihm das Ende des Astes. »Mit dem Rest komm ich zurecht.«

Er hatte schon von ihr gehört. Sie hieß Hutchence, lebte drei Meilen außerhalb an der Straße nach Bowen, nicht in einer Hütte, sondern in einem richtigen Haus, und regelmäßig war da eine Last, die getragen, oder eine Arbeit, die getan werden mußte. Die Kinder und die jungen Burschen aus der Siedlung, Hec Gosper, Jake Murcutt, die älteren Corcorans, hatten eine Heidenangst, am Schlafittchen gepackt und weggezerrt zu werden, um eine Grube auszuheben oder ein Trumm von Möbelstück irgendwohin zu transportieren. George hatte geglaubt, er wäre ausgenommen; sie würde sofort bemerken, auch wenn sie ihn nicht kannte, daß er kein Bauernbursche war wie die Corcorans oder Hec Gosper, den man herbeizitierte und herumkommandierte. Aber als es passierte, wußte er nicht, wie er protestieren könnte, ohne lächerlich zu wirken; er ertappte sich dabei, daß er, ergeben wie jeder andere junge Mann aus dem Ort, sein Buch wegsteckte, die Verletzung seiner Würde, auch wenn sie gering war, hinunterschluckte und neben ihr hertrottete.

Der Ast war schwer, und er fragte sich, wie sie so weit damit gekommen war, aber er war ja stark, es machte ihm keine Mühe. Er schwitzte nur in seiner dicken Jacke und mußte mehr als einmal stehenbleiben, um sich die Stirn zu wischen.

»Ist gut«, meinte sie. »Laß dir Zeit, George – heißt du nicht so?«

Sie war ganz schön zäh für ihr Alter, nicht ganz das, was sie schien. Obwohl sie zu häuslich wirkte, um geheimnisvoll zu sein, verstand er, daß sie einen vor Rätsel stellen konnte. Niemand wußte, woher sie stammte – das heißt, sie hatte sich zu keiner Auskunft herabgelassen – oder wie sie es sich hatte leisten können, ein richtiges Haus zu bauen, oder warum sie sich dafür ausgerechnet diese Gegend ausgesucht hatte oder in welcher Beziehung sie stand – wenn es überhaupt eine gab – zu der jungen Frau, die bei ihr lebte und deren Name, wie er wußte, Leona war. Sie waren, sagte man, von den Inseln, von Macau, vielleicht auch aus Malakka, gekommen und logierten, während ihr Haus gebaut wurde, bei einer Witwe in Bowen – doch auch in Bowen wußte niemand Genaueres von ihnen, nur daß sie mit dem gesamten Mobiliar eines Haushalts auf einem Dampfschiff angereist waren, richtigen Möbeln, wie noch keiner sie gesehen hatte, Truhen mit Schnitzereien, Chaiselongues aus Flechtweide, drei oder vier reich verzierten Vogelkäfigen, und daß sie einen ruhigen und respektablen Eindruck machten, außer dem Akzent, den die ältere Dame hatte und die jüngere nicht.

Als das Haus fertig war, kamen Scharen aus Bowen gepilgert, um es sich anzusehen; einige, weil es solch ein Wunderwerk war – Bowen galt zwar als Stadt, doch dergleichen wies es nicht auf; andere in der Hoffnung, das Haus, wenn es erst mit all den Rohrstühlen ausgestattet war und den geschnitzten Truhen, die man öffnen und betrachten durfte, den bezogenen Betten und aufgehängten Bildern, werde das Rätsel endlich lösen, indem es preisgab, was die Damen selbst verschwiegen. Aber auch hierin wurden sie enttäuscht. Das Haus hätte genausogut durch die Luft geflogen kommen und mit einem Plumps aus irgendeinem nördlichen Seehafen, von dem sie kaum etwas wußten, hier gelandet sein können, so wenig glich es allem, was man hier zu sehen bekam. Wenn es denn etwas mitzuteilen hatte, kriegten sie es jedenfalls nicht heraus. Es sprach in einer Sprache, die ihnen unverständlich blieb.

Es war sehr hell und luftig, sehr offen. Die Rohrmöbel verliehen ihm etwas Leichtes, beunruhigten sie aber. Ein Stuhl sollte stabil sein. All diese filigrane Leichtigkeit erinnerte sie an – doch weiter kamen sie nicht. Ihr Geist geriet ins Stocken. Sie saßen auf den Stühlen und schauten aus diesem günstigen Blickwinkel auf die kannelierten Wände, die großenteils nackt waren, es wurde ihnen aber keine Erleuchtung zuteil. Schauten sie auf die Vergangenheit oder auf die Zukunft? Falls es die Vergangenheit war, war es nicht die eigene. Falls die Zukunft – nun, im großen ganzen kümmerte sie die nicht. Auch kümmerte sie nicht, daß Mrs. Hutchence, sobald sie in ihr Heim eingezogen war, sich gehenließ, wie sie es nicht getan hatte, als sie bei Mrs. Blaine wohnte. Ihr Bombasinkleid war über und über verschmutzt, sie trug Stiefel – zugegeben, die aus der Siedlung auch, jedenfalls die meisten, aber *sie* wohnten ja nicht in einem Haus mit fünf Zimmern plus einer Veranda, hatten keine Korbmöbel und servierten nicht Tee in Tassen aus Porzellan, *dünnem* Porzellan, aus Bayern, wie es schien, hatten keine Tochter oder Patentochter, vielleicht auch Nichte oder Begleiterin, die einen Kamm im Haar trug und aussah wie eine große dunkeläugige Puppe.

Einiges davon war George schon zu Ohren gedrungen; so die Meinung zweier junger Leute aus der Gegend, die aus Gründen, die sie nicht hätten erklären können, beim Anblick des Hauses empört gewesen waren, wie es nicht der Fall gewesen war, als die Alte sich ihrer das erstemal bemächtigt hatte. Das war eher eine spaßige Sache gewesen; sie hatten den Vorteil der Jugend und konnten sich über den

Akzent und das offensichtlich Kauzige der Dame amüsieren. Aber das Haus, das auf seinen Pfählen fast zwei Meter über dem Boden schwebte, die kühle Überlegenheit, mit der es Licht und Luft beanspruchte, ganz zu schweigen von der Landschaft, in der es stand, weckten in ihnen ein Gefühl krasser Unzulänglichkeit.

Es gab einen gußeisernen Fußabstreicher an der Tür. Sie schauten hin und dann weg, als Mrs. Hutchence ihre Stiefel daran abstreifte.

Im Innern glänzende Holzböden, an denen ihre Fußsohlen unangenehm klebenblieben. Vor allem aber die junge Frau, Leona, die Nichte oder Tochter, deren Benehmen und Kleidung zugegebenermaßen wundervoll waren, obwohl keiner der beiden ihr Alter festzulegen wagte: »Mindestens dreißig«, höhnten sie, als sie später von dem Besuch erzählten. Sie hatte darauf bestanden, daß sie sich an den Tisch setzten – und plötzlich war ihre Jugend ein schlimmer Nachteil, den sie freilich trotzig zur Schau trugen – und mit ihnen plauderten, während sie Tee tranken.

Die meisten gingen nur ein einziges Mal hin und schilderten den Besuch, soweit es ihnen möglich war, als ein komisches Ereignis, wobei sie es so darstellten, als seien nicht sie, sondern das Haus und seine zwei Bewohnerinnen fehl am Platz gewesen. Sie erwähnten nicht, wie sie durch den Fußabstreicher gedemütigt worden waren, auch nicht die seltsame Mischung aus Verlegenheit und Verwunderung, die sie überkommen hatte, als sie zurückschauten und die Abdrücke ihrer Füße, staubig und breitzehig, auf den Dielen sahen. Wenn Mrs. Hutchence sie jetzt herbeizitierte – sie vergaß nie einen Namen oder ein Gesicht –, wurden sie schlagartig taub.

»Nun, da wären wir.«

Und da war es, nicht ganz so imposant, wie es geheißen hatte, ziemlich primitiv und unfertig mit seinem nicht gestrichenen Wellblechdach, dennoch ein richtiges Haus, auf einem gerodeten und gejäteten Stück Land, auf dem bei der grimmigen Hitze bereits Unkraut sproß.

Die Säulen, die das Verandadach trugen, hatten abgeschrägte Kanten, und jemand hatte sich die Mühe gemacht, sie mit quadratischen Kapitellen auszustatten. Ein kreuzweise verlaufendes Gitterwerk füllte die Bogen aus, und auf beiden Seiten der breiten Holztreppe standen steinerne Vasen, noch leer, dafür in klassischem Stil und mit Girlanden verziert.

Er verstaute den Ast auf Anweisung von Mrs. Hutchence im Halbdunkel unter dem Haus, folgte ihr dann, überrascht, das Scharren von Füßen über sich zu hören, die Treppe zur Veranda hinauf und weiter in das kühle Innere, das, wie er in seiner jähen Gemütsbewegung feststellte, ein richtiges Zimmer war, das erste, in das er seit mehr als einem Jahr den Fuß gesetzt hatte. Es war, als beträte er wieder einen Ort seiner Träume, obwohl die Korbstühle und die kleinen Bambusständer den Raum zu exotisch machten, als daß er vertraut gewirkt hätte. Die Sehnsucht, die er in ihm hervorrief, galt einem Ort, über den er vielleicht gelesen hatte, ohne ihn sich genau vorstellen zu können. Und so war es ein Schock, als sie ihn bis in die Küche führte und er feststellen mußte, daß ihm von der Gesellschaft, in die sie hineinplatzten und die sofort verstummte, alle Mitglieder außer einem schon bekannt waren.

Gemmy Fairley war da mit den beiden kleinen McIvors, auch Hec Gosper, der errötete und sogleich, wie George sich einbildete, einen feindseligen Ausdruck annahm; und am Eingang zu der Nische aus Wellblech, wo sich der Ofen befand, stand Miss Gonzales, wie Mrs. Hutchence sie nannte, bevor sie der jungen Frau ihren anderen Namen gab, den zu benutzen er anscheinend aufgefordert wurde. »Das ist George«, stellte sie vor.

»Abbot«, glaubte er hinzufügen zu müssen.

Hec Gosper senkte das Kinn, um ein Lächeln zu verbergen. Die beiden kleinen Mädchen, die äußerst unbehaglich dreinschauten, drückten die Nasen in ihre Becher mit Tee. Gemmy drängte, hilflos gestikulierend und undeutlich eine Erklärung hervorstoßend, an ihm vorbei und ergriff die Flucht.

»George hat mir sehr geholfen«, verkündete Mrs. Hutchence. »Setz dich, George. Ich habe ein schönes Stück Feuerholz aufgetrieben, Leona, und George hat sich freundlicherweise bereit erklärt – eine Tasse, Janet. Du kannst wählen, mein Schätzchen. Jede, die du magst.«

Er setzte sich an den Kiefernholztisch, und Hec Gosper rückte zur Seite, um Platz für ihn zu machen, blieb aber abweisend. Die ältere der McIvors brachte eine richtige Teetasse mit Unterteller, die anderen hatten dagegen, wie er sah, Becher. Hec Gosper sah es ebenfalls.

»Nun«, sagte er mürrisch, »ich geh wohl besser.«

Es war Leona, die ihn zurückhielt.

»Warum denn, du meine Güte? Mr. Abbot hat nichts dagegen, daß wir ein bißchen lustig sind, nicht wahr, Mr. Abbot? Wir sind alle ganz ungezwungen hier. Wir haben Karten gelegt – «

Hec Gosper wurde feuerrot. Er hatte bis dahin im Mittelpunkt solcher Galanterien gestanden, wie sie der Nachmittag vorsah, und hatte sich seiner Meinung nach passabel geschlagen. Es kränkte ihn, daß er jetzt vor diesem *Schulmeister* bloßgestellt werden sollte. Das Kartenlegen war dummes Zeug, ein bloßer Vorwand für Leona und ihn, ihre Spielchen miteinander zu treiben, die, so glaubte er, von den McIvors nicht registriert würden, da sie zu jung waren.

Er täuschte sich darin. Er war es nämlich, der zu jung war. Janet wußte nur zu gut, was da vor sich ging, und war fasziniert, da Hector nicht älter als siebzehn war, Leona dagegen, soweit sie es ausrechnen konnte – na, mindestens fünfundzwanzig. Sie wußte das, weil Mrs. Hutchence, immer wenn sie ihr bei den Bienenstöcken unten half, eine Fülle von Geschichten erzählte über diesen oder jenen Ort – die Damen waren viel herumgereist –, was Janet, hätte sie sich das Gehörte zusammenreimen können, einen tieferen Einblick in das Leben der beiden Frauen gewährt hätte, als sonst irgend jemand bekommen hatte, aber es fehlte ihr die Erfahrung, sich reisende Gentlemen so richtig vorzustellen, davon einige Kapitäne zur See, oder Billardtische oder Köche, die keine Ahnung hatten, was Braune Suppe war. Vorläufig war sie mehr mit den *Dingen* beschäftigt, die Mrs. Hutchence vorzuzeigen hatte: ihr Service aus feinstem Porzellan, was bedeutete, daß man durch eine Tasse hindurchsehen konnte, wenn man sie am zerbrechlichen Henkel gegen das Licht hielt; oder die Ballen farbiger Seide, mit denen die mit Kampfer gefüllten Holztruhen vollgestopft waren. Die Truhen allein waren schon herrlich: über und über bedeckt mit geschnitzten Figuren, so plastisch, daß man selbst mit geschlossenen Augen den Finger über sie gleiten lassen und immer noch die Prozessionen durch Gärten mit Kirschbäumen und Weiden sehen konnte, Vögel im Laub und kleine Pavillons in der Ferne.

»Tja, also dann ...« sagte Hec Gosper und fand sich widerwillig damit ab, zu bleiben und das Ganze durchzustehen. Er nahm den Blechbecher in die Faust, als wollte er klarmachen, daß er nur zu gut wüßte, wie sehr man ihn gekränkt hatte, und verbarg seine Verlegenheit und seine Hasenscharte, deren Kerbe ihm plötzlich wieder einfiel.

Leona erkannte, in was für einer heiklen Lage er sich befand. Sie nahm den Becher, den er abgesetzt hatte, warf ihm einen Blick zu, den man als versöhnlich hätte deuten können, aber auch, dachte er, als herausfordernd, und schenkte ihm Tee ein aus der großen blauen Porzellankanne, die sie vom Herd geholt hatte, gleichzeitig beugte sie sich hinunter und wisperte ihm etwas ins Ohr. Danach erst füllte sie die Teetasse für George.

»Dummerchen!« Das hatte sie Hector im Flüsterton gesagt, doch alle hörten es, und man konnte regelrecht sehen, wie es dem Jungen warm ums Herz wurde. Janet sah es. Sie mochte Hector, für den Schulmeister hatte sie eigentlich wenig übrig.

Die Spannung in der Küche stieg. Leona, die sehr groß wirkte, wie sie da neben dem Tisch stand, mit schlankem Hals, das dunkle Haar zu Zöpfen geflochten, war nach Georges Einschätzung wie er selbst zu fein für den Anlaß angezogen. Sie gaben ein Paar ab.

Ihr Kleid war aus hellem Baumwollstoff. »Frisch gewaschen und gebügelt«, kam ihm in den Sinn. Die blaue Farbe entzückte ihn. Sein stärkster Eindruck war allerdings, daß sie sich parfümiert hatte, und er verknüpfte das mit den halbgeöffneten kleinen Rosenknospen, Rosa auf Weiß, mit denen ihr großer Kragen bestickt war. Die Eleganz der feinen Stickerei rührte ihn. Sie zeugte von einem Raffinement, von dem er geglaubt hatte, er werde ihm vielleicht nie wieder begegnen, und während er die Stickerei betrachtete und die sich leicht hebenden Brüste der jungen Frau, fühlte er von neuem, wie einsam er in den letzten Monaten gewesen und zu was für einem Rohling er geworden war. Er war glücklich, etwas von dem Reiz jener winzigen Embleme für »Garten«, »Sommer«, »Heimat«, die er so sehr vermißt hatte, der jungen Frau zuzuschreiben; auch das Englische, obwohl ihr Teint zu dunkel dafür war.

Leona war sich unschlüssig. Auf ihrer Stirn erschien eine Falte. Er bedeutete etwas Neues, dieser Schulmeister. Selbst wenn er auf den ersten Blick linkischer wirkte als manch anderer, zum Beispiel Hector, hatte er doch eine Ausbildung, kannte ein wenig die Welt. Es war ihr peinlich, daß er sie bei einem Spiel mit Kindern ertappt hatte, denn Hector war auch eines, mochte er noch so oft seinen Schnurrbart streichen und großtun.

George spürte, daß ihr Interesse geweckt war, und sein

Selbstvertrauen wuchs. Wenn ihm etwas einen Strich durch die Rechnung machte, war es der Zustand seiner Manschetten, die sehr schmuddelig waren. Er zog an den Ärmeln seiner Jacke, um sie zu verbergen, und bemerkte dabei den Dreck, der sich in den Knöcheln seiner großen Hände festgesetzt hatte – selbst Hectors Hände, sah er, waren sauberer. Wie nachlässig er geworden war! Sein Haar zum Beispiel. Er fuhr sich mit der Hand durchs Haar. Ein Vogelnest; hingegen das von Hector – Hector war trotz seiner allzuschnell gewachsenen Gliedmaßen und der Hasenscharte durchaus gepflegt und ging nicht barfuß, sondern trug hochelegante neue Stiefel.

George war überrascht, wie sehr diese Rückkehr ins gesellschaftliche Leben ihn animierte. Er spürte, wie seine frühere Vitalität wiederkehrte, und sein Geist machte einen Satz in die Zukunft, wenn er und Leona, Miss Gonzales (für den Augenblick dachte er lieber in dieser förmlicheren Art an sie, es hob sie beide noch mehr von den anderen ab), ganz offen miteinander sein würden, einander zärtlich, ja intim nahe. Er begann, sich ein solches Gespräch auszudenken, und vor lauter Freude darüber schwang sich sein ganzes Sein empor, als wäre das Buch in seiner Tasche, das er vergessen hatte, samt seiner ganzen Person verwandelt und schwebte als Putte über dem Tisch mit regenbogenfarbenen Flügeln und einem Gesicht von fast cherubinischer Unschuld, ganz ohne einen lästigen Körper.

Leona hatte sich inzwischen der Lage angenommen; auf Lehrerinnenart, wie George amüsiert fand. Machte sie sich lustig über ihn? Wenn ja, nahm er es nicht übel. Im Gegenteil. Er wunderte sich, wie vergnüglich es war, sich ihrer Autorität zu fügen und der eigenen ledig zu sein; spielerisch herumkommandiert zu werden, selbst wenn es ihn auf die gleiche Stufe stellte wie Hector Gosper. Er empfand plötzlich ein warmes Kameradschaftsgefühl für den hasenschartigen Jungen, das alle Rivalität zwischen ihnen aufhob, da es galt, gemeinsam auf den recht mokanten Ton, mit dem Miss Leona sie sanft fesselte und lenkte, zu reagieren. Es war eine Folge ihrer beider Jugend. Auch Hector riß sich zusammen und zeigte sich weniger gereizt und wachsam.

Die zwei kleinen Mädchen staunten über die Wendung, welche die Dinge genommen hatten. Sie kannten diese Nachmittage, wenn Hector oder einer der anderen Jungen auftauchte – meist war es Hector –, und den Ton, mit dem Leona sie aufzog, hätten aber nie vermutet, daß sie Mr. Abbot ebenso behandeln würde. Noch weniger, daß er es akzeptierte, obwohl Janet nach einer Weile bemerkte, daß dies eine Variante des Kartenlegens war, nur diesmal fand das Spiel zwischen Leona und Mr. Abbot statt.

Sie bemerkte noch etwas anderes. Nämlich daß Mr. Abbot zwar seine Rolle spielte, aber dabei nicht mehr zu tun hatte als Hector. Die beiden bildeten sich nur ein, sie agierten selbst, weil Leona alles so geschickt dirigierte, ihnen Worte in den Mund legte, die sie in Wirklichkeit nie gesagt hatten, und im Grunde beide Rollen selbst übernommen hatte. Janet war überrascht, wie klar ihr das war. Die Welt strengte sich seit kurzem richtig an, fand sie, um ihr Dinge zu zeigen, ihre Aufmerksamkeit zu erregen und sie aufzuklären.

»So ist es besser, Kinder«, sagte Mrs. Hutchence. »So hab ich es gern.« Sie selbst hatte nichts gesagt. Sie saß da und hörte zu, aber alles, hatte man das Gefühl, war in ihrem Zuhören enthalten, und ohne dies wäre es anders gewesen.

Nach einer Weile verschwanden Mrs. Hutchence und Janet, um nach den Bienen zu sehen. George, Leona und Hector waren nun allein – doch nicht ganz. Die kleinere der McIvors war zurückgeblieben, da Leona sie, wie George meinte, nicht deutlich genug hinauskomplimentiert hatte. Sie beobachtete die Gruppe nachdenklich vom Ende des Tisches her, und als alle auf die hintere Veranda hinaustraten, um zuzusehen, wie Mrs. Hutchence und Janet in Sonnenhüten mit Schleiern im Wäldchen unterhalb des Hauses umherspazierten, setzte sie sich auf einen Hackklotz, die Ellbogen auf den Knien, das Kinn auf die Fäuste gestützt, und ließ sich nichts von dem, was sich zwischen den dreien abspielte, entgehen. George fragte sich, ob es bloß aus kindlicher Neugier geschah oder aus einer Art eifersüchtiger Liebe, daß sie sie so genau beobachtete, doch wem sie galt, ob Leona oder Hector, konnte er nicht sagen.

Ihr Gespräch verfolgte jetzt kein bestimmtes Ziel mehr. Leona langweilte sich vielleicht in ihrer Gesellschaft. Es gab Pausen, in denen George nicht wußte, was er tun sollte, als läge es nun an ihm, den Platz, den sie ihm angeboten hatte, mit einer Zurschaustellung von Galanterie oder Esprit zu rechtfertigen, aber das Gespräch, das er im Geist begonnen hatte und das so offen und vertraulich war, gehörte der Zukunft an; einstweilen konnte er den richtigen Ton nicht treffen und brachte sich in Verlegenheit, indem er, aus Angst vor der entstandenen Leere, die viel zu sehr erfüllt war vom Nachmittagslicht und von den Blicken der kleinen McIvor, eine Frage stellte, eine ganz direkte, bedeutungslos in sich, aber zu schroff formuliert, fast brutal – was ihm gleich, als die Worte herausgerutscht waren, bewußt wurde. Miss Leona sah bekümmert aus, als hätte sie sich doch in ihm getäuscht. Das Bestürzende war, daß er so einen Fehler hatte machen können, gerade im Zustand erhöhter Sensibilität.

Es entging ihm nicht, sogar in der schlimmsten Verlegenheit, daß sich in Hectors Mundwinkel ein selbstzufriedenes kleines Lächeln eingenistet hatte, das er zu verbergen suchte, indem er auf seine untadeligen Stiefel starrte und dabei, die Hände in den Taschen, sein Gewicht verlagerte, vor und zurück, so daß das Schweigen vom Knarzen der Stiefel erfüllt war. War Hector wirklich, fragte sich George, der Selbstbeherrschtere von ihnen beiden, oder hatte er nur im Laufe der Zeit entdeckt, wie man auf die recht verwirrenden Ansprüche der jungen Frau reagierte?

Doch Leona war großzügig. Sie ließ ihn nicht wegen seines Ausrutschers leiden. »Mama«, begann sie, »ja, ich nenne sie Mama, obwohl wir nicht verwandt sind. Mama hat Sie ins Herz geschlossen, George – das geschieht selten, verstehen Sie. Normalerweise – aber warum sollte Sie das überraschen? Sie ist klug, Mama, sehr klug, Sie würden staunen, was sie in den Leuten sehen kann, und das schon auf den ersten Blick. Und in Ihnen *hat* sie etwas gesehen – auch in Hector, nicht aber in jedem x-beliebigen, sie ist nämlich ganz *speziell.* Sie sieht *in* die Leute hinein, es ist eine Gabe. Und gewöhnlich spüren sie es gleich – Hector hat's gespürt, nicht wahr, Hector? – und fühlen sich unbefangen ihr gegenüber. Darum sind wir hier alle so ungezwungen. Ich bin es nicht, *ich* bin nicht unbefangen. Aber *sie* ist es, Sie können sich gar nicht vorstellen, wie sehr. Und sie ist auch gut. Unglaublich gut. Sie ist unglaublich gut zu *mir* gewesen.«

George hatte keine Ahnung, was das alles bedeutete, und bezweifelte angesichts Hectors Miene, daß dieser etwas begriff; aber er fühlte sich wirklich unbefangen und verstand, daß Leona nicht nur für ihre Mama sprach.

Vom Geländer der Veranda aus, wo sie standen, beobachtete er, wie sich diese Schattengestalt mit der kleineren zur Seite zwischen den viereckigen Bienenkästen bewegte und dabei Rauchwolken aus ihren Ärmeln aussandte, und er spürte eine angenehme Müdigkeit und Unbekümmertheit, die Zuversicht, daß er nun gehen und wiederkommen könnte, und wenn er es täte, würde ein Platz für ihn dasein.

»Ich muß gehen«, sagte er. Es beunruhigte ihn nicht, daß er Hector das Feld überließ, der immerhin auf seinen Abgang gewartet hatte.

»Na gut«, sagte sie. »Aber Sie kommen wieder.«

Er bejahte und ging über den holprigen Hof davon. Er mußte sich nicht umdrehen, um zu wissen, daß Hector und die große junge Frau ihm nachschauten, auch die kleine McIvor an Leonas Rockzipfel. Das Gefühl der eigenen

Leichtigkeit erfüllte ihn. Sein schwerfälligeres Selbst war eingeschläfert und ein anderes erweckt worden, das empfänglich war für das Glühen im Westen, in dem die tristen Bäume des Buschlands auf seinem Weg eine Art Schönheit gewannen; alle Blätter glänzten, und unter ihnen flammte die Erde in ihren Erhebungen, und der Himmel war ein Spektakel, ein Fest der Wolken, deren Formen von einer Gestalt, die er benennen konnte, in eine andere, ebenso angenehme übergingen, für die er keinen Namen hatte und die ihm dennoch nicht fremd vorkam; er könnte, dachte er, später einen Namen dafür finden. Er hatte das Gefühl, daß es viele Dinge in der Welt gab, die ihm noch bevorstanden.

Er nahm das Gespräch, das er im Geist begonnen hatte, wieder auf. Solange er sich mit den Bäumen und dem Himmel beschäftigt hatte, war ihm nicht bewußt gewesen, daß es die ganze Zeit unterhalb seiner Gedanken fortgesetzt worden war. Er überließ sich dem Gespräch und war schon in manch erfreuliche Verwicklung vertieft, als er eine Gestalt bemerkte, die am Wegrand hockte und ihn zuerst erschreckte und dann, als er sah, wer es war, auf unerwartete Weise rührte.

Es war Gemmy Fairley, der auf die kleinen McIvors wartete, um sie nach Hause zu begleiten. Er hätte den Burschen gern gegrüßt und spürte, daß er enttäuscht war, als Gemmy den Kopf gesenkt hielt und nicht aufschaute, um die Geste zu empfangen, die er ihm zugedacht hatte.

9

GEMMY FAIRLEY war fast schon ein Jahr in der Siedlung. Eines Nachmittags, als er allein war und neue Bretter an der Seitenwand eines Verschlags festnagelte, spürte er, wie sich ihm die Haare im Nacken sträubten. Er drehte sich mit erhobenem Hammer um, und da waren sie schon bei ihm, zwei Schwarze, ein alter Mann und ein junger, aufrecht, ruhig, nur wenige Schritte von ihm entfernt. Er hatte sie nicht kommen hören. Mit einem Zeichen, das einem weißen Beobachter entgangen wäre, senkte er den Blick, ließ sich mühsam in den Schneidersitz nieder und wartete. Die beiden Schwarzen folgten seinem Beispiel, und so hockten sie alle drei in einer Gruppe auf der Erde.

Für Andy, Barney Masons Handlanger, der etwa hundert Meter entfernt auf dem Hügelkamm Löcher für Zaunpfosten machte, war das Zeichen nicht zu sehen; hingegen sah er alles übrige. Er hatte seit gut zehn Minuten jene Schwarzen nicht aus dem Auge gelassen.

Als er sie aus dem Sumpfland mit den Kohlpalmen auftauchen sah, zuerst den alten Burschen, sehr groß und hager, der über den Boden zu gleiten schien, hatte er richtig geraten, wohin sie wollten, hatte seine Brechstange beiseite gelegt und nach seiner Flinte gegriffen. Er folgte ihnen mit dem Blick den ganzen Weg die Schlucht hinunter, dann ließ er ein paar Minuten verstreichen, bis sie das wuchernde Dickicht in der Talsohle durchquert hatten, und nahm ihre Spur dort wieder auf, wo er sie erwartet hatte, am Hang, wo Gemmy Fairleys Hammerschläge die Stille des klaren Spätnachmittags durchbrachen.

»Hab ich euch!« flüsterte er.

Hätten sie sich auch nur einen Schritt auf Barneys Seite der Grenze gewagt, er hätte sie abgeknallt; dazu fühlte er sich berechtigt. Aber sie taten es nicht.

Irgendwann blieben sie auf freiem Gelände stehen und schauten, frech wie noch was, zu der Stelle hin, wo er stand, bestens versteckt, wie er geglaubt hatte, und entdeckten ihn, dessen war er sich sicher; jedenfalls registrierten sie seine Anwesenheit. Danach wandten sie ihm dreist den Rücken zu, und ohne sich darum zu kümmern, ob er sie beobachtete oder nicht, schritten sie weiter, der Alte, hochschultrig und wie schwebend, immer noch vorneweg. Was für eine verdammte Unverschämtheit! Was für eine Dreistigkeit! Eine Unverfrorenheit!

Einen Augenblick später verstummte das Hämmern, er sah, wie Gemmy sich herumdrehte; und schon saßen sie, alle drei, die Köpfe zum Palaver zusammengesteckt. Direkt in der Öffentlichkeit, wo *jeder* sie sehen konnte. Nicht einmal in den Schatten des Verschlags hatten sie sich verzogen, wie es ein Weißer getan hätte, dann hätte man sie wenigstens nicht sehen können. Hockten einfach da in aller Öffentlichkeit, vielleicht zwanzig Minuten, vielleicht auch mehr.

»Die hab ich im Auge behalten, das kannst du mir glauben!« (Vor lauter Aufregung, etwas berichten zu können, erzählte sich Andy das Ganze schon jetzt.) »Den kleinsten Muckser von denen hab ich gesehen, darauf kannst du Gift nehmen. Den kleinsten Muckser. Und dann sind sie wieder aufgestanden, die beiden Schwarzen, und nichts wie weg, den Weg zurück, wo sie hergekommen sind.«

Einen Moment lang war Gemmy sitzen geblieben; auch das hatte er gesehen. Dann hievte er sich langsam hoch, nahm eine Handvoll Nägel, und erst als Hammerschläge von der Schlucht herüberschallten, kam Andy jäh von dem Ausflug zurück, den er im Geist gemacht hatte, den ganzen

Weg von dort unten, wo er sich aufgehalten hatte, bemüht, herauszukriegen, worüber das Palaver denn ging, und mußte feststellen, daß ihm hier, nach seiner Rückkehr, das Bein eingeschlafen war, und er hüpfte fluchend herum, bis das Kribbeln aufgehört hatte.

Nachdem er wieder alles beieinanderhatte, zog er los, die Schrotflinte in der Hand, ruhigen Schritts – keine Eile nötig –, zu dem Ort, wo der Kerl seine Arbeit wiederaufgenommen hatte, denn der Klang der Hammerschläge prallte hart vom Hang ab und schlug an sein Ohr.

Andy war außer sich vor Entrüstung. Was er gerade gesehen hatte, sagte er sich erbost, war genau das, was zumindest er schon seit langem vermutet hatte. Der Scheißkerl stand in Verbindung mit ihnen. Immer schon, heimlich, und war bereit, es jetzt offen zu tun. Am hellichten Tag! Na warte, sagte er sich, bis Barney das hört.

Er arbeitete seit fast zwei Jahren für Barney. Sie waren nicht befreundet, aber er kannte Barney gut; er wußte, was er über dieses verdammte Thema Gemmy Fairley dachte. Dasselbe wie er. Aus Loyalität zu seinem Kumpel Jock stotterte er herum und wollte nichts zugeben, aber man merkte es ihm an. Er war ein offenes Buch, der Barney. Wenn er wieder seinen Rappel kriegte und sich wegen allem und jedem Sorgen machte, war's nicht zu übersehen. Klar, war schon gut, wenn einer zu seinem Kumpel stand – er hielt viel davon, so wie jeder andere auch. Aber was ist mit mir, fragte er sich grimmig, was bin *ich* denn? Alles, was ich tu, ist, daß ich mir die Seele aus dem Leib schufte für ihn, mich stark mach für ihn, die Augen offenhalt, mich nur darum kümmere, daß es ihnen gutgeht. Mensch, warum kommst du nicht zu mir, Barney, und sagst mir, wo dich der Schuh drückt, wie ein Weißer dem andern? Ich werd schon den Mund halten.

Zunehmend in seinem Stolz gekränkt – und dieser Ärger

war nur Teil eines umfassenderen Grolls, den er angesichts der vielen Ungerechtigkeiten verspürte, die ihm zugefügt worden waren, stapfte er den Hügel hinunter.

Damals in Brisbane, in der Zeit, als seine Frau abgehauen war, hatte er eine Menge Ärger gehabt, unter anderem mit dem Gesetz. Er war bei dem Kerzenmacher eingebrochen, bei dem er arbeitete, und hatte ein paar Shilling aus der Kasse gestohlen – also, um genau zu sein, sechs Pfund, und ein Jahr lang gebrummt. Er gab *ihr* die Schuld. Und dem Kalifornier – ein sehr gerissener Typ, ein Großmaul –, der ihn, das mußte er zugeben, eine Zeitlang beeinflußt hatte.

Seine Frau hatte den Kerl zuerst gehaßt. Eifersüchtig! Und geendet hatte es damit, daß sie, verdammt noch mal, mit ihm davonlief – da blieb einem doch die Spucke weg. War das die Möglichkeit? Und nachdem er eine Woche lang durchgesoffen und sich in alle möglichen Raufereien verwickelt hatte, war er eines Nachts zur Hintertür von McDowells geschlichen, war eingebrochen und hatte die sechs Scheine mitgehen lassen, aber warum er das gemacht hatte und wieso er geglaubt hatte, ungestraft davonzukommen, konnte er nicht sagen; genausowenig, warum Lorrie, seine Frau, nachdem sie monatelang getönt hatte, was für ein Großmaul Earl Whitney war, was für ein Betrüger und Lügner, plötzlich mit ihm auf und davon gegangen war. Er hatte von Anfang an gewußt, daß er der erste sein würde, bei dem die Polizei aufkreuzte. Wie dumm kann ein Mensch nur sein?

Die Welt war ein Rätsel für Andy McKillop. Er war sich selbst ein Rätsel. Vor zwei Jahren war er hier raufgekommen, um auf gut Glück nach Arbeit zu suchen, und mit ein paar flotten Sprüchen, die er von dem Kalifornier aufgeschnappt hatte, unter dessen Einfluß er noch immer stand, hatte er Barney Mason, einen braven, aber weichherzigen Burschen, dazu gebracht, ihm eine Chance zu geben. Dafür war er ihm dankbar. Damals hatte er sich geschworen, Barney nie im Stich zu lassen, und abgesehen von gelegentlichen Ausbrüchen, nach denen er jedesmal schlecht gelaunt und erfüllt von Selbstmitleid war (immer noch war er innerlich von einem Furor erfüllt, der nur durch Alkohol gelegentlich betäubt werden konnte), hatte er seinen Schwur gehalten. Er hatte alles getan, um Barney ein guter Kamerad zu sein, mochte auf sentimentale Weise Polly und die Kinder. Daß die ihn nicht so mochten, wie er es gern gewollt hätte, war enttäuschend, aber Enttäuschungen war er gewöhnt.

Was Gemmy betraf – nun, er kannte die Schwarzen, hatte seine Erfahrung mit denen. In seiner schlimmsten Zeit dort unten hatte er ab und zu eine Flasche mit ihnen geleert – nichts, worauf er stolz war, aber was war schon dabei – und war einige Male in ihrem Lager gewesen; auch damit tat er nicht groß. Immerhin zählte die Erfahrung. Er kannte die Sorte!

»Tag«, sagte er in säuerlichem Ton, als er den Verschlag erreichte. Er lehnte sich ganz beiläufig mit der Schulter an die Wand, aber ihre sengende Hitze drang durch sein Hemd, und er mußte sich anders hinstellen. Das kleine Mißgeschick brachte ihn etwas aus der Fassung, aber er fing sich wieder und hatte das Gefühl, ihm falle die Würde eines Mannes zu, der hier als Repräsentant auftrat. »Ich seh, du hast Besuch bekommen«, sagte er, sehr zufrieden mit seinem milden Humor.

Gemmy kauerte auf dem Boden, einen Nagel zwischen den Zähnen. Er hob den Kopf.

Wirklich und wahrhaftig, dachte Andy, während er das gelbliche Weiß der Augen betrachtete. Hat Augen wie einer von denen. Trüb. Argwöhnisch.

Gemmy senkte den Blick, und gemächlich, als wären die Grillen seine einzige Gesellschaft, nahm er den Nagel und schlug ihn ein. Die Hammerschläge fielen direkt auf Andys Schädel. Der Nagelkopf glitzerte in der Wand.

»Alte Freunde, was?«

Gemmy überprüfte das Brett, das, Andy hätte es ihm sagen können, schief war, und nahm einen zweiten Nagel aus der Schachtel.

Seine Art, mit Leuten umzugehen, mit denen er nichts zu tun haben wollte, war, so zu tun, als ob sie nicht vorhanden wären. Er schaute durch diesen Burschen, diesen Andy, einfach hindurch, und der verschwand vor seinen Augen. Löste sich auf in der gleißendhellen Wand.

Andy ärgerte sich. Er kannte diesen Trick. Er hatte dessen Wirkung schon früher erfahren. Die Augen zum Schutz vor der Sonne zusammengekniffen und die Flinte über dem Arm, wich er nicht von der Stelle, angespannt, empört. Gemmy warf einen kurzen Blick auf das Brett, schlug dann den Nagel ein.

Ist recht, Bürschchen, laß dir Zeit. Ich hab's nicht eilig.

Aber seinem Zorn im Namen der anderen war eine persönliche Beleidigung hinzugefügt worden, und zugleich kam ihm die Erleuchtung. Er begriff, was das Bürschchen im Schild führte. Er tat so, als ob diese Schwarzen nie existiert hätten. Als ob er sie nie gesehen hätte. Als ob sie gar nicht hiergewesen wären, ebensowenig wie er. Als ob sie flimmernde Erscheinungen wären, von der Hitze erzeugt oder – bei dem furchtbaren Gedanken, daß seine alte Schwäche sich womöglich wieder einstellte, ihn beharrlich verfolgte und ihm diese Schlappe zufügte, verlor er die Gewißheit, hier diejenigen zu repräsentieren, die ihn vielleicht endlich als einen der Ihren ansehen würden. Die Sonne brannte ihm auf den Nacken. In seinem Kopf pochte es. Wenn ich diesem Kerl nicht aus dem Weg gehe, dachte er, wird er glatt *mich* an die Wand nageln. Ich muß Barney finden. Ich muß *vor* ihm dasein – Miststück von Neger!

Er stieß einen Zischlaut aus, wandte sich um und ging; das Verlangen, sich zu rechtfertigen, brannte in ihm und war auf dem Siedepunkt angelangt, als er Barney glücklich fand. Er brachte kaum die Worte über die Lippen.

»Nur sachte, Andy«, sagte Barney. »Beruhige dich. Was für Besuch?«

»Schwarze. Was denn sonst? Verdammte Schwarze!« Die Worte brodelten in seinem Mund, und er drehte mit funkelnden Augen den Kopf zur Schlucht hin. Er schlug sich mit der Faust auf die Handfläche. Es war eine Erleichterung, die Worte endlich aus dem Kopf zu kriegen. »Verdammte Wilde!«

Barneys Lippen teilten sich. Die Furche erschien auf seiner Stirn.

Gut, dachte Andy, gut. Jetzt sind sie in *seinem* Kopf.

»Sie haben ihm was gebracht«, schrie er. »Aber als ich ihm das ins Gesicht gesagt hab, hatte er's schon versteckt, der schlaue Hund, hat es verschwinden lassen.«

Er blinzelte. Dieses Detail hatte sich ganz von allein ergeben. Er war sich bis jetzt nicht bewußt gewesen, dergleichen gesehen zu haben. Sein Geist mußte es dennoch registriert haben, als er auf eigene Faust hinuntergewandert war und sich ganz in der Nähe der drei herumgetrieben hatte, denn er, Andy, sah es in aller Deutlichkeit vor sich. Das ganze Erlebnis stand ihm deutlich vor Augen, und er spürte, wie eine große Ruhe ihn überkam.

»Du weißt doch, Barney«, sagte er leise, »ich hab diesem Burschen nie getraut. Ich weiß, *du* hast ihm auch nie getraut.«

Das Wort »trauen« war ihm wichtig. Als es ihm über die Lippen kam, spürte er, daß ihm die Augen feucht wurden. Die Dinge würden von nun an anders zwischen ihnen sein. Trau mir, Barney. Du kannst es. Du weißt, du kannst es. Das drückte sein grimmiges Schweigen aus.

Aber wenn Barney den Appell überhaupt hörte, reagierte er nicht darauf.

»Ach, ich weiß nicht«, sagte er. »Gemmy ist doch harmlos.« Die alte Leier. Jock McIvors Gerede. Andy war wütend.

»Mein Gott, Barney«, sagte er, »hast du nicht gehört, was ich gesagt hab? Die sind zu ihm hin. Ganz dreist. Warum? Warum sind sie gekommen? Was haben sie ihm gebracht? Er ist ja vielleicht harmlos, aber *die* sind es nicht, sie sind, verflucht noch mal, alles andere als *harmlos*.«

Die Nachricht beunruhigte Barney, mehr noch allerdings beunruhigte ihn Andy, dessen Gefühl erlittener Schmach sich anscheinend jedesmal, wenn er darauf zu sprechen kam, steigerte.

Tatsächlich hatte sich die Sache in den letzten Wochen eingerenkt. Er wußte nicht, was Jock zu Gemmy gesagt hatte, er würde nicht fragen, und Jock hatte ihm die Peinlichkeit erspart, es ihm mitzuteilen, aber *etwas* hatte er gesagt. Gemmy streifte nicht mehr dort herum, wo er unerwünscht war – jedenfalls nicht bei Tag, ein- oder zweimal allerdings, wenn er als letztes vor dem Schlafengehen nachts hinausgegangen war –

Das hieß natürlich nicht, daß das Problem aus der Welt war. Allein schon, daß Gemmy da war, öffnete bestimmten Dingen Tür und Tor, Dingen, die Barney nicht genau benennen konnte, nicht einmal insgeheim, und nach denen er auch nicht fragen wollte, obwohl sie ihm auf der Seele lasteten. Doch um Jocks willen hielt er den Mund. Andy wäre bestimmt der letzte, dem er sich eröffnen würde. Er wandte sich ab, um dem Ganzen ein Ende zu machen, doch wie der Zufall spielte, kreuzte Jim Sweetman auf und stieg den langen Hang zu ihnen hoch. Andy fiel über ihn her.

»Der Bursche hat Besuch bekommen«, schrie er, schon wieder atemlos. »Ich war da, ich hab's gesehen! Die sind, verflucht noch mal, direkt zu ihm hin, frech wie noch was. Wilde! Verdammte Wilde!« – die gleichen Worte beinah wie zuvor, aber für Barney hatten sie jetzt einen anderen Klang, da sie an Jim Sweetman gerichtet waren.

»Gibt ja Leute, denen ist das egal«, schrie er, »aber wozu sind die gekommen, frag ich? Was wollen die? Wenn's diesmal nur zwei von der Sorte sind, sind's nächste Woche zwanzig –«

Jim Sweetman runzelte die Stirn, die Lippen zusammengepreßt vor Widerwillen gegen die ordinäre Redeweise des Burschen. Er war meistens nicht ganz bei Trost, dieser Andy. Er ignorierte ihn und wandte sich an Barney: »Von was redet er?«

»Von Schwarzen«, brüllte Andy, aufrichtig empört. »Von Schwarzen. Von verdammten Wilden, davon.«

Er war entschlossen, sich nicht ignorieren zu lassen. Er hatte den wilden Drang, Leute von Dingen zu überzeugen; aber zuerst einmal, das war ihm bewußt, und er krümmte sich beim Gedanken an die Ungerechtigkeit, mußte er sie von sich überzeugen. Er kannte den Ausdruck in Jim Sweetmans Gesicht. Damit hatte er in der einen oder anderen Form immer schon leben müssen. Diesmal aber lagen die Dinge anders, er hatte etwas zu bieten. Er hielt den Speichel, der ihm aus dem Mund fließen wollte, zurück und begann mit seiner Geschichte, und als er jetzt die beiden Schwarzen heraufbeschwor, konnte er sie in allen Einzelheiten beschreiben; er staunte selbst, was ihm alles einfiel. Wie wenn der Vorfall jedesmal, wenn er darauf zu sprechen kam, klarer würde. Als sie sich nun zu Gemmy niederhockten, spürte er ein Brennen in seiner rechten Schulter, als lehnte er, völlig unsichtbar, direkt bei ihnen an der Wand des Verschlags, nur einen Schritt entfernt, und könnte jede ihrer Bewegungen sehen, jedes Wort hören, auch wenn es so ein Schwarzenkauderwelsch war, in dem sie sprachen. Er war beflügelt.

Barney war verblüfft. »Das hast du mir nicht erzählt«, protestierte er. »Das hast du beim erstenmal nicht gesagt.« Es brachte ihn in Verlegenheit, daß Jim Sweetman jetzt jedes Wort in sich aufnahm.

»Hast mir doch gar keine Chance dazu gegeben!« rief Andy höhnisch. »Ich hab's versucht, aber du hast mir weiß

Gott keine Chance gegeben!« Seine Stimme war rauh vor Bewegung. Er war den Tränen nahe.

Jim Sweetman sah hinüber zu der Linie, wo gräuliches Buschland begann, der letzte Streifen Land, das ihn nicht in Unruhe versetzte und aus dem, falls man diesem unzuverlässigen Burschen mit dem wilden Blick und dem zuckenden Kinn und dem Speichel, der ihm aus dem Mundwinkel rann, glauben durfte, zwei Schwarze aufgetaucht waren, einfach so, als gehörte ihnen das Gebiet, und dann wieder verschwunden waren.

Sein eigener Besitz war einer der entlegensten in der Siedlung. Die äußeren Grenzen waren Teil des traditionellen Jagdgebietes der Schwarzen, und von Zeit zu Zeit durchquerten sie es noch in der schattenhaften Weise jener, deren Geist man nicht berühren kann, meist lautlos. Er hatte keinen Streit mit ihnen – soweit er wußte und soweit man einem Schwarzen, hatte man ihm erst den Rücken gekehrt, trauen konnte; es gab eine Menge weißer Burschen in der Gegend, diesen Andy zum Beispiel, dem er weniger traute. Selbst jetzt zog er es vor, den Mann nicht anzusehen. Allzusehr berauschte der sich daran, der Überbringer schlechter Nachrichten zu sein. Dennoch ...

»Was hältst du davon?« fragte er Barney mit ruhiger Stimme. Er dachte an seine kleine Enkelin, um die sich seine ganze Welt drehte. Er sah, wie sie sich vom sicheren Ort aus, wo ihre Mutter Wäsche aufhängte, entfernte, vielleicht hinter einem Schmetterling herjagte, der vor ihr zu immer höheren Gräsern davongaukelte. Bevor Barney aber antworten konnte, hatte Andy schon wieder begonnen. »Die haben ihm was gegeben, ich hab's gesehen«, sagte er.

Das war der entscheidende Satz. »Ihm was gegeben?« wollte Jim Sweetman wissen.

»Einen Stein«, sagte Andy leise und staunte selber über Größe und Glätte des Gegenstands, als er, schwups, in Gemmys Hand landete. »Er war eingewickelt. In Rinde oder so was – ihr wißt schon. Aber ich hab ihn genau gesehen. Groß wie ne Faust.« Und er zeigte ihnen die geballte Faust.

Ein Stein. Wie war er bloß auf die Idee gekommen? Warum hatte er das gesagt? Ihm brach der Schweiß aus. Er klatschte sich in Gedanken mit der Handfläche auf den Schenkel und fluchte innerlich. Dieser Stein wäre, wenn sie nach ihm suchten, schwer aufzufinden; und Jim Sweetman zumindest würde ihn sehen wollen.

Er hatte befürchtet, Gemmy würde ihn beschuldigen, sich Dinge einzubilden, und was hatte er jetzt gemacht? Er hatte ihm die Möglichkeit gegeben, ebendas zu beweisen. Es war immer das gleiche. Immer ging er ein bißchen zu weit. Wenn man jetzt nach dem Stein suchte und der nicht aufzutreiben wäre, würden sich alle wundern, ihre Stimmen bekämen so einen skeptischen Ton hinterhältigen Spotts, der einem keine andere Möglichkeit ließe, als um so mehr auf dem Ganzen zu beharren und sich noch tiefer das eigene Grab zu schaufeln. »Hast wieder mal Gespenster gesehen, alter Knabe? Neuer Anfall von Einbilderitis, stimmt's?« Die Leute kannten kein Mitleid.

Nun, sollte es hart auf hart kommen, würde er bei seiner Geschichte bleiben und sie wählen lassen. Zwischen ihm und dem Schwarzen da. Wenn es auf Biegen oder Brechen ging, würden sie *ihn* wählen, das mußten sie einfach. Bloß war er sich dessen nicht sicher. Ihm wurde flau im Magen.

Und der Stein, einmal angestoßen, bekam ein Eigenleben. Er flog in alle Richtungen, entwickelte die Fähigkeit, sich zu vervielfachen, schneller zu werden, Wunden zu schlagen; und die Wunden waren real, auch wenn der Stein es nicht war, und wollten nicht heilen. Andy McKillop hatte das klägliche Gefühl, daß er das erste Opfer war.

Er schlich mit gesenktem Kopf in der Siedlung umher, entsetzt über das, was er angerichtet hatte, und manchmal hockte er da, starrte auf seine geballte Faust und redete sich ein, daß der Stein, wenn er die Faust öffnete, durch eine Zauberkraft, an die er allerdings nicht glaubte, darin liegen würde, hart, greifbar. Seht ihr? Seht ihr? Jetzt müßt ihr mir glauben. Er würde sie dazu bringen, darin endlich den Beweis zu sehen, daß jene andere Sache, schwerer wiegend und verhängnisvoller, seine Einbildung, keine war.

Am besten aber wäre es wohl, dachte er, den Kopf nach hinten zu neigen und diesen Scheißklumpen zu schlucken, als ob er ihn überhaupt nie rausgewürgt hätte.

10

INNERHALB EINER Stunde nach dem Besuch der Schwarzen erfuhr Jock die Nachricht. Zuerst von Ellen, die eine ernste Miene machte – sie hatte es von der entsetzten Polly Mason gehört –, dann, wie erwartet, von Barney, der kaum seine Erbitterung zügeln konnte.

Jock tat er leid. Barney wurde von allen Seiten unter Druck gesetzt: von Polly, Jim Sweetman und wie immer von seinem eigenen fatalen Gefühl, die Welt sinne in jedem Augenblick darauf, ihm den letzten Rest an Sicherheit zu entreißen. Jock hingegen war fest entschlossen, so lange wie möglich darauf zu bestehen, daß allen Dingen ein Kern von Vernunft innewohne, auch wenn sein Glaube in den letzten Monaten erschüttert worden war; nicht durch das, was an Bedrohlichem von Gemmy ausging, sondern durch das, was ihm seit einiger Zeit an den anderen auffiel.

Barney machte einen kläglichen Eindruck. Normalerweise suchte er Trost, wenn er bei Jock erschien, und auch jetzt war ihm danach zumute. Er war über das, was er gehört hatte, beunruhigt, weil Polly beunruhigt war; am meisten brachte ihn aber aus der Fassung, daß er vor Jim Sweetman bloßgestellt worden war. Er war bereit, sofort loszulegen, doch etwas in Jocks Gelassenheit bewirkte, daß ihm all die Worte, die er sich auf dem Weg den Hügel hinauf zurechtgelegt hatte, im Halse steckenblieben. Als er schließlich den Mund aufmachte, äußerte er sich in vorsichtigen Worten.

»Ja«, gab Jock zu, »hab ich auch gehört.«

»Und?« fragte Barney. Ein weinerlicher Ton war in seiner Stimme, der fast kindisch klang. Er wollte heraus aus dem

Schlamassel. »Genau das haben wir die ganze Zeit befürchtet. Ist dir ja bekannt. Tu bloß nicht so, als wär dir das neu.«

»Tu ich nicht«, sagte Jock.

»Ich meine – sie sind einfach so, am hellichten Tag, aufgetaucht. Frech wie noch was –« Jock blickte ihn scharf an, als wüßte er, daß er die gleichen Worte benutzte wie Andy, und Barney wurde verlegen, weil er in seiner Stimme auch etwas von Andys dünnem, rechtfertigendem Ton heraushörte. »Ich meine«, seine Stimme wurde wieder mehr zu seiner eigenen, »es schien ihnen egal zu sein, wer sie sah. Auch Gemmy war's egal. Andy sagt –«

»Andy?«

Barney spürte, wie ihm die Röte ins Gesicht stieg. »Hör zu, Jock«, sagte er, »laß die Spielchen mit mir, ja? Du weißt, ich bin nicht der einzige.«

Jock wandte sich ab. Andy konnte er ignorieren, aber er nahm es Barney übel, daß er sich auf die Meute berief, die hinter ihm stand. Ein Gefühl der Verlorenheit überkam ihn. Er wollte das nicht, was sich hier abspielte.

Aber Barney, der merkte, daß er etwas Falsches gesagt hatte, sagte trotzig: »Jock, ich lass mich nicht abwimmeln. Diesmal nicht.«

Das Gefühl der Distanz zwischen ihnen war neu, und es kam Jock so vor, als könnte daraus eine schreckliche Einsamkeit entstehen. Keine der alten Beteuerungen würde ausreichen, sie zu überbrücken. Es damit zu versuchen, das sah er, würde bedeuten, Barney zu beleidigen, da dadurch verharmlost würde, was es ihn gekostet hatte, einen Bruch zwischen ihnen zu riskieren. Sie bedeuteten einander viel.

»Also gut, Barney«, sagte er so kühl wie möglich, »ich werde mit ihm reden. Sag Polly, sie braucht sich keine Sorgen zu machen. Verlaß dich auf mich.«

Er hätte es dabei belassen können, bei diesem Appell an das, was es an Vertrautem zwischen ihnen gab; doch der Teufel ritt ihn, er wünschte zumindest die Kränkung, die er empfand, auszudrücken, und er fing von neuem an. »Sie sind doch weg, oder?«

»Ja. Das schon. Aber da ist dieses – dieses Ding, das sie ihm gebracht haben. Dieser *Stein.*«

»Was für ein Stein?«

»Sie haben ihm einen Stein gebracht. Hast du das nicht gewußt? Andy sagt –«

Schon wieder Andy! Jock geriet in Rage. »Um Gottes willen, Barney, mußt mir nicht erzählen, was Andy sagt. Andy ist ein Trottel, das weißt du ganz genau. Verschon mich mit diesem Andy!« Er gewann wieder die Gewalt über sich. »Was ist mit dem Stein? Was soll an dem dran sein? Magische Kräfte? Ist Polly deshalb so aufgeregt? Um Himmels willen, Mann, du hast doch eine Flinte!«

So ermaßen sie die Wut des anderen in einem kurzen verstörten Blickwechsel und wandten sich dann voneinander ab.

Jocks herausfordernder Hohn war unecht, und er wußte es. Die Flinte, die er erwähnt hatte, um jene andere Bedrohung auszugleichen, fiel nicht ins Gewicht. Die beiden Kräfte waren nicht ebenbürtig; weder in seiner Vorstellung noch in der von Barney und ganz bestimmt nicht in der von Polly. Er hatte sie an den äußersten Rand einer Welt geführt, wo das, was gerodet und eingezäunt und nach Jocks Begriff vernünftig war – ihre ganze Erziehung, ihr praktisches Wissen, ja auch die Flinten, die sie trugen –, womöglich nicht ausreichte gegenüber – gegenüber was? Der Schutzlosigkeit angesichts einer Welt, die nur gemessen werden konnte, immer noch gemessen wurde an dem Entsetzen, das sie ihnen einflößte?

»Barney«, sagte Jock, und er fühlte, daß die Kälte sein Gehirn erreichte, als verdichtete sich das Dunkel in ihm und um ihn herum, »das ist Wahnsinn, das weißt du doch. Andy ist ein widerlicher Kerl. Um Gottes willen, Mann, wann hast du dich je darum geschert, was dieser Andy faselt? Wir fürchten uns nicht vor einem Stein. Ich hab gemeint, das ist der Unterschied zwischen uns und ihnen. Überhaupt, was soll denn der schon bewirken, dieser *Stein*? Daß den Kühen die Milch sauer wird? Daß Heuschober Feuer fangen?«

Er versuchte, die Sache auf die leichte Schulter zu nehmen, aber selbst die Spucke in seinem Mund versiegte, und nachdem die Worte mit einer Stimme herausgepreßt worden waren, die er kaum wiedererkannte, bereute er sie, so harmlos sie auch sein mochten, als hätte er bei seinem nachdrücklichen Bemühen, Barney kleinzukriegen, womöglich Mächte da draußen freigesetzt, indem er die bloße Möglichkeit ihres Vorhandenseins angedeutet hatte, Mächte, mit denen weder er noch Barney, noch sonst jemand fertig werden konnte.

»Paß auf, Barney«, sagte er, und ihm war ganz elend bei dem Gedanken, daß es so weit mit ihnen gekommen war, »laß mich mit ihm reden, ja? Wenigstens das. Und erzähl mir nichts mehr von« – er konnte sich kaum dazu überwinden, es nochmals anzusprechen –, »von Wilden und magischen Kräften und – «

Aber er mußte es hören – von Ned Corcoran – und verlor die Beherrschung, und es tat ihm leid, denn er entdeckte in den Gesichtern der anderen eine gewisse Härte – ging seine Verteidigung von Gemmy so weit? – gegenüber dem, was sie als einen beunruhigenden Beweis einer Veränderung ansahen.

Hatte er sich verändert? Es mußte wohl so sein, da sie sich gleichgeblieben waren und er nicht mehr mit ihnen übereinstimmte.

Wann hatte das angefangen?

Als sie sich dazu bereitfanden, Gemmy aufzunehmen. Das war die simple Antwort, denn von jenem Augenblick an war Unstimmigkeit, war Mißtrauen zwischen ihnen entstanden. Je mehr er aber daran dachte, desto klarer schien ihm, die Unstimmigkeit müsse von Anfang an bestanden haben, da er derselbe geblieben war; nur hatte er sie nicht bemerkt oder sie aus seinen Gedanken verbannt, weil er von jeher sich gewünscht hatte, akzeptiert zu werden – und warum auch nicht? –, oder Angst hatte, allein dazustehen.

Er war nie ein großer Grübler gewesen und wurde es auch jetzt nicht, aber er kam auf seltsame Gedanken.

Einige waren schmerzlich. Sie hatten mit dem zu tun, was er jetzt, da er genauer hinschaute, im Herzen der Menschen entdeckte – ganz normaler Zeitgenossen wie er selbst; er wunderte sich, das nicht früher gesehen zu haben. Womit die anderen, seltsameren Gedanken zu tun hatten, wußte er nicht.

Ihm war, als hätte er die Welt bisher nicht durch die eigenen Augen gesehen, als Einzelwesen, sondern durch die Augen von jemandem, der immer Gesellschaft hatte, selbst wenn er allein war; ein geselliges Wesen, immer umhüllt von der Wärme der Gemeinschaft, die es nicht nur vor Finsterem schützte und vor dem blendenden Licht der Dinge, sondern auch vor dem Wissen, daß es da draußen einen Ort gab, wo das Ich unter Umständen ganz allein war.

Während er durch hüfthohes Gras streifte, sah er überrascht, daß die Spitzen der Halme grün beperlt waren, als wäre eine neue Sorte, die er bis jetzt noch nie gesehen, von der er nie etwas gehört hatte, zum Vorschein gekommen.

Bei näherem Hinsehen waren es Hunderte von glänzenden Insekten, jedes so groß wie sein kleiner Fingernagel, metallisch schillernd, und sie zu entdecken, das neue Licht, das sie dem Schauplatz verliehen, schenkte ihm Leichtigkeit – und das überraschte ihn – wie eine Art Wissen, zu dem er vorgestoßen war. Er konnte es nicht benennen, und das beunruhigte ihn, belebte ihn aber auch gleichzeitig; einen Augenblick lang war er vollkommen glücklich.

Dennoch staunte er über sich selbst. Ein erwachsener

Mann von vierzig Jahren, der eigentlich zu arbeiten hatte, stand träumend, unbeweglich da und streckte die Hand mit der Innenseite nach unten über die Rücken von Insekten aus, die alle in ihrem winzigen Leben schwebten, glitzernd wie Juwelen.

Ein anderes Mal, es war am Bach, blickte er – zufällig, wie ihm schien – hoch und sah einen Vogel. Auf einem runden Stein balancierend, tauchte er den Schnabel ins langsam fließende Wasser, sein grauer, plumper Körper so unauffällig und staubig wie der eines Spatzen (aber es gab keine Spatzen hier), sein Kopf grau mit zerzausten Federn.

Er selbst saß auf einem größeren Stein, rund auch der, und aß den Rest eines Butterbrots, die Stiefel im Schlamm.

Aber als er so still und friedlich dasaß, sah er, daß der Vogel lange, silbrige Fäden mit dem Schnabel aus dem Grund des Wassers zog, der aus einem Wirrwarr von Fäden bestand, gebündelten und davonfließenden; und seine Stiefel hatten kein Gewicht, auch seine Hand mit dem halb aufgegessenen Stück Brot nicht, auch sein Herz nicht, und ihn erfüllte eine starke, unbefangene Freude: zu sehen, wie die Luft die Blätter über seinem Kopf bewegte und wie jedes Blatt, fest an seinem Zweig hängend, wirbelte, ohne den Halt zu verlieren; und wie sich das Grau des Vogelkopfes aus übereinandergeschichteten Federn zusammensetzte; und wie lang die Fäden aus Wasser wohl sein mußten, um so schwerelos von dort zu fließen, wo sie hergekommen waren, hin zu irgendeinem Ort, der sich der Vorstellung entzog – sich verwirrend, entwirrend, frei fließend. Und auch diesmal hatte die starke Freude etwas Beunruhigendes an sich.

Die Dinge, die er wahrzunehmen begann, wie frisch und unschuldig sie sein mochten, lagen außerhalb dessen, was alltäglich war, zumindest meinte er das; und sicherlich, da er keine Form hätte finden können, um sie mitzuteilen, außerhalb von Worten.

Seiner Frau entging nur wenig von alldem. Sie wußte, daß es nicht seinem Wesen entsprach, mit seinen Freunden im Streit zu liegen und so sehr auf eigene Gedanken zurückgeworfen zu sein. Es machte ihr Sorgen, wenn er so grübelte und sie sehen mußte, wie es ihn allmählich verbitterte, als ob die Tür, einmal geöffnet, zu dunkleren Orten führte, als er zunächst zu erkunden gewagt hatte, Orten, von deren Existenz er zuvor nichts geahnt hatte.

Auch sie litt darunter, daß sie sich derart ihren Nachbarn entfremdet hatten; Nachbarn bedeuteten viel hier oben. Sie hatte noch vor ihm die Veränderung in deren Haltung erkannt. Sie nahm die Herausforderung an – das war ihre Natur – und verschlimmerte somit vielleicht die Dinge. Womöglich hatte sie ihn sogar in ihrer Entrüstung darin bestärkt, einen Aspekt bei seinen Freunden wahrzunehmen, den er nicht so leicht und so schnell bemerkt hätte, wenn er nicht gesehen hätte, wie verletzt sie war. Im nachhinein bedauerte sie es. Sie hatte ihm die Sache nicht schwermachen wollen.

Aber das Gefühl, daß ihnen Unrecht geschah, brachte sie einander näher. Und das konnte sie nicht bedauern. Sie richteten sich gegenseitig auf und wußten einander Dinge zu sagen, manchmal nur indirekt, die zwischen ihnen wieder eine Vertrautheit herstellten, die sie in der Härte ihres Zusammenlebens hier in der Kolonie entbehrt hatte.

Er schenkte ihr nun seine volle Aufmerksamkeit – so empfand sie es. Er wollte wissen, wie ihr Leben über das hinaus war, was er sah und als selbstverständlich hingenommen hatte, Hemden waschen und schütteln, bis sie sich weich anfühlten, Essen auf den Tisch bringen; wollte ihre Gefühle erforschen. Er wunderte sich selbst – worauf das Tastende seines Verhaltens hindeutete –, daß er so wenig gewußt und nicht hingesehen hatte. Es gab Momente, in denen die Intensität seiner Blicke sie erröten machte.

Man hätte denken können, sie stünden am Anfang einer jungen Liebe, wobei er sich sehr behutsam, fast ängstlich verhielt, und ihr fiel auf, daß er sich in der ersten Zeit ihres Kennenlernens nicht so verhalten hatte – damals war er sich zu sicher gewesen, sie für sich zu gewinnen, oder sie hatte ihm zu schnell gezeigt, daß es ihm gelungen war. Es hatte sie beide davon abgehalten, Wesentliches im anderen zu entdecken. Sie war jetzt klüger. Sie ließ ihn gewähren und kam sich wie ein Mädchen vor, jünger als in jener ersten Zeit; auch hoffnungsvoller.

»Denkst du oft an daheim?« fragte er eines Abends.

Sie waren, wie häufig in diesen Tagen, den Hügel hinaufgestiegen, wo sie an den Grenzen ihres eigenen Lands stehen konnten, das ihnen jetzt seit ihren Schwierigkeiten überschaubarer geworden war. Die Sonne ging gerade unter. Der westliche Himmel war völlig in Feuer getaucht, und der Tagmond hing, verkehrt herum, farblos, fast transparent, in einer Glut von solcher Leuchtkraft, daß man sich bei dem Anblick klein, fast zwergenhaft vorkam. Er wandte ihr sein Gesicht zu und war selbst transparent.

Sie wußte, was sich hinter seiner Frage verbarg. In den letzten Wochen hatte er angefangen zu überlegen, ob ihre Übersiedelung hierher, jene große, unwiderrufliche Tat, die sie beide und das Leben ihrer Kinder so entscheidend beeinflußt hatte, ein Fehler gewesen war. Die Heimat schien ihm mit einemmal ganz nah gerückt.

Er hatte den Blick von ihr abgewandt und studierte eine kleine Blüte, die er beim Gehen gepflückt haben mußte, von einem Busch, den es sehr häufig hier gab – sie standen mitten in einem ganzen wildwuchernden Haufen davon; Erbsenblüten ähnlich, seidig weiß und winzig, leicht zu übersehen. Es war die Art und Weise, wie er sie hielt, die Anmut des kleinen Dings in seiner groben Hand und die Aufmerksamkeit, die er ihm schenkte, was sie berührte und die Weiße der Blüte so lebendig werden ließ. Als sie um sich schaute, leuchtete der Hügel über und über weiß.

Was konnte sie ihm sagen?

Ihre Lebensbedingungen hier draußen waren härter als alles, was sie sich zu Hause hatte vorstellen können, weil sie so anders waren. Selbst die offene Weite, nach der sie sich gesehnt hatte, war zum Fürchten. Im Zusammengepferchtsein, im altvertrauten Schmutz und Durcheinander hatte ein gewisser Trost gelegen, den sie erst, als es das alles nicht mehr gab, zu schätzen lernte. Wenn es schon leicht war, sich hier in der Unermeßlichkeit des Landes zu verlieren, unter einem Himmel, der sich zu weit ins Unendliche dehnte, konnte es auch (jede Frau wußte das) in einem Zimmer geschehen, das von Wand zu Wand kaum sechs Schritte maß; man taumelte in der Hütte herum wie ein gefangener Vogel, griff nach allem, was einem gerade unterkam, nach einem heißen Teekessel, einem erschreckten Kind, einem Hemd, dem Schweißgeruch anhaftete, um dem Wirbelsturm Widerstand zu bieten, der in der Lücke zwischen einem selbst und dem nächsten Bettpfosten aufgekommen war und einen zur Tür hinauszuwehen drohte in eine Welt, wo nichts, weder das Bügeleisen noch der Name der Kinder auf den Lippen, einen am Boden festhalten konnte gegen die unermeßliche Weite des eigenen aufsteigenden Atems.

Schon oft hatte sie solche Momente erlebt. Die Kinder erkannten es, wenn es soweit war, und hielten sich fern. Es war die fürchterliche Einsamkeit des Ortes, die ihr am meisten zu schaffen machte – die Abwesenheit von Geistern.

Bevor sie gekommen waren, war kein anderes Leben hier gelebt worden. Das machte die Luft soviel dünner und das Atmen schwerer. Sie mußte erst an einen Ort gelangen, wo es daran fehlte, um zu merken, bis zu welchem Grad ihr Verständnis von der Welt mit der Gegenwart jener zusammenhing, die vor ihr dagewesen waren und Zeichen ihrer Anwesenheit hinterlassen hatten und Räume, noch warm von ihrem Atem – eine Schwelle, von den Füßen abgenutzt, die kamen und gingen, Hecken zwischen Feldern, die seit tausend Jahren existierten, und Namen, die noch weiter zurückgingen; vor allem die Namen auf den Grabsteinen, die *ihre* Namen waren, unter denen die Knochen lagen, aus denen ihre Knochen gebildet waren und die ihnen Leben gegeben hatten.

Sie würden die ersten Toten hier sein. Das machte den Tod soviel einsamer, machte auch das Leben einsamer.

Am meisten Heimweh hatte sie, nicht ständig, nur an bestimmten Tagen, bei bestimmtem Wetter, nach den beiden kleinen Gräbern, die sie da unten in den Downs hatte zurücklassen müssen, in der frisch umgegrabenen schwarzen Erde unter den großen fremdartigen Bäumen, wo niemand sie besuchte. Das war der wirkliche Bruch gewesen; einschneidender als der Abschied von Airdrie oder die Überfahrt, als sie gewußt hatte, daß sie niemals zurückkehren konnte.

Immer wieder kehrte sie in ihrer Einsamkeit dorthin zurück, selbst wenn ihre anderen Kinder sie umringten, und stand zwischen den herabgefallenen rostbraunen Nadeln im Licht der Schuppentannen und blickte auf die vom Regen verfärbten Grabsteine mit den Namen und Daten und hoffte, wenn sie aufsah, daß auch er gekommen war. Aber es war nie geschehen. Falls er manchmal kam, und sie glaubte, daß er das tat, war es nie zur gleichen Zeit gewesen. Über all das sprachen sie nicht, weil es hier draußen viel zuviel Raum zwischen den Worten gab, selbst den einfachsten, ebenso wie zwischen den Dingen.

Aber auch das hatte sich verändert. Sie hatte manchmal das Gefühl, wie jetzt, als stünden sie zusammen neben den beiden aufgeworfenen Erdhügeln.

»Mir fehlt Kate«, sagte sie leise. »Und Alex.«

Er nickte. Er drehte die kleine weiße Erbsenblüte in seiner Hand. Dann bückte er sich und legte sie behutsam auf eine der kleinen Erhebungen.

»Oh, und ich hab mal was gesehen, einen Seiltänzer« –

für sie war der Übergang nicht seltsam. »Er hatte ein Seil über die Straße gespannt, von einer Seite zur anderen, und darauf ist er gegangen, in ausgebeulter Hose, eine Stange in der Hand – « Sie streckte die Hand aus und balancierte ein paar Schritte auf dem Boden. »Wär das herrlich, so etwas zu sehen«, sagte sie.

Damit meinte sie, daß sie gern den Mädchen etwas so Seltenes, ja Wunderbares zeigen würde, wie ihr Vater es ihr gezeigt hatte. (Es war die Hand ihres Vaters, an der sie sich festgehalten hatte, als sie atemlos zu dem Seiltänzer hochschaute, der in Straßenschuhen auf dem Seil balancierte.)

»Wo war das?« fragte er.

»In Airdrie.«

»Wie alt warst du da?«

»Sieben. Vielleicht acht. Älter als Meg.«

»Wie hat er's gemacht? Zeig's mir noch mal.«

Sie führte es ihm vor. Streckte die Arme aus und tat drei Schritte, ganz bedächtig, setzte erst den einen Fuß, dann den anderen auf die rauhe Erde mit den Zweigen und vertrockneten Blättern, als schwebe sie zehn Meter über dem Boden.

Er folgte ihr mit den Augen. Dann streckte er die Hand aus und nahm ihre, als hätte er Angst, sie könnte fallen.

»Ich würd alles dafür geben, wenn ich's bloß hätt sehen können«, sagte er. »Dich, mein ich, wenn ich dich hätt sehen können.«

11

GEMMYS BESUCHER waren an einem Donnerstag erschienen. In den darauffolgenden Tagen gingen ein paar Sachen schief. Nichts davon war ungewöhnlich, aber daß sie gerade jetzt passierten und so hintereinander, war verwirrend. Nebensächlichkeiten, sagte Jock sich, Zufall. Er bemühte sich ernstlich, an der Normalität der Dinge festzuhalten und der Woge von Panik und Mißtrauen, die ungehindert durch die Siedlung schwappte, standzuhalten. Er glaubte nicht, daß seine kleinen Mißgeschicke das Werk von Schwarzen waren, und ihm war noch nicht der Gedanke gekommen, es könnte ein Nachbar sein. Er und Lachlan reparierten das Loch im Zaun – Gemmy wurde nicht hinzugezogen –, und er verschwieg ein oder zwei spätere Vorkommnisse, die seinen Tagesablauf unterbrachen. Als aber drei von Ellens Gänsen mit durchgeschnittener Kehle aufgefunden wurden und die Steine auf ihrem kleinen Hof von Schmeißfliegen wimmelten und klebrig waren vor Blut, ließ sich die Abscheulichkeit der Sache nicht mehr verbergen.

Die Gänse hatten Namen. Eine hieß Hereward the Wake, die zweite Jemima, die dritte Lucie. Die Kinder waren untröstlich, aber auch verängstigt. Wer konnte so etwas getan haben? Die kleine Meg warf ihm mit tränenverschleierten Augen einen Blick zu, der ihm durch und durch ging. Es hatte nicht in seiner Macht gestanden, Jemima zu beschützen – auch sie nicht oder sonst jemanden von ihnen?

Er war erschüttert. Wer war es? Wer konnte das getan haben? Er forschte in dem einen Gesicht, dann in einem anderen und kam zu keinem Ergebnis, schlimmer noch, konnte sich nicht vor dem Gift schützen, nun einen jeden zu verdächtigen. Er war wie ein betäubtes Tier, seine ganze Stärke wurde jetzt, da er wankte, zur Last, die ihn zu Fall bringen konnte. Er schämte sich, seinen Freunden, selbst Barney und Jim Sweetman, zu gestehen, was vor sich ging, und entschied sich, zu Hause zu bleiben.

Lachlan war außer sich vor Empörung. »Wir müssen uns das nicht gefallen lassen«, forderte er trotzig.

Er wollte, daß Jock ihm einen Beweis bedingungsloser Zuneigung abverlangte. Er wollte sie alle verteidigen, Haus und Ehre seines Onkels, ihr Blut, was immer. »Sag mir nur, was«, sagte er zu Jock, der von der leidenschaftlichen Loyalität des Jungen gerührt war, »und ich werd's tun. Ich bring sie um.«

Aber als er ein wenig nachdachte und sah, was es bedeuten könnte, verstummte auch er. Die Vorstellung, daß sie sich hinter einer unsichtbaren Palisade verkriechen und so tun sollten, als hätte man ihnen nichts Böses zugefügt, war beschämend für ihn; noch beschämender war es allerdings, vor Jeff Murcutt und den jungen Corcorans zugeben zu müssen, daß sie von den anderen abgesondert waren und so ungeniert eingeschüchtert werden konnten.

Und wieder, meinte Jock, lag die Verantwortung bei ihm. Für mich geht das in Ordnung, dachte er, aber er ist zu jung dafür.

Lachlans Tante fand das auch. »Hör zu«, sagte sie sanft zu ihm, obwohl auch sie verbittert war. »Wir haben nichts Unrechtes getan, das weißt du. Wir haben nichts getan, wofür wir uns schämen müßten.«

»Ich bring sie um«, wiederholte er, »werd schon rauskriegen, wer's ist.«

Gemmy selbst hatte sich zurückgezogen; nicht in den Busch, wie einige prophezeit hatten, sondern in sich selbst, hinter seine trüben, aber verängstigten Augen. Er wußte, was sich abspielte und daß er die Ursache war.

An einem frühen Morgen, drei Tage nach dem Abschlachten der Gänse, stieg Jock den Hügel hinunter zur Schlucht, als er auf Gemmy traf, der fast im Laufschritt den Weg zu ihm hochkam, mit wildem Blick, taumelnd, als wäre jemand oder etwas hinter ihm her. Jock streckte den Arm aus, um ihn aufzuhalten, aber Gemmy warf ihm nur einen Blick zu, voller Verzweiflung, mußte Jock denken, und lief an ihm vorbei. Er rief hinter ihm her, doch Gemmy drehte sich nicht um. Jock ging weiter, und das aufkommende Gefühl von Angst glich der schwachen, fernen Ankündigung eines weiteren Anschlags. Er erreichte den Fuß des Hügels, und da sah er es.

Genau dort, wo er vom Weg abbiegen sollte, um in die Schlucht zu gelangen, stand der Verschlag, den Gemmy repariert hatte, als seine Besucher auftauchten; die neuen Bretter in der Wand und die glänzenden Nagelköpfe waren deutlich erkennbar im sonst verwitterten Grau. Und da, mittendrauf geschmiert, war ein Fleck, ein brodelnder Haufen von Schmeißfliegen, und ein gräßlicher Gestank drang ihm in die Nase. Jemand hatte den Verschlag mit Scheiße bepflastert. Jemand anders – vermutlich Gemmy – hatte versucht, sie mit einem Büschel Gras zu beseitigen, doch das Zeug nur noch mehr verschmiert.

Jock starrte darauf, und ihm drehte sich der Magen um. Er rupfte eine Handvoll trockenes Gras aus und schlug damit, als wären sie die eigentliche Scheußlichkeit, nach den widerlichen Schmeißfliegen, die sich am Kot gütlich taten. Sie sausten davon, einige aber, trunken von dem Gestank, wurden getroffen und zermatscht. Er warf das verdreckte Gras weit von sich und ließ sich auf den Boden sinken. Wie benommen begann er mit zusammengebissenen Zähnen laut zu stöhnen, und sein Oberkörper pendelte hin und her.

Die Fliegen kehrten zurück. Sie kletterten übereinander in ihrer Gier, zu fressen und sich zu suhlen. Der Gedanke machte ihn rasend, daß solche Kreaturen überhaupt existierten, und er wäre am liebsten schon wieder losgestürzt, um sie zu zermatschen. Aber was hatten sie damit zu tun? Ein Mensch hatte das verbrochen. Das war das eigentlich Schändliche. Jemand, den er kannte. Jemand, in dessen Augen er geschaut hatte, vor kurzem noch; vielleicht genau in dem Moment, als der die Sache plante. Und irgendwo hier hatte sich dieser Kerl hingehockt – er fuhr wieder herum, als könnte er gerade noch einen Blick auf dessen Hemdzipfel erhaschen – und hatte mit einem befriedigten Grunzen diesen Dreck aus sich herausgepreßt, die eigene Hand damit beschmutzt und ihn als wüste Beleidigung für sie verteilt, als öffentliche und in der Sonne stinkende Verunglimpfung. Er sah, wie die kotbedeckte Hand über die Wand strich, und begriff jetzt, daß das, was sie da anbrachte, ein Wort war. Was für ein Wort? Er schüttelte heftig den Kopf, um zu verhindern, daß das Wort sich bildete, sich überhaupt dort festsetzte, er selbst ihm Gestalt gab, und war froh, daß der einzige, der es außer ihm gesehen hatte, Gemmy war, der nicht lesen konnte. Dieses Wort im Kopf zu haben, wo es nie ausgemerzt werden konnte, würde ihn wahnsinnig machen. Sogar jetzt –

Er stand auf und ging rasch zum Bach, atmete stoßweise wie ein verletztes Tier, taumelte in das weiche und flüssige Licht (es war dieselbe Stelle, wo er seinen Vogel gesehen hatte), schrubbte sich die Hände und hätte sich ausgezogen, um sich ganz abzuschrubben, entdeckte aber, daß er nicht mehr an die reinigende Macht des Wassers glaubte.

Was ihn entsetzte, war der Gedanke, daß er eines Tages vielleicht dem Mann gegenüberstünde, dessen Geruch er an den Händen hatte, auch in seinem Kopf, etwas so Intimes, so Persönliches, daß er es sicher an dem Mann selbst wiedererkennen würde, und das Wort würde sich aus dem Gestank bilden und plötzlich in der Luft zwischen ihnen auftauchen. Wieder fuhr er herum. Und jetzt schien ihm, als wäre der Himmel selbst beschmutzt worden, die Erde, das Wasser. Das Wort war auf ihnen; etwas Alt-Böses, das aus der Tiefe der Dinge kam, war dort für immer hingeschmiert und könnte jetzt niemals ausgemerzt werden.

12

ANDY MCKILLOPS visionäre Fähigkeiten waren größer, als er ahnte. Die Schwarzen hatten Gemmy etwas gebracht, wenn auch keinen Stein.

Nachdem die gebührenden Förmlichkeiten ausgetauscht, die nötigen Fragen gestellt und beantwortet waren, wurde das Schweigen zwischen den dreien, während sie sich gegenübersaßen, zu einem Gespräch anderer Art; und der Raum zwischen ihnen, ein knapper Meter ausgedörrter Erde, wo Ameisen in ihrem anderen Leben eifrig Rindenteilchen und sonstige Bruchstücke im erregenden Geruch einer neuen und fremden Anwesenheit hin und her schafften, weitete sich und wurde zum Streifen Land dort drüben in der Weite des Äthers und unter den Sternen des nächtlichen Himmels, Heimatgebiet des Stammes mit seinen Tümpeln und seinen Flüssen, seinen unterirdischen Wasserquellen, seinen Felsrücken und seinem Gebüsch, seinen eßbaren Früchten und Beeren und den Scharen von Vögeln und anderen Geschöpfen, alle lebendig in ihren Namen und in den Geschichten, die ihren Geist enthielten, damit ein Mensch es betreten und mit dem Geist seiner Füße und dem unsichtbaren Einfluß seines Atems Spuren hinterlassen konnte.

Denn länger, viel länger als die zehn Minuten, die Andy McKillop von seiner Seite des Hügels aus gezählt hatte, bewegten sie sich gemeinsam durch ihnen vertraute Orte. Und Gemmy fühlte – als er ein Merkmal nach dem anderen wiedererkannte, Schauplatz vergangener Ereignisse, seltsamer Begegnungen oder Geschichten, karger Festessen –, daß Energie in ihn zurückfloß, und sah bei dieser plötzlichen

Stärkung, wie schwach er in den letzten Monaten geworden war, gequält von einem trockenen Hüsteln und Magenschmerzen.

Die Luft, die er hier einatmete, bekam ihm nicht, ebensowenig die Nahrung. Der Boden, auf dem er ging, erbebte bei jedem Schritt. Das Land dort drüben war seine Mutter, die einzige, die er je gekannt hatte. Es gehörte zu ihm, wie er ihm gehörte; nicht durch Geburt, sondern durch seine zweite Geburt, ein Geschenk, und nicht bloß für die Dauer seines Lebens, sondern für allezeit, da es für allezeit existierte, wie auch er, solange er mit dem Land eins war. Dies hatten ihm die Schwarzen für den Fall gebracht, daß er es brauchte. Sie befürchteten, er könnte, als er zu diesen gespensterhaft weißen Geschöpfen gegangen war, vielleicht wieder in die dünnere Welt der Geister und Dämonen gerutscht sein, der er, allerdings nie ganz, in der Zeit bei ihnen entkommen war. Sie waren gekommen, um ihn zurückzugewinnen, aber mit Sanftmut, und brachten ihm etwas, was seinen Geist nähren würde.

Sie breiteten das Land vor ihm aus, gaben ihm dessen Wasser zu trinken. Als er es in großen Schlucken zu sich nahm, sahen sie, daß sein Fleisch aufleuchtete. Beobachteten lachend, wie er darin badete, wobei er sich immer wieder ganze Hände voll Wasser über die Brust schüttete. Während sie dasaßen, tanzten sie auf dem kleinen, staubigen Karree zwischen ihnen, schüttelten Wolken auf, schlugen Regenbögen über ihren Köpfen. Dann standen sie auf, nahmen förmlich Abschied und gingen. Sie würden einen Tag und eine Nacht benötigen, um an einen Ort zu gelangen, der schon um ihn herum brodelte, als er wieder nach seinem Hammer griff und nun, da sein Geist befreit war, die Schläge so hell und deutlich erklingen ließ, daß sie, dachte er, die dreißig Meilen weit fliegen mochten wie Sterne, die seine Arme über den entferntesten Bergrücken schleudern konnten, um ihren Weg zu erhellen.

Und dann kreuzte dieser Bursche Andy auf; kam aus dem Gebüsch herangestolpert mit seinem schiefen Kiefer und dem unruhigen, ausweichenden Blick und stand da, an Luft gelehnt, mit jenem seltsamen leeren Ausdruck, der von allem möglichen, jeder Verrücktheit, erfüllt werden konnte; erging sich in Andeutungen, wollte Dinge wissen. Die Luft um ihn war sofort verpestet, von der Leere aufgesogen, die dort entstand, wo er den Fuß hinsetzte. Gemmy fühlte, wie die Gesundheit, die ihm geschenkt war, abnahm. Als hätte er in einen Tümpel geschaut – so wirkte dieser Andy auf ihn – und ein Bild von sich gesehen aus lauter unscharf konturierten Stücken, die nicht zusammengehörten.

Mit Mühe wandte er den Blick ab, und der Mann, vielmehr die wütende Leere, die ihn ansah, die eine Schrotflinte trug und versuchte, die Gestalt eines Mannes anzunehmen, verstummte und ging davon.

So einer war dieser Andy. Entzog man ihm die Aufmerksamkeit, murmelte er, zitterte, wütend über die eigene hoffnungslose Ohnmacht, und verschwand.

Doch als er sich schließlich tatsächlich mit einem Zischen auf dem Absatz umdrehte und abzog, spürte Gemmy, wie ihm der Mut sank. Er war nur allzu real; die Leere war real. Und in der Siedlung waren sie sich in ihrem Rang auf der untersten Sprosse der Leiter zu nahe, als daß Andys aggressive Natur eine Niederlage akzeptieren konnte.

Gemmy hatte langsam, über die Monate hin, gelernt, wie man solche Burschen behandelte. Er schlüpfte in ihre Haut, sah rasch um sich, schlüpfte wieder hinaus, verhielt sich dann ihnen gegenüber, wie sie sich gegenüber sich selbst verhielten.

Einige von ihnen wußten das und hielten Distanz. Ihnen lag nichts daran, bloßgestellt zu werden, auch vor sich selbst nicht. Andere spürten es, ohne es zu verstehen, und je weniger sie verstanden, desto offener zeigten sie ihre Feindseligkeit; auf sie mußte er ein Auge haben. Er beobachtete sie, ohne sich je täuschen zu lassen, und da eine Art geheimes Einvernehmen zwischen ihnen herrschte, zumindest schien es so, daß offene Brutalität untersagt war, überlebte er.

Er hatte keine wirklichen Peiniger hier. Selbst die Ungehobeltsten gebrauchten ihm gegenüber einen jovialen Ton – doch das durchschaute er schon bald –, als wäre jegliche Bosheit, die sie im Schilde führten, nur Ausdruck einer unwiderstehlichen Ausgelassenheit, und wenn sie den Unfug zu weit trieben und ihm arg mitspielten, lag die Schuld, wenn überhaupt die Rede davon sein konnte, bei ihm. Sie halfen ihm wieder auf die Füße, klopften ihm den Staub ab, versicherten, es sei ihm doch nichts passiert, ein braver Bursche sei er und sie hätten es nicht böse gemeint. (Es stimmte. Sie glaubten, böse hätten sie es nicht gemeint.)

Seine wirklichen Peiniger existierten in seinem Kopf, und sie verfolgten ihn immer häufiger, ihre Gestalten bildeten sich deutlicher heraus in der Erinnerung und bekamen in den dunklen Stunden seines Schlafes Gesichter, auch Fäuste. Und wie immer waren Mosey und der Ire die schlimmsten: Mosey mit seiner hohen, dünnen Stimme und dem blonden Kinnbart, mädchenhaft zart, und der Ire mit Schießpulvernarben im Gesicht und der rechten Hand, der zwei Finger fehlten.

»Was haben wir denn da? Einen Jungen? Jemine, das ist doch tatsächlich ein Junge, ein Bürschchen. Aber was für ein dürres, spilleriges Mäuschen von nem Jungen«, und mit jeder neuen Beleidigung stießen sie ihn zwischen sich hin und her. »Was für eine stumpfnasige –«

»Rotohrige –«

»Großmäulige –«

»Hängearschige –«

»X-beinige –«

»Witzfigur von nem Jungen! Mehr wie ein Stück alter Käse –«

»Oder die Sohle von meinem Stiefel –«

»Oder wie ein Stück trockne Kruste, wo man die Zähne kaum reinkriegt – «

» – als ein Junge, ein Jüngelchen, ein Bürschchen!«

Dabei grinsten sie anzüglich, sprangen während des Singsangs vor und zurück und warfen ihn zwischen sich hin und her, bis sie dann unter der Kleidung wühlten, und die Schreie, die er ausstieß, wenn ihre Finger zwickten und zwackten, kitzelten und bohrten, waren die eines Kindes, der Schmerz aber war nun der eines Erwachsenen, der, empört und ohnmächtig, dabeistehen und zuschauen mußte und der trotz des wilden Schmerzgebrülls, das ihm entwich, weder die Teufel vertreiben noch verhindern konnte, was jetzt gleich, es sei denn, er wacht auf, unabwendbar geschieht ...

Er wacht aus so einem Traum auf. Eine klamme Hand liegt auf seinem Mund, ein Mund, ganz nah im Dunkel, doch nicht sein eigener, keucht heftig. Er wehrt sich, dreht und windet sich im Halbschlaf, um sich zu befreien, aber wie so oft dauert der Traum an, robuste Arme umklammern seine Rippen. Der Traum dauert genau jenen Atemzug länger als der Schlaf, aber es ist ein tiefer Atemzug, und er bekommt Angst, daß er diesmal den Traum vielleicht nicht abschütteln kann, daß die Peiniger, die in ihm sind, so lange schon versteckt, und die in letzter Zeit immer häufiger an die Oberfläche gekommen sind, diesmal ausbrechen, in die reale Welt dringen werden, wo er nicht mehr Gewalt über sie haben wird als damals, als sie real waren und er zu ihnen gehörte.

Und es wird wahr. Diesmal wird es wahr. Er ist jetzt wach, und diese anderen, bestehend aus knochigen Händen und Schultern, harten Schädeln und rauhen Atemzügen, sind mit ihm zusammengepfercht im Verschlag, stoßen einander, flüstern Anweisungen, kichern einmal verstohlen.

Sie halten ihn mit ihren Armen umklammert, ziehen ihm einen Sack über den Kopf, dessen grobes Material voller Spreu, gegen seinen Mund gepreßt, ihn fast erstickt, und in der trockenen Atemnot des Alptraums zwingen sie ihn zu hüpfen, schleifen ihn über Steine, und wenn er stolpert, wird er mit einem Ruck hochgezerrt von der Menge körperloser Flüsterer, die ihn begleitet und mittrabt, als hätten sich alle seine Peiniger endlich im Traumreich seines Kopfes eingefunden, nun entdeckt, was ihnen gemein ist, und sich zusammengetan, um ihn in eine finstere Ecke zu treiben, wo sie ihn mit der flachen Hand hierhin- und dahinschubsen, und wenn er die Hände zum Schutz hochreißt, fällt er hin oder fängt sich noch gerade, und sie piesacken ihn, treiben ihr Spiel mit ihm; ohne Brutalität, aber sie greifen ihn an von allen Seiten mit Händen, die nicht zu Fäusten geballt sind oder wie rasend zuschlagen, und man hört keinen Laut außer dem Stöhnen von der Anstrengung, die es braucht, einen Mann auf die Füße zu hieven, um ihn wieder zu Boden schlagen zu können, und außer dem Atmen vieler Münder in der Dunkelheit, die auch im Innern des Sacks groß ist.

Plötzlich ist Wasser um seine Knöchel, und als er diesmal stolpert, gibt es ein Aufklatschen, und Mondlicht flutet durch seinen Schädel.

Seine Arme werden nach hinten gezerrt, sein Kopf nach unten gedrückt. Sein Kopf brüllt innen im Sack, wird unter Wasser getaucht, und das Dunkel im Sack wird zu Schlamm. Er schluckt Schlamm. Dann geht er wieder unter und noch eimal, bis eine Stimme protestiert. Die anderen machen pst!, aber danach ist es anders. Der Druck auf seinen Armen läßt nach.

Er wird losgelassen und kniet im Bach, als er eine Stimme hört, die er erkennt: es ist Jock, der schreit.

Ein Scharren und Schlurfen, um ihn herum rempeln sich Körper im Dunkeln an, und im nächsten Augenblick steht er aufrecht da, ringt nach Atem, bekommt keine Luft in dem Sack, und der Sack, schlammig und triefend, wird ihm vom Kopf gerissen.

13

Ellen McIvor regte sich. Von der anderen Seite der Wand war einer jener Alptraumschreie gedrungen, die so zu ihren Nächten hier gehörten, daß sie zuerst nur im Halbschlaf innehielt und lauschte, ob ihre Kinder aufgeweckt worden waren. Aber diesmal war es anders. Eine Reihe dumpfer Stöße direkt gegen die Wand ließ sie jäh wach werden. Sie streckte die Hand aus, berührte im Dunkel den Arm ihres Mannes, und er fuhr hoch, die Hand schon auf seiner Schrotflinte. Er wälzte sich aus dem Bett und ging zu dem einen Fenster, dann rasch zum zweiten. Das Herz klopfte ihr zum Zerspringen, während sie die Füße auf den Boden setzte. Eines der Kinder wachte auf. Es war Janet. »Pst«, machte sie und erhob sich rasch.

Das Kind richtete sich auf, die Augen weit offen in der Dunkelheit, und blickte dorthin, wo der Vater am Fenster kauerte, das angespannte Gesicht vom schwachen Licht von draußen beleuchtet, der Lauf der Schrotflinte matt schimmernd. »Was ist los?« flüsterte Janet.

»Pst«, machte die Stimme wieder.

Jock war verwirrt. Er sah eine vermummte Gruppe, die sich, statt auf die Hütte zuzukommen, von ihr entfernte, und zwar auf eine unbeholfene, schlurfende Weise, die ihm rätselhaft war; vier oder fünf Gestalten, dicht zusammengedrängt.

Er reichte Ellen die Flinte und zog sich die Hose aus Moleskin an und seine Stiefel, während sie, die Flinte einsatzbereit, seinen Platz am Fenster einnahm. Sie konnte da draußen nichts entdecken. Die Gruppe war jetzt verschluckt vom Dunkel hügelabwärts, und sie fragte sich, was er gesehen hatte, das ihn beunruhigte.

Er nahm die Flinte, berührte im Halbdunkel leicht ihre Hand, ermahnte sie mit einem Blick, ruhig zu bleiben, und entriegelte die Tür.

»Was ist los?« fragte Janet erneut.

»Pst, du weckst die anderen auf.«

Sie ging zur Tür und öffnete sie einen Spalt, ließ Mondlicht ins Zimmer fluten und ein Gemisch aus nächtlichen Geräuschen, nichts sonst.

»Da ist nichts«, sagte sie. »Geh wieder schlafen.«

Sie hatte die Tür weit genug aufgemacht, um hinauszuschlüpfen, und barfuß, nur im Nachthemd, trat sie ins Freie und klinkte die Tür ein.

Vorsichtig, um Meg, die neben ihr schlief, nicht aufzuwecken, oder Lachlan, der schon unruhig im Schlaf murmelte, setzte Janet die Füße auf und ging rasch bis zur Tür. Sachte hob sie den Riegel, und barfüßig wie ihre Mutter wagte sie sich in die Fremdheit des Hofes hinaus.

Er war verändert, unvertraut geworden durch das Mondlicht und das Rascheln von Nachttieren. Große Wolken am Himmel schienen näher als alle, die sie je tagsüber gesehen hatte, und der Boden unter ihr, den ihre nackten Füße so gut im Sonnenlicht kannten, fühlte sich seltsam an, nicht recht sicher. Sie spürte auf dem unebenen Gelände jeden Kieselstein.

Ihre Mutter stand regungslos auf halber Höhe des Hügels; ihr Nachthemd flatterte leicht im Wind, und die dunklen Formen ihres Körpers zeichneten sich darunter ab. Janet war erstaunt, wie schwer und kompakt er wirkte, und eine jähe Zuneigung zu ihrer Mutter, die sie nicht immer empfand und nur selten zeigte, erfaßte sie, so daß ihr Tränen in die Augen stiegen und sie versucht war, sie zu rufen. Der Stoff des Nachthemds war bewegtes Mondlicht, aber der Körper ihrer Mutter war dunkel, massig, tief verwurzelt dort, wo sie stand. Auch wenn er allem ausgesetzt war, schien er nicht verletzlich. Ihr wurde blitzartig der eigene Körper bewußt, so dunkel und dünn unter dem Nachthemd, doch war das Gefühl eher erregend, als daß sie sich fürchtete.

Keine Spur war zu sehen von ihrem Vater oder von dem, was ihn hinausgetrieben hatte, dann ihre Mutter und nun sie.

Sie blieb stehen, scheinbar ohne zu atmen, und die Ruhe in ihr, das Aussetzen des normalen Alltagsgefühls, hatte mit der spannungsvollen, spröden Fremdheit zu tun, die sich auf die Welt gelegt hatte und die vielleicht, überlegte sie, mehr von etwas abhing, was sie selbst aus dem Schlaf mitgebracht hatte, als mit dem Spiel der Wolken im Mondlicht.

Ich bin es, die das alles sieht, dachte sie.

Das erklärte, mindestens genauso wie alles andere, das Wesen dessen, was sie sah. Dann kam ihr ein weiterer Gedanke: Ich bin es, nicht Lachlan.

Plötzlich wurde ihr bewußt, daß sie draußen war, im Dunkeln, während die anderen Kinder immer noch im Haus schliefen.

Während der ganzen Zeit dachte sie keinen Augenblick an eine Gefahr.

Ihre Mutter drehte sich um und begann den Hügel hinaufzusteigen, blieb kurz stehen, blickte zurück, ging dann weiter; und als sie ihre Tochter da in der Dunkelheit stehen sah, vor der Tür, schalt sie sie nicht.

Seite an Seite beobachteten sie, wie ihr Vater und Gemmy den Hügel hinaufkamen, wie Gemmy daherstolperte und Jock den Arm um ihn gelegt hatte, um ihn zu stützen. Ihr Vater hob den Kopf, und den Blick, den er ihnen zuwarf, würde sie nie vergessen.

Er führte Gemmy an ihnen vorbei zu seiner Schlafstelle an der Seite des Hauses.

»Janet, komm jetzt«, redete die Mutter ihr gut zu und

berührte sie leicht, vielleicht nicht zum erstenmal, »geh rein, geh schlafen.«

Als Jock McIvor zum Fuß des Hangs gekommen war, hatte er nur noch den schattenhaften Umriß des letzten im zurückweichenden Haufen gesehen. Sie hatten den Bach durchquert. Er hörte, wie sie sich durch das Gestrüpp auf der anderen Seite schlugen. Es hatte keinen Sinn, ihnen zu folgen. Er mußte sich um Gemmy kümmern, der ganz durchnäßt war, bibberte und den Hügel halb hochgetragen werden mußte.

Was er am meisten befürchtet hatte, als er hinunterraste, war, ihnen gegenübertreten zu müssen; endlich würden sie Farbe bekennen. Doch sie hatten es sich und auch ihm erspart, indem sie sich davongemacht hatten. Feiglinge, dachte er bitter. Aber war nicht auch er einer, da er sich so erleichtert fühlte? Er zitterte, tröstete Gemmy aber, so gut er konnte, und zum erstenmal zuckte er nicht zurück, als der Mann sich mit aller Kraft an ihn klammerte.

Auf halber Strecke blickte er hoch und sah seine Frau. Er wollte ihr nicht in die Augen sehen. Sie spürte es, wandte sich ab und ging zum Haus, wo Janet barfuß vor der Tür wartete.

Jetzt erst packten ihn richtige Angst und Wut. Daß seine Frau und seine Tochter mitten in der Nacht draußen unter den großen Wolken, dort am Rande des Dunkels, stehen und gemeinsam zuschauen mußten, wie er ein hilfloses Geschöpf, halb wahnsinnig vor Schreck, ein Opfer sinnloser Grausamkeit, fortschleppte, während die Männer, die das verbrochen hatten – Nachbarn! –, heimschlichen, um sich neben ihren Frauen auszustrecken, die geborgen im Bett lagen.

Er ging an ihnen vorbei und zog Gemmy in den Schutz des Verschlags. Nachdem er seine Flinte weggelegt hatte, kroch er zu ihm in diese dumpfe, modrig riechende Schlafstätte und tat etwas, was er vor einer Woche um nichts in der Welt hätte tun können, vielleicht nicht einmal vor einer Stunde: Er saß im Finstern eng an ihn gekauert, und als Gemmy erschauderte, zog er ihn noch näher an sich, breitete die alte, mottenzerfressene Decke um sie beide, hörte den stockenden Atem des Mannes an seiner Brust und roch ihn, während draußen das Mondlicht auf die Lichtung der Hütte fiel, worin seine Frau und seine Kinder warteten.

Janet lag lange wach im Dunkeln, bevor ihr Vater hereinkam.

Sie hörte, wie er sich auszog und ins Bett stieg, und eine Weile flüsterten sie, aber sie konnte nichts verstehen. Am nächsten Morgen hatte ihr Vater, düster und langsam wie immer, nichts zu sagen, und sie wußte, was es auch war, das sie gesehen und nicht gesehen hatte, daß sie keine Fragen stellen durfte.

Später am Tag trat ihre Mutter still zu ihr und küßte sie, als wolle sie etwas zwischen ihnen anerkennen, wovon die anderen ausgeschlossen bleiben sollten, selbst Lachlan; aber sie wußte nicht, was es war, und als sie erwartungsvoll hochsah, klärte ihre Mutter sie nicht auf.

Vielleicht war die Geste als Trost gedacht. Aber wofür?

Die Stelle, wo die trockenen Lippen ihrer Mutter ihre Stirn berührt hatten, brannte, und sie war sich ihrer noch lange bewußt, als wäre ihr in dem Moment eine Art Wissen vermittelt worden.

Dies war der Augenblick, den sie später – noch mehr als den gewöhnlicheren und beunruhigenderen, der bald danach schon kam – als den Augenblick betrachten sollte, in dem sie erwachsen wurde.

14

KLEINE FEIGE *oder Pflaume mit ovalen, dunkelgrünen Blättern, der milchige Saft ihrer jungen Triebe hilft Wunden heilen. Die abgeschabte Wurzelschale einer anderen Pflanze (*Ourai *oder* Grevia*) wird für heiße Umschläge verwendet: große, wechselständige Blätter, oval gezackt, mit kleinen braunen Beeren, im allgemeinen paarweise an einem kleinen Stiel der Blattachsel.*

Barkabah: *breitblättriger Apfelbaum mit rosa und weißen Blüten, die Frucht reich an Samen, der Geschmack ein wenig wie getrocknete Banane.*

Kleines, hülsentragendes Rankengewächs, das im Gras und an dessen Rändern vorkommt. Kardolo *in der Sprache der Einheimischen, mit blauer Blüte, vergleichbar der Teepflanze: drei Blätter, langgezogen, lanzettenförmig, an einem gemeinsamen Stengel, die Wurzel möhrenähnlich.*

Diese Einträge in Mr. Frazers Pflanzenbestimmungsbuch sagen nichts aus über die Bedingungen, unter denen sie gemacht wurden. Ihre klare, gestochene Schrift, die Zeilen so gerade ausgerichtet wie eine Reihe Kohl auf einem Feld in Berkshire, und die detaillierten Zeichnungen, die ihnen beigefügt sind, lassen nicht ahnen, daß das Aufgezeichnete noch der ungezähmten Wildnis angehört oder daß der Mann, der sich damit beschäftigt – ein großer Mann in kragenlosem Hemd, der Schlapphut ist für einen Augenblick beiseite gelegt, hinterläßt aber auf seiner Stirn unter dem verschwitzten Haar eine rote Linie –, in der letzten Stunde sich einen Hügel hochgekämpft hat auf unebenem Gelände und jetzt auf einem Baumstumpf in einer tropischen Lichtung sitzt, um mitten in der Aufregung über eine neue Entdeckung schriftlich festzuhalten, was ihm gerade gezeigt worden ist.

Um seine penibel ausgeführten Zeichnungen zu machen und die fast pedantischen Anmerkungen, muß er eine ruhige Hand und ein ruhiges Herz haben. Es ist, als wäre er durch die Selbstdisziplin, die ihm die Arbeit abverlangt, zu einer Lichtung in seiner eigenen Natur vorgedrungen, wo diese Pflanzen schon in Vitrinen angeordnet sind.

Gemmy schaut zu, tief beeindruckt. Seine Zunge, die den Bewegungen von Mr. Frazers Hand folgt, arbeitet in den Mundwinkeln, als hätte auch sie Anteil am Geschehen. Die Zeichnungen haben für ihn eine mystische Bedeutung. Sie sind der Beweis, daß Mr. Frazer, dieser absonderliche Weiße, über Farbe, Gewicht oder Geruch hinaus den *Geist* dessen erfaßt hat, was man ihm zeigt. Zu beobachten, wie eine Pflanze zum Vorschein kommt, die knollige Zwiebel, die Frucht, das vollendete Blatt, versetzt Gemmy in Trance, benimmt ihm fast den Atem, und sein eigener Geist ist ausgeschaltet, wenn das reale, eßbare Objekt in seiner geisterhaften Form hervorbricht und das Weiße des Blatts bedeckt.

Genauigkeit und Aufmerksamkeit gehören zu Mr. Frazers hartnäckiger Seite. Von dem Tag an, als er seinen ersten Kesselhaken geschmiedet hat, weiß er, daß er ein zäher Arbeiter ist; daß er, wenn er mit der sich überstürzenden Vielfalt der Dinge Schritt halten will, jeder Einzelheit mehr Aufmerksamkeit widmen muß als andere Leute. Aber er hat eine ganz andere Methode, wenn er abends beim Zischen der Öllampe sein Schreibheft herausholt und sich ins Reich der Spekulationen begibt. Die Zeilen geraten ihm krumm und könnten von fremder Hand stammen, wie da die Gedanken hochspringen, auf Nebenwegen davonflitzen, kehrtmachen, verwundert innehalten angesichts der eigenen Entdeckungen, tanzen, Possen treiben, entzückt Kapriolen schlagen:

Wir haben unrecht, diesen Kontinent als feindselig und

unglückverheißend anzusehen, so daß er nur durch entschiedenen Stoizismus, resolute Entschlossenheit und Willenskraft gestaltet und bewohnbar gemacht werden kann, durch Bäumefällen, Roden, Säen des Saatguts, das wir mitgebracht haben, durch die Einfuhr von Schafen, Vieh, Kaninchen, ja von Vögeln des Himmels. Er ist bereits bewohnbar. Ich denke an unsere frühen Siedler, wie sie inmitten all der Fülle, die sie nicht wahrnahmen, an diesen Gestaden Hunger litten, inmitten einer gesegneten Natur, reich an Fleisch, Geflügel, Früchten, die sie mit ihrem englischen Blick nicht sehen konnten, da gerade die Gewohnheit und Fähigkeit, die uns Vertrautes und Erwartetes wahrnehmen läßt, unsere Empfindung für andere Formen abstumpft, selbst für das nur allzu Offenkundige. Wir müssen uns die Augen reiben und wieder hinschauen, unseren Geist frei machen von dem, was wir erwarten, um zu sehen, was vorhanden ist. Ist sie nicht seltsam, diese unsere Geschichte, in der Forscher, Männer auf der Spur des Unbekannten, ausgelaugt und mit trockenem Mund zugrunde gehen in einem Land, wo Einheimische, unmittelbar vor ihnen oder hinter ihnen oder eine Meile seitwärts, sich von dem Land ernähren, wie sie es seit Jahrhunderten getan haben? Liegt darin nicht eine Art widerspenstigen, hartnäckigen Stolzes, die bedeutet, daß wir, wenn das Land sich uns nicht in vertrauter Weise zeigt, eher bereit sind, zu sterben, als es so zu akzeptieren, wie es ist? Denn es gibt eine Wahrheit, und die lautet: Kein Kontinent ist ausgenommen von Gottes Wohltätigkeit und Seinem Willen, Seine Kinder mit allem zu versorgen, dessen sie bedürfen. Er ist ein Gärtner, und alles, was Er erschafft, ist ein Garten. Auch diese Erde hier wird uns eines Tages, das glaube ich fest, ihre Früchte liefern für das große Bankett, zu dem wir eingeladen sind, für das Gemeinschaftsmahl; so wie die beiden Amerikas Mais, Tomaten und Paprika herbeigebracht haben, Rhabarber und auch die Kartoffel, jene bittere Knolle der hohen Anden, der die Frauen durch Versuche und Kreuzungen über lange Jahre hinweg ihr Gift entzogen und die sie somit dem Gaumen schmackhaft gemacht haben, so daß sie nun Millionen als Nahrung dient. (Die Frauen hier verstehen sich auf die Zubereitung einer Lilienwurzel, die sie kochen und eßbar machen.)

Die Kinder dieses Landes wurden dafür geschaffen, so wie das Land für sie, und es ist für sie eine reiche Wohnstatt, wo Milch und Honig fließen – wenn auch noch viel von seinem Reichtum verborgen ist; doch Gleiches galt ja auch für die Milch und den Honig, die im Gelobten Land verheißen wurden und die in Wirklichkeit weder Milch noch Honig waren, und der Boden selbst war allem Anschein nach dürr und trocken, ohne jede Verheißung. Wir müssen demütiger werden und von ihnen lernen. Die Zeit wird kommen, da auch wir uns nicht nur von Weizen, Lamm und Gurken ernähren werden, sondern von dem, was die hiesige Erde hervorbringt, und da wir endlich ihre Genüsse kosten und zulassen werden, daß unser Fleisch mit ihren Mineralien und unterirdischen Geheimnissen genährt wird und ein inniges Verständnis in uns wächst für das, was sie wirklich ist, und all das, was an ihr unerkennbar ist, von innen her vertraut wird.

Er hält einen Augenblick inne, weicht in Gedanken zurück, seine davoneilende Hand hat ihn weiter geführt, als es in seiner Absicht lag.

Er bemerkt das Zischen der Lampe; seine Frau, die den Kopf unter einer Wolke von Haar über Noten gebeugt hat und liest; und jenseits des Fenstersimses die Nacht, bewegt von Flügelschlägen, vom unhörbaren, leichten Knall aufplatzender Samen, von den zufälligen, wenn auch gesetzmäßigen Paarungen und Tötungen einer Natur, die sich von der gewohnten daheim unterscheidet und dennoch dieselbe ist.

Seit frühester Kindheit ist das Botanisieren seine einzige

sichere Zuflucht. In der Einsamkeit eines Einzelkindes unter neun Geschwistern hatte er entdeckt, daß die Welt der Pflanzen eine Ordnung bot, die er niemals bei Menschen finden würde. Selbst die Idee der *Familie* erschien ihm anrührend, da sie auf einzelne Spezies zutraf, die sich dem Auge so wundersam verschieden präsentierten wie der Apfel und die Rose.

Er war ein Nachtwanderer. Wenn er ins Dunkel hinausgeschlüpft war, spürte er die nachtduftenden Blumen im sommerlichen Wald auf oder beobachtete aus einem Versteck in der milden Nachtluft und in einem flüssigen Licht von ganz eigener Färbung, mit angehaltenem Atem und wachen Sinnen, das Leben der Geschöpfe, die wie er unterwegs waren, während die Welt der Menschen schlief. Das war das Schöne daran. Wenn die Augen der anderen geschlossen waren oder nur in die Phantasiewelt der Träume blickten, einen Teil der Schöpfung zu erkunden, der geheim war, aber nur, weil er einer anderen Zeitzone angehörte als der Mensch.

Nachttiere, Nachtpflanzen. Sie rührten an das Verborgene in seiner Natur; und ihm kommt der Gedanke, daß er, wenn er sich mit Gemmy durchs Unterholz schlägt oder über das kniehohe Gestrüpp einer Böschung stiefelt, in gewisser Weise sich noch immer damit beschäftigt. Dies hier ist, aus der Sicht seines Heimatlandes, die Nachtseite der Erdkugel. Endlich hat er sie gefunden, kann sie jetzt im vollen Sonnenlicht erforschen. Bedeuten ihm darum seine Entdeckungen soviel?

Er wendet sich für einen Augenblick wieder seinem Notizbuch zu und sieht vor sich nicht mehr jungfräuliches Land, sondern Obstgärten, wo wilde Pflaumen-, Feigen- und Apfelbäume, in Reihen geordnet, in die Welt der Kultivierung eingetreten sind und Arbeiter im frühen Morgenlicht, die Sonne im Rücken, sich von Leitern aus hochrecken und Früchte pflücken.

Der Theodolit, schreibt er, *stellt nur* eine *Möglichkeit dar, um ins Innere des Kontinents zu gelangen und dessen Ausdehnung und Konturen zu erfassen. Haben wir, haben unsere fernen Vorfahren nicht vor langer Zeit aus den großen Ebenen, über die sie zogen, aus der reinen Wildnis, die rauhen Gräser mitgebracht, die die Bäuche ihrer Pferde füllten, und haben sie nicht, als sie die Spreu vom Weizen trennten und ihn zu üppigem Korn heranreifen ließen und lernten, wie man es mahlt und das tägliche Brot backt, wie man wilden Wein kultiviert, bis seine Trauben Wein ergeben, haben sie da nicht Siedlungen gegründet, wo Männer und Frauen mit ihren Nachbarn zusammen am Tisch saßen, ein tägliches Sakrament, Abbild des größeren Sakraments Unseres Herrn? All dies läßt sich wiederholen. Das ist der Sinn unseres Hierherkommens: auch dieses Stück Erde zu einem Teil des Gartens der Welt zu machen, aber indem wir uns selbst ändern, weniger die Erde, und somit beitragen zum Reichtum und zur Vielfalt der Dinge. Unser armer Freund Gemmy ist ein Vorläufer. Er ist kein Weißer mehr, kein Europäer, wo immer er geboren sein mag, sondern ein wahres Kind dieser Erde, wie sie eines Tages sein wird, freilich ein ungesittetes Kind, das sich nicht dessen bewußt ist, was es vollbracht hat – und auch das gehört vielleicht zu Seinem Plan: daß das Exemplum einfach und offenkundig sein sollte und tief berührend für den, der willens ist, vorurteilslos zu sehen und zu erkennen, daß er, als er akzeptierte, hier zu Hause zu sein, die Grenzen seiner festgelegten Natur überschritten hat. Natürlich flößen solche Veränderungen dem Ängstlichen …*

Er bricht ab, die Hand in der Schwebe über dem Tintenfaß. Er ist an einer heiklen Stelle in seinen Überlegungen angelangt und spürt, wie das Hochgefühl, das ihn getragen hat, schwindet.

Einmal, vor nicht allzu langer Zeit, als er gerade von einer seiner Nachmittagsexkursionen zurückkehrte, begegnete er

Jim Sweetman, auf dessen Schultern seine Enkelin thronte, ein pummeliges Kind von drei Jahren, reichlich verwöhnt und mit Augen, so tief vergraben in ihren dicken kleinen Backen, daß man nur einen Schlitz sah, als es mit den Beinchen strampelte und krähte. Der alte Kerl stolzierte im Kreis herum, hob den Kopf und tänzelte nach links und rechts, je nachdem, wie das Kind ihn dirigierte.

Noch ganz beflügelt von seiner Exkursion, hatte Mr. Frazer den Mann begrüßt, und sie blieben auf dem Weg stehen, während die Kleine schmollte und ungeduldig mit den Beinchen zappelte, weil ihr Großvater wieder das Pony spielen sollte. Jim Sweetman legte ihr nachsichtig die Hände auf die Knie, und während er noch mit halbem Ohr bei dem war, was das Kind von ihm wollte, hörte er zu, vielleicht selbst etwas verstimmt über die Unterbrechung des Spiels, und nahm die kleine harte Frucht an, die ihm gereicht wurde, aber nicht den Vorschlag, hineinzubeißen. So tat er es selbst und zeigte dem Mann die Kerne.

Jim Sweetman konnte sich nicht für die Vision der Obstgärten erwärmen. Vielmehr schien er verlegen, und genau in dem Augenblick stieß ihn das kleine Mädchen mit den Hacken.

»Hör auf damit«, sagte er, schärfer wohl als beabsichtigt. »Der Großvater unterhält sich gerade.«

Ihr Gesicht nahm einen weinerlichen Ausdruck an. Sie holte Atem, und Jim Sweetman, der spürte, wie sich ihr Gewicht verlagerte, nahm sie auf den Arm.

Zu spät. Sie hatte schon angefangen zu plärren, und höchst zufrieden mit der Wirkung, die sie hervorrief, machte sie weiter und ließ sich nicht besänftigen. Er hatte danebengestanden und darauf gewartet, daß der Ausbruch sich legte. Er hatte vergessen, was für verbissene, eigensinnige kleine Geschöpfe Kinder sein konnten. Zu lange war es her, daß er selbst welche hatte.

Das Kind warf ihm einen Blick zu, plärrte von neuem los,

und Jim Sweetman schüttelte, während das Kind an seiner Brust schluchzte, betroffen den Kopf über ihn, als wäre *er* dafür verantwortlich. Wenn dem Mann etwas von der Geschichte im Gedächtnis bliebe, dann der Kummer des Mädchens. Die kleine harte Frucht, die er ihm gezeigt hatte, bedeutete ihm gar nichts.

Trotz des Mangels an Vorstellungskraft war Jim Sweetman noch der Beste von ihnen. Mr. Frazer war nicht so dumm, es mit den anderen zu probieren. Als sie ihn einige Male in der Gesellschaft Gemmys überraschten, sah er den Ausdruck in ihren Augen und bemerkte, daß Gemmy, dem dergleichen nie entging, sich von seiner Seite entfernte – sicherlich, gutmütiger Kerl, der er war, um ihn zu schützen.

Wenn er eine Reaktion auf seine Pläne bekommen will, muß er weiter oben vorstellig werden; soviel hat er gelernt. Bauern begreifen nur, was sie schon kennen. Und darum hat er, ohne überhaupt zu wissen, für wen er bestimmt ist, mit dem begonnen, was er als einen »Bericht« betrachtet.

Er blickt wieder dorthin, wo, wenige Schritte von ihm entfernt, seine Frau mit einer Partitur auf dem Schoß dasitzt, den Kopf über ihre Noten gebeugt. Sie wendet eine Seite um, wobei ihre Hand eine Haarsträhne zu fassen kriegt, die sich gelöst hat.

»Was ist es?« fragt er, als hörte er ein leises Echo von dem, was sie im Geist spielt. »Field?« Aber sie schaut nicht auf. Sie hat ihn bei der Flut von Klängen nicht gehört.

Gewöhnlich schlägt er, während sie spielt, die Seiten für sie um – vielmehr hat er das früher getan; hier hat sie kein Instrument. Es ist das erste Mal bei all ihren Umzügen, daß er ihr keines hat beschaffen können. Sie beklagt sich nicht, obwohl die Musik, wie er weiß, ihre Zuflucht vor der Enttäuschung ist, die sie manchmal verspürt. Über *ihn*, seine leidenschaftlichen, konfusen Vorstellungen. Sie schützt sich, indem sie keinen Anteil an seinen Interessen nimmt, vielleicht in der Befürchtung, sie töricht zu finden, und er seinerseits kümmert sich nicht um ihre Beschäftigungen. Er mischt sich nicht ein, wenn sie Briefe schreibt an die Mädchen und an Edward, den Sohn, fügt nur unten auf der Seite seine Grüße hinzu. Und wenn er gelegentlich einen Blick auf das wirft, was sie in den Zeitschriften, die sie bekommt, gerne liest, Artikel über Volkswirtschaft und dergleichen, geschieht das nicht, weil er hofft, mit ihr darüber diskutieren zu können, sondern um ganz vorsichtig einen kleinen Eindruck davon zu bekommen, wo sie gewesen ist und was sie da wohl fasziniert hat. Er überfliegt solche Stellen samt dem Unterstrichenen mit großem Vergnügen, auch wenn sie ihm oftmals nichts sagen. Nur wenn sie Musik spielt und er die Seiten umschlägt und genau sieht, welche Passage ihre Finger erreicht haben, ist er sich ihrer Gefühle und seiner eigenen sicher und spürt, daß sie eins sind.

Seit dreiunddreißig Jahren sind sie verheiratet. Sie ist ihm in seinem Aufstieg – oder Abstieg – durch die halbe Welt gefolgt und hat sich mit jedem Jahr weiter weg von ihrem wahren Leben entfernt, das, so weiß er, ihre Kinder sind. Sie ist klüger als er, läßt es ihn aber nicht merken. Klugheit hat, das weiß sie, nichts mit dem zu tun, wonach er strebt, nämlich Offenbarung. Was sich offenbart, so glaubt er, ist die einzigartige Gabe, die in jedem steckt, Mann oder Frau, in jedem Geschöpf, auch in jeder Pflanze – denn was sonst hat ihn das Studium der Natur gelehrt? – und somit auch in ihm: eine Gabe, die nur er der Welt geben kann und die der Welt ohne ihn fehlt.

Sie sitzt immer noch da, die Noten auf ihrem Schoß ausgebreitet. Das Stück ist zu Ende. Sie schaut, als sie seinen Blick spürt, rasch auf, macht ein Gesicht, ganz und gar nicht das Gesicht einer Frau über Sechzig – ein Kind könnte es sein, das ihm im Spaß die Zunge herausstreckt –, legt dann die Hände auf die Hüften, beugt sich weit nach hinten zurück und gähnt.

Die anderen Frauen in der Siedlung fanden die Frau des Geistlichen mickrig. Es hatte sich herumgesprochen, daß sie die Kusine eines Grafen war, womöglich eines Herzogs, und sie hatten gehofft, Spuren dieser so romantischen Herkunft an ihr zu bemerken, und wenn auch nur in der vergleichsweise anspruchslosen Form eines silbernen Milchkännchens oder eines Satzes Löffel mit eingraviertem Krönchen. Sie wollten in ihrer Nachbarschaft einen Hauch von Stolz, vornehmem Benehmen, Kultiviertheit. Daß die Frazers in Armut lebten, besagte nichts. Das war *seine* Schuld.

Aber sie erfüllte keine dieser bescheidenen Erwartungen und hatte ihnen vielleicht sogar anfänglich in ihrer schroffen Art entgegengearbeitet. Sie war eine kleine, sommersprossige Person, feinknochig allerdings, mit einer Fülle von Haar, das einst kupferrot gewesen, jetzt aber rostfarben war und nicht allzu ordentlich. Sie erkundigte sich zwar pflichtschuldig nach dem Befinden der Kinder, erinnerte sich aber nicht immer an ihre Namen. Einmal im Monat erhielt sie ein Paket mit Büchern und Zeitschriften von einer ihrer Töchter, der älteren, der aus Aldershot (die andere lebte in Poole, und der Sohn unterrichtete in Kanada an einer Schule), das sie persönlich in Bowen abholte und sofort, gleich am Anlegeplatz der Dampfer, an einer Ecke aufriß, wie ein Kind, das in einen Laib Brot hineinbeißt, so sehr hungerte sie nach seinem Inhalt.

Sie hätten ihre Mädchen gern zu ihr geschickt, damit sie ihnen ein bißchen was Ausgefalleneres für ihre kleinen Stickereien beibrachte, aber sie war ungeschickt mit der Nadel, wie man sogar an Mr. Frazers Hemden sehen konnte, wo es um Einfacheres ging wie Knöpfeannähen und Säumen. Viele von ihnen, arm, wie sie waren, und ohne sich auf eine noble Herkunft berufen zu können, verstanden sich besser aufs Haushalten als sie und achteten weit mehr auf das, was sie als Kultiviertheit betrachteten. Eines zumindest mußte man ihr lassen: sie tat nicht vornehm. Sie hätten sich beklagt, wenn sie es getan hätte, aber als sie sich nicht so aufführte, fühlten sie sich um das Quentchen Distinguiertheit betrogen, das sie ihnen gegenüber an den Tag hätte legen können und das ihnen hier mehr Trost gegeben hätte als zerstreute Freundlichkeit oder Wohltätigkeit.

»Ich möchte mit dir über etwas Wichtiges reden«, sagt sie vom Bett aus, während ihr Mann sich noch auszieht. Er sieht überrascht aus, setzt sich dann in Hemdsärmeln neben sie. Er liebt diese späten Augenblicke der Intimität zwischen ihnen.

»Charlie, es ist etwas sehr Ernstes passiert«, sagt sie. »Du mußt dich aber nicht aufregen.« Sie kommt auf den Besuch der Schwarzen zu sprechen, den Gemmy vor einer Woche erhalten hat, dann, zu schnell, als daß er so ganz den Zusammenhang herstellen könnte, auf den Anschlag bei den McIvors.

Er fühlt, wie ihm das Blut in die Wangen steigt. Es ist nicht nur Empörung und eine Art Scham angesichts solcher Niedertracht, sondern auch persönliche Verlegenheit, daß man es ihm wieder einmal vor Augen führt, wie wenig er von allem mitbekommt. Er hat nichts davon gehört, auch nichts gesehen.

»Wer kann so etwas getan haben?«

Seine Frau antwortet nicht darauf. Heute haben sich die Männer, vielleicht aus Scham, nicht in der Siedlung blicken lassen. Dafür sind die Frauen geschäftig gewesen.

»Ich weiß, du glaubst, der Mann ist ungefährlich«, fährt sie fort, »und ich bin mir sicher, du hast recht. Er ist völlig ungefährlich. Aber die Leute haben Angst. Darin liegt die Gefahr. Es wäre das beste – Millie Sweetman denkt das, und sie ist eine sehr vernünftige Frau –, wenn man ihn irgendwo unterbringen würde, wo sie ihm keinen Schaden zufügen können. Wo er nicht ganz so – sichtbar ist. Natürlich wäre es das allerbeste, ihn wegzuschicken – nach Brisbane, wenn sich das arrangieren ließe. In der Zwischenzeit aber – ich habe schon mit ihr gesprochen – würde Mrs. Hutchence ihn bei sich aufnehmen.«

Und so war es geregelt. Niemand, nicht einmal seine Frau, hatte daran gedacht, ihn zu Rate zu ziehen.

»Charlie«, sagt sie leise. Sie nimmt seine Hand. »Es mußte so schnell wie möglich geschehen. Die McIvors können nicht mit ihm allein gelassen werden, sie haben schon genug durchgemacht, und da sind die Kinder, auf die man Rücksicht nehmen muß. Es stimmt, er ist harmlos, aber er ist dennoch eine Gefahr. Der arme Bursche, es ist nicht *seine* Schuld. Es war am besten, Millie Sweetman die Sache in die Hand nehmen zu lassen – die Leute werden das akzeptieren. Und du weißt, wie Mrs. Hutchence ist«, fügt sie leichthin hinzu. »Bei ihr werden sie sich nicht trauen, so einen Unfug anzustellen.«

Aber die Last auf seinem Herzen wird nicht leichter. Sein einziger Trost ist, daß er endlich weiß, was er tun muß und für wen sein Bericht ist.

15

Wenn sie bei den Bienen zu tun hatten, geschah das wortlos, zumindest kam es Janet so vor. In Wirklichkeit redete Mrs. Hutchence die ganze Zeit gemächlich vor sich hin, was sie sonst nie tat, und zwar nicht, um etwas mitzuteilen – das war nebensächlich – oder um überhaupt etwas zu tun, es sollte nur ein einlullendes Geräusch sein, das die Bienen, Mrs. Hutchence und sie als deren Gehilfin in einem einzigen Atem vereinte bei einer Tätigkeit, die dieses unaufhörliche leise Gebrabbel brauchte, damit sie alle gelassen und friedlich blieben.

Mrs. Hutchence wäre überrascht gewesen, wenn man ihr gesagt hätte: »Das war komisch – die Geschichte von dem chinesischen Piraten.« Sie hätte abgestritten, sie je erzählt zu haben, und hätte sich höchstens gefragt, wie sie bloß aus *ihrem* Kopf, wo das Ereignis, die Erinnerung daran, ja wirklich herumrumoren mochte, in einen anderen gelangt war. Wenn sie schwieg, glaubte sie oft, sie hätte etwas gesagt – das konnte Schwierigkeiten verursachen, jedenfalls glaubte das Leona; wenn sie aber tatsächlich etwas gesagt hatte, war ihr das sehr oft nicht bewußt.

Diese Beschäftigung mit den Bienen war etwas ganz Einzigartiges. Etwas in einem ruhte, während man sie ausübte, und man erwachte erfrischt, und genau deshalb liebte Janet sie und waren ihr die Bienen inzwischen zum Bedürfnis geworden, als könnte sie ohne ihre Gegenwart nie zu den eigenen Gedanken vordringen. Sie hatte auch das Gefühl, daß Mrs. Hutchence ihre erste Freundin war und immer die beste bleiben würde.

Die alte Frau hatte eine seltsame Wirkung auf sie. Unter

ihrem Einfluß verlangsamte sich die Welt zu einem Tempo, dem sie sich endlich gewachsen fühlte: so hatte sie nämlich nun Zeit, die Dinge zu *sehen*, sie in sich eindringen und sie ihr Wesen enthüllen zu lassen. Eine wunderbare Wirkung war das. Sie wußte nicht, wie sie sonst jemals bestimmte Dinge entdeckt hätte oder auch nur hätte glauben können, daß sie existierten.

Sie hatten sie durch Gemmy kennengelernt, den Mrs. Hutchence geholt hatte, damit er ihr Bienenstöcke anfertigte, und da er sich in dergleichen auskannte, war er ein paarmal in den Busch gegangen und hatte Völker kleiner, stachelloser Bienen eingefangen, die sie zusammen mit denen hielt, die sie ins Land mitgebracht hatte.

Das erstemal, als sie Mrs. Hutchence besuchten, hatte Janet ein Geschenk ihrer Mutter dabei: einen Topf Hammelfleischsülze, bedeckt mit einer dicken Fettschicht und darauf, um die Fliegen abzuhalten, ein mit Glasperlen beschwertes gehäkeltes Deckchen. Den Topf in beiden Händen vor sich haltend und Meg im Schlepptau, war sie bedächtig die lange Straße entlanggegangen, die aus der Stadt führte, hatte das Haus gefunden, das sie beide staunend betrachteten, war die Treppe zur Veranda hinaufgestiegen, hatte in das stille, dunkle Innere hineingerufen, und als niemand antwortete, waren sie hügelabwärts zum Wasserlauf und zu den Bienenstöcken marschiert.

Schon von weitem sahen sie Mrs. Hutchence, die fremd wirkte in ihrem Hut mit dem Schleier, den geschürzten Röcken, den großen, schlappenden Stiefeln. Rauchschwaden quollen aus ihren Ärmeln, so daß sie selbst wie ein Schattenwesen wirkte, und die Bienen waren dort, wo sie durch die schräg einfallenden Sonnenstrahlen hindurchflitzten, blitzende Funken.

Janet wußte, was sie da machte, es war nichts Geheimnisvolles daran. Dennoch rührte die Szene an etwas, was sie nicht fassen konnte, was sich dem Denken entzog. Sie hätte gern den Topf abgesetzt, damit der Schmerz in den Armen nachließ, und sich auf den Anblick konzentriert und auf die leichte, keineswegs unangenehme Unruhe, die er in ihr ausgelöst hatte; aber sie konnte nichts riskieren. Ameisen wuselten bereits um ihre Füße, im Augenblick noch dabei, tote Bienen wegzuschleppen, doch die Kundschafter unter ihnen waren schon aufmerksam auf das geworden, was sie in Händen hielt. Sie mußte erst den einen Fuß heben, dann den anderen, um sie abzuschütteln.

So stand sie da mit ihrem Topf, nur wenige Meter von der Stelle entfernt, wo Mrs. Hutchence arbeitete, während Meg, die den Bienen mißtraute, hinter ihrem Rücken Zuflucht suchte; tatsächlich wagten sich einige der abenteuerlustigsten von ihnen heran und ließen sich auf dem Häkeldeckchen nieder, kreisten dort umher und landeten schließlich auf ihren Händen. Sie glaubte, Mrs. Hutchence singen zu hören; es konnten aber auch die Bienen sein, die als einzelne Lichtpunkte davonstoben und sich gleich wieder zusammenballten. Der Rauch drang den Mädchen in die Nasenlöcher. Meg nieste.

»Du meine Güte«, rief Mrs. Hutchence, »wer bist denn du, mein Kind?«, da sie nur eines sah. Sie kam näher. Bienen tummelten sich in den Falten ihrer Ärmel und sprenkelten ihren Gesichtsschleier. »Hab keine Angst.«

»Hab ich nicht«, sagte Janet. Sie stand nur deshalb so steif da, weil ihr die Arme vom Festhalten des Topfes weh taten.

»Na so was.«

Mrs. Hutchence sah sie prüfend an.

»Brauchst du auch nicht zu haben. Der Rauch macht sie schläfrig, weißt du«, und sie schickte ein Wölkchen in Richtung der Bienen.

»Du liebe Zeit, ihr seid ja zu zweit.«

Danach kamen sie oft und wurden mit dem Haus und seinen Schätzen vertraut gemacht, doch für Janet lag der Hauptreiz in Mrs. Hutchence und ihren Bienenstöcken, die unter den Bäumen so verschlossen und ruhig schienen, doch von reger Tätigkeit erfüllt waren – einem anderen Leben, ganz unabhängig von dem der Menschen, dennoch wohlgeordnet, zweckmäßig und von vielen komplizierten Ritualen bestimmt. Sie liebte die Art und Weise, wie man während der Beschäftigung mit den Bienen sich *ihrer* Sicht der Dinge fügen mußte.

Meg wiederum war von Leona angetan. Auch Janet genoß die gesellige Runde am Küchentisch, die Spiele und Neckereien, aber die Bienenstöcke fesselten sie mehr. Wenn sie nur einen Augenblick, dachte sie, aus ihrem Geist in den *einen* Gemeinschaftsgeist der Bienen hineinschlüpfen könnte, würde sie endlich wissen, was es hieß, ein Engel zu sein.

Dieser Gedanke gehörte zu dem, was sie als ihre »Visionen« betrachtete, andererseits aber auch wieder nicht, denn er war zuverlässiger als jene, prosaischer. Die Visionen hatten etwas Überspanntes; sie brachte sie aus sich *selbst* hervor. Dieser Gedanke hingegen kam von außen und war entstanden, als sie Mrs. Hutchence zum erstenmal bei ihrer Tätigkeit zusah.

Sie assoziierte ihre Gefühle in dem Augenblick damals mit dem Schmerz in ihren Armen, mit dem Topf und seinen zwei Deckeln, der eine aus Fett, der andere aus perlenbeschwerter Häkelei, die sie am Boden gehalten hätten, wenn ihr nach Schweben zumute gewesen wäre; vor allem aber mit dem Summton der Bienen, dem einen vibrierenden Wort, das in ihren pelzigen Köpfen widerhallte und immer stärker anschwoll, so daß sie nicht nur gleich verstand, *was* sie in ihren individuellen Bienenkörben waren, sondern auch, *warum* sie da waren; dem flüssigen Honig und wie er, aus Pollen der ganzen Umgebung gesammelt, entstand – aus den Eukalyptusblüten, den Banksien, den Leinkrautbüschen, die sie besuchten, dem Brackwasser, das sie tranken –, bis er zum geschöpften schweren Gold in der Kuhle eines Löffels wurde und zum durchsichtigen Faden, an dem er, während er langsam hinabrann, hing, ohne zu fallen.

Sie wurde Mrs. Hutchence' Helferin, ausgestattet mit eigenem Sonnenhut und Schleier, und kannte sich bald ebenso gut aus wie die ältere Frau. Inzwischen hatte sich aber das Ereignis zugetragen, das sie ihr Leben lang an diese Tätigkeit binden sollte.

Es passierte, kurz nachdem Gemmy sich in das Zimmerchen bei Mrs. Hutchence einquartiert hatte und sie längst keine Anfängerin mehr war. Die Arbeit mit den Bienen war getan. Sie hatte Hut und Schleier abgelegt.

Der Tag war ungewöhnlich drückend und schwül gewesen, und in der letzten Stunde hatte sich der Himmel verfinstert, matt bronzefarben mit grünlichen Rändern, ein Anblick, der dem Auge weh tat. Plötzlich hörte sie, wie in der Waldung ein Lüftchen aufkam, obwohl nichts zu spüren war, und bevor sie weiteratmen oder einen Schrei ausstoßen konnte, war der Schwarm über ihr und verdichtete sich so schnell um sie, als wäre plötzlich die Nacht hereingebrochen, in einer einzigen Wolke. Sie hatte gerade noch Zeit zu sehen, daß ihre Hände mit plüschigen, lebenden Pelzhandschuhen bedeckt waren, ehe ihr ganzer Körper unter einer Kruste verschwand und sie blitzschnell in den einen Summton der Bienen mit einbezogen wurde, in den einen gemeinschaftlichen Verstand.

Ihr eigener Verstand kapselte sich ab. Sie verlor jedes Gefühl dafür, wo sich ihre Füße befanden oder ihre dunklen Handgelenke, ob sie noch immer in der schattigen Waldung stand wie den Augenblick zuvor oder ob sie von der Erdoberfläche emporgehoben worden war.

Die Bienen sind satt, sagte sich ihr Verstand. Sie werden

nicht stechen. Rühr dich nicht, rühr dich nicht. Ihr alter Verstand war es, der ihr das gebot.

Sie stand völlig regungslos da, ohne zu atmen. Sie ergab sich.

Du bist unsere Braut, sagte ihr neuer, gesonderter Verstand, als er rhythmisch dröhnte und sich über der Erde wiegte. Ah, das ist es! Sie haben das träg fließende Blut gerochen. Sie glauben, es ist Honig. Es ist Honig.

Mrs. Hutchence war nur wenige Schritte entfernt. Ebenso Gemmy. Sie konnte ihre Stimmen, die nach ihr riefen, durch das Getöse hören, das von ihrem Körper ausging. Aber der Abstand spielte jetzt keine Rolle, ob drei Schritte oder tausend Jahre, überhaupt keine; oder ob sie ein Mädchen (eine Frau) war oder ein Baum. Sie stand schlafend da. Aufrecht. Eine Braut. Dann drang ihr der bittere Geschmack von Rauch in die Kehle, und die Wolke begann sich zu heben; und da, durch die klaffenden Spalten im eigenen Selbst, war Mrs. Hutchence zu sehen, aus deren Ärmeln Spiralen von Rauch wehten, Gemmy mit offenem Mund, einen Rahmen in den Armen, und die Bienen machten sich davon, eine nach der anderen, dann grüppchenweise, lösten sich wie eine Kruste von ihr ab, bis sie wieder in ihrer eigenen Haut dastand, kühl, wo die Luft sie berührte, und nur ein paar Dutzend dummer Tierchen blieben zurück, die sich im Schleier verfangen hatten und mit den pelzigen Köpfchen und Beinchen dagegenstießen, aus lauter Angst, allein zu sein.

Sie spürte die Hände von Mrs. Hutchence auf ihrer Haut, die glatt und unversehrt geblieben war, ihr aber dennoch neu erschien, und während Mrs. Hutchence sie ängstlich umsorgte und Gemmy wimmernde Laute ausstieß, war sie noch nicht ganz bei sich – wie im Schlaf, voll Bedauern, beide Füße fest auf dem Boden.

Jahre später sollte ihre Kenntnis der Bienen alles übertreffen, was Mrs. Hutchence sich je hätte träumen lassen.

Sie kannte alle Arten und Kreuzungen, züchtete selbst neue – erschuf tatsächlich ganze Völker, die es nicht gegeben hatte, bis sie von ihr ins Dasein gerufen wurden. Sie widmete ihr Leben diesen Geschöpfen und brachte zur täglichen Erforschung ihrer Gewohnheiten, zu den bekannten Fakten und dem überlieferten Wissen, das die lange Geschichte der Wechselbeziehung zwischen Mensch und Biene umfaßt, eine körperliche Erregung mit, die auf diesen Augenblick unter den Bäumen zurückging, als ihr Verstand einen Moment lang der körperlose Verstand der Bienen gewesen war und sie in den Ablauf und in das Geheimnis der Dinge einbezogen war.

Denn es waren nicht die Bienen selbst gewesen, die Anspruch auf sie erhoben hatten; sie waren nur die kleinen, geflügelten Mittler, die bewehrten Engel mit pelzigen Köpfchen, die sie, wenn sie mit Panik reagiert hätte, vielleicht zu Tode gestochen und an Ort und Stelle zur Märtyrerin gemacht hätten, eine massive, einfältige Riesin, die zufällig unter sie geraten war.

All das gehörte noch der Zukunft an. Im Augenblick war sie noch benommen von dem unerhörten Erlebnis, das ihr zugestoßen war, und sie wollte Mrs. Hutchence trösten, die zu Boden gesunken war und dasaß wie ein plötzlich weich gewordener Fels und schluchzte und eine ganze Weile brauchte, um wieder zu Atem zu kommen.

»Keine Sorge, Mrs. Hutchence«, sagte sie und fühlte sich um Jahre älter, obwohl ihre Stimme unverändert klang. »Die Bienen haben mir nicht weh getan, ich wußte, daß sie mir nicht weh tun würden. Ich habe mich an das erinnert, was Sie mir gesagt haben, und es stimmte. Sie haben nicht gestochen.«

Da erkannte sie am Gesichtsausdruck von Mrs. Hutchence, daß zwar ihr eigenes Vertrauen unbegrenzt gewesen war, nicht aber das von Mrs. Hutchence.

Das also hatte sie gerettet, die Stärke ihres eigenen Glaubens; sie konnte die bloßen Umstände verändern und Wunder wirken.

Halb träumend ging sie auf den Bienenstock zu und schaute ihn an, hermetisch verschlossen jetzt, eine quadratische, noch immer dumpf tönende Wolke, die sich einmal auf ihrer Haut festgesetzt hatte, ein lebendes Dunkel, so daß das einzige Licht aus ihrem eigenen Innern kam, aus dem offenen Raum, zu dem sie unter der aus lebenden Partikeln, kleinen Flammen gebildeten Haut geworden war.

Sie war im Innern kühl geblieben, und als die Flammen sich zurückzogen, hatte das, was ihr wiedergegeben worden war, eine neue Gestalt, war einfacher; sie war mit einem neuen Körper aufgetaucht, den die Welt – und das war das Entscheidende – bis an seine Grenzen geführt hatte, um ihn dann freizulassen, und den sie von nun an, welchen Anschein es auch immer haben mochte, nicht zerstören konnte.

Sie war aber dann doch ziemlich überrascht, daß sie in den Augen von Mrs. Hutchence *unverändert* schien, da ja der Körper, in dem sie jetzt war, keineswegs mehr, so wie ihr Verstand es sah, der alte war.

Sie sah an Mrs. Hutchence vorbei dorthin, wo sie einen Augenblick zuvor gestanden hatte, und was sie erblickte, war nicht sie selbst, das schlaksige Kind mit Zöpfen und verblichenem Kleid, sondern ein versengter Stumpf, über und über schwarz verkrustet und Blasen werfend. Sie begegnete Gemmys erstauntem Blick und sah es durch seine Augen – und das war es, was ihr die Gewißheit gab.

16

GEMMY, DER ein paar gequetschte Rippen und einen gebrochenen Kiefer davongetragen hatte, vor allem aber an seiner Seele verwundet war und so immer wieder Augenblicke panischen Schreckens durchleiden mußte, bekam bei Mrs. Hutchence eine Kammer im hinteren Teil des Hauses, so eng, daß man darin stehen und mit den Fingerspitzen die Wände berühren konnte, doch sauber, frisch gestrichen und nach Meinung der Frauen heiter. Der Gedanke kam ihnen nicht, daß die Kammer, gerade weil sie so karg, hell und zugänglich war und dennoch abgeschlossen, ihn verängstigen konnte. War die Tür erst zu, wußte er nicht, wohin mit sich zwischen den engen Wänden.

Es gab eine Bettstelle, wo Leona in den ersten Tagen, die er im Haus verbrachte, an seiner Seite saß, ihm Suppe einflößte und versuchte, aus den gestammelten Geschichten, die er loswerden mußte, schlau zu werden; auch einen Stuhl gab es mit einem bestickten Kissen und eine niedrige kleine Kommode. Von Anfang an beunruhigte ihn diese Kommode.

Er glaubte zuerst, dieses Unbehagen, das sie in ihm auslöste, das ihn bestürmende Gefühl, sein Geist werde beeinflußt, ja verwirrt, müsse von etwas kommen, das Mrs. Hutchence darin verwahrte. Leona war erstaunt, als sie ihn eines Tages mitten in einem Schneegestöber vorfand. Er hatte die Laken und die Kissenbezüge, die sie in den Schubladen aufbewahrten, herausgezerrt, im Zimmer verteilt und sich dann erfolglos bemüht, sie wieder in die Kommode zurückzustopfen. Was war in ihn gefahren? Hatte er einen Wutanfall gekriegt? Hatten sie etwas verbrochen? Mrs.

Hutchence tadelte ihn, aber nur ein bißchen – sie wollte den armen Burschen nicht durcheinanderbringen –, und sie verbrachten einen ganzen Vormittag mit hochgekrempelten Ärmeln in der Waschküche. Um sicherzugehen, daß sich das Debakel nicht wiederholte, fand Mrs. Hutchence für die Wäsche einen Platz in ihrem eigenen Zimmer. Die kleine Kommode mit den beiden Schubladen blieb leer. Aber Gemmy hatte unterdessen entdeckt, was ihn so irritiert hatte.

Es war der Geruch des Holzes, so ganz anders als der des Bauholzes, mit dem er zu tun hatte, und in dem Augenblick, als ihm das klar wurde, trat er aus dem Zimmer, aus seinem gegenwärtigen Selbst heraus auf eine Lichtung, die schon immer dagewesen war und, kam ihm vor, darauf wartete, daß er mitten hineinstolperte. Und dort stand er wieder, während feines Holzmehl ihm auf den Kopf rieselte, sich mit dem Rotz vermischte und Nasenlöcher und Kehle verstopfte.

Vor langer, langer Zeit, vor Willett, als er noch im Larvenzustand war, hatte er zu einem Heer erbärmlicher kleiner Geschöpfe gehört – Bündel aus atmenden Lumpen, aber mit Händen, die einen Besen umklammern konnten und genügend Kraft hatten, ihn hin und her zu schieben –, deren Aufgabe es war, den ganzen Tag, solange es hell war, am Boden unter den Maschinen einer Sägemühle herumzukriechen und das Sägemehl in Holztröge zu fegen. Feines Holzmehl rieselte unentwegt von den Zahnen der Sägen herab – das war der Geruch –, und es gab noch einen anderen, schwereren Geruch, vom Schmierfett am Fuß der Maschinen und rund um die Bolzenköpfe, mit denen sie an den Boden genagelt waren, und diese Schmiere pulten sie mit den Fingernägeln heraus, vermengten sie mit Sägemehl, und aßen sie. Nie mehr hatte ihm seitdem etwas so geschmeckt. Überwältigt starrte er auf den Gegenstand, die kleine Kiefernholzkommode, die ihm bis zum Schenkel reichte – genauso groß war er damals gewesen – und ihm all dies in Erinnerung gebracht hatte.

Als die Dunkelheit in die enge Kammer einzog, erwachte sie zum Leben; der Geruch drang zu ihm, und das Getöse der Maschinen ertönte von neuem, das sie tagsüber so betäubt hatte, daß, selbst wenn sie endlich abgeschaltet wurden, ihr Getöse in ihren Köpfen weiterging. Er tastete dann immer in der Dunkelheit nach den anderen. In welchen Teil der Welt hatte es *sie* verschlagen? Ihre spitzigen Ellbogen und Knie hatte er durch seinen Körper hindurch gespürt. Nachts lagen sie zusammengerollt dicht beieinander zwischen den Beinen der Maschinen, und es schniefte, atmete, gluckste und murmelte; ihre gemeinsame Wärme und ihr gemeinsamer Atem waren etwas, was sein Körper nie vergessen, nie wieder erfahren hatte. Wo waren sie, seine Mitlarven? In was hatten sie sich verwandelt, als er mit fünf oder sechs die Gestalt eines uralten, unterernährten Kinds bekommen hatte und Willetts Junge geworden war? Die ganze Nacht hindurch suchte sein Körper sie im Schlaf.

Und so begann die Kammer eine magische Kraft auf ihn auszuüben. Zwischen vier Wänden schwitzend, fiel er in einen Schlaf, der sich von dem im Verschlag bei den McIvors unterschied und von dem in seiner Zeit bei den Schwarzen, ein Schlaf, der einem anderen Leben angehörte und andere Dämonen hervorbrachte: solche, die Räume bewohnen.

Es ist beängstigend, im Dunkeln ein Paar rissiger Lederstiefel anstarren zu müssen mit eingerissenen Ösen, heraushängenden Schnürsenkeln, lockeren, angekohlten Zungen, die verbrannt riechen.

Die Stiefel gehören Willett. Sie sind leer. Von der Flamme beleuchtet, lehnen sie gegen einen Kaminrost. Willett hat sie gerade ausgezogen und tappt in Socken, bei denen die große Zehe herausschaut, im Zimmer herum, füllt es mit seinem mächtigen Körper und seiner dröhnenden Stimme aus. Willett. Urheber von Befehlen, denen man nicht widerspricht, von Flüchen, Schlägen, Brummlauten, schmatzenden Küssen. Das erste Wesen, an das er sich erinnern kann. Vor Willett gibt es nur Dunkelheit, sein Leben als Larve, die riesigen Beine von Maschinen. Gleich wird er seine Aufmerksamkeit abwenden von Willetts Stiefeln, die er so hinzustellen hat, daß sie trocknen, aber nicht versengt werden, und dort im Widerschein des Feuers steht Willett höchstpersönlich, rothaarig, gigantisch, mit struppigen Augenbrauen und einer Stimme, die in jeden Winkel eines Zimmers dringt, Feuergott, Dämon und Herrscher über seine Welt. Willett, dessen Berührung, Geruch und Atem allen Dingen anhaftet, auf die er die Hand legt.

Die Stiefel? Gehören Willett. Und die lange Tonpfeife, an der er, wenn Willett gutgelaunt ist, einen langsamen Zug tun darf? Gehört Willett.

Die geschwärzte Bratpfanne dient dazu, Willetts Mahlzeit zuzubereiten, eine schöne fette Wurst, und das Schmalz, mit dem Finger oder einer Brotkruste vom Boden abgewischt, nährt auch ihn.

Willetts Streichriemen. Damit hat er Erfahrung, Samstag abends, wenn er ihn zum Schärfen von Willetts Rasiermesser gebraucht – noch eingehendere Erfahrung, wenn er etwas angestellt hat und Willett ihm damit einen Hieb über den Rücken versetzt. Dann ist da das Stück Seife, das Willetts Händen ihren Geruch verleiht, eine erstickende Süße.

Er ist Willetts *Junge*, so wie die Stiefel Willetts Stiefel sind. Er selbst besitzt nichts. Alles, was er bekommt, kommt von Willett, einschließlich seines Namens, Gemmy, wie ihn Willett heißt, wenn er ihn nicht bloß *»Junge«* nennt.

Willett ist Rattenfänger. Sie haben eine Bulldogge, Ketch, und zwei Frettchen. Falls die Frettchen Namen haben, hat er sie vergessen.

Da er kein besseres Leben gekannt hat als dieses, kann er sich auch keines vorstellen. Willett bietet ihm das einzige bißchen Nähe, das er je erfahren hat, und weil er nichts anderes zu lieben hat, liebt er ihn mit leidenschaftlicher Intensität, auch voller Angst – vor nichts sonst fürchtet er sich so sehr –, daß er verlorengehen könnte oder Willett ihn eines Tages verlassen und die ganze Welt, wie er sie begreift, mit sich forttragen könnte: Ketch, die Frettchen, die Straßen, auf denen Willett der Herrscher ist, das Rasiermesser, den süßen Gartenduft an seinen Händen, seine Flüche, seine Küsse, das heiße Schmalz in der Pfanne, die vom Feuer beschienenen Stiefel mit ihren herabhängenden Schnürsenkeln und den Zungen, seinen Namen Gemmy, seine Daseinsberechtigung als Junge, als Willetts *Junge.*

In einer Ecke ihres Zimmers liegt ein Berg von Schlüsseln in jeder Form und Größe, manche so lang wie sein Unterarm. Jede Woche fügt Willett neue Schlüssel hinzu, die er beim Durchstöbern der Ramschkisten vor den Trödelläden findet oder in den Handkarren der Händler am Kanal entlang, wiegt sie jeweils einzeln auf der Handfläche und läßt sie kichernd in der Luft wirbeln. Er hat nie die Zimmer, die Truhen oder Kästchen zu Gesicht bekommen, die die Schlüssel aufschließen. Sie sind Teil des Lebens, glaubt er, das Willett vor ihm geheimhält. Er kann sich nur vorstellen, daß Willett nachts, während er schläft, zu einem dieser Zimmer hinschleicht und sich am Anblick dessen weidet, was die offenstehenden Truhen und Kästen enthalten, doch was sie enthalten, kann er sich nicht ausmalen; Dinge, die in Gegenden der Welt existieren, die er nicht gesehen hat, die Willett ihm nicht gezeigt hat.

Er kneift sich, um wach zu bleiben. Er wird Willett folgen und sehen, wohin er geht. Aber er ist zu müde. In der Sekunde, wo sein Kopf den Sack berührt, auf dem er liegt, schläft er schon ein. Er träumt, daß er einen der Schlüssel gestohlen hat, das Zimmer entdeckt, zu dem er paßt, dann einen Kasten, und nachdem sich der Deckel des Kastens über ihm geschlossen hat, liegt er mit gefalteten Händen im

Dunkel, wagt nicht zu atmen, wartet darauf, daß Willett erscheint. Er hört, wie die Tür des Zimmers aufgeht. Hört, wie die Stiefel dahergeschlurft kommen. Sieht einen Lichtstrahl, als der Deckel sich hebt, riecht den süßen Gartenduft, preßt im Dunkeln die Augen fest zu, wartet auf die Stimme: »Aha, also hier hast du dich verkrochen, Junge.« Wartet und wartet. In einer Schublade der Kommode, in dieser sauberen kleinen Kiste, der Kammer bei Mrs. Hutchence, die Hände auf der Brust gefaltet, die Wangen tränenfeucht, wagt er kaum zu atmen.

An sechs Tagen in der Woche, ob es regnet oder ob die Sonne scheint, gehen sie zum Park, zum Regent's Park. Willetts Aufgabe ist es, die Teiche von Ratten zu befreien. Seine Aufgabe ist es, mit den Frettchen ins Wasser zu steigen, am Ende des Tages dann dafür zu sorgen, daß die Tiere in ihren Käfig gesperrt werden und Wasser bekommen, Willetts Stiefel zu trocknen, das Messinghalsband von Ketch zu polieren, und wenn das alles erledigt ist, nach draußen zu schlüpfen in das frühe Licht der Gaslaternen und Bier fürs Abendessen zu holen.

Unter den vielen barfüßigen Gassenbuben, die sich durch die Menge schlängeln – Taugenichtse, die auf Dummheiten aus sind –, hat er einen Platz, er ist der *Junge* von *jemandem.* Der Bierkrug in seiner Hand verbürgt es; leer auf dem Hinweg, so daß Gemmy nach Belieben herumhopsen kann, voll und in Gefahr überzuschwappen auf dem Rückweg.

Er ist glücklich – denn von Natur aus ist er fröhlich –, sich für eine Weile ungehindert dem Trubel und all dem Interessanten auf der Straße überlassen zu können, taucht in der Menge unter oder weicht ihr aus, springt, über die Fuhrleute fluchend, den Wagenrädern auf dem rutschigen Kopfsteinpflaster aus dem Weg; wenn es friert, hat er ein Auge auf das Hinterteil der Pferde, der Esel, die vor Obst- oder Gemüsekarren angeschirrt sind, ob sich nicht ein Arschloch zwinkernd zusammenzieht, öffnet und eine Ladung dampfender Scheiße entläßt; dann rennt er hin, um sich die Bescherung nicht entgehen zu lassen, die herrliche, schnellvergehende Wärme zwischen seinen Zehen. Manchmal bleibt er stehen, doch nur einen Augenblick lang – Willett kann ein wahrer Teufel sein –, um das Blut zu sehen, wenn es einen Unfall gegeben hat, oder um zwei Dirnen zuzuschauen, die einander, vom Pöbel angestachelt, furchtbar verprügeln, oder einen Kesselflicker mit seinem hell klingenden Hämmerchen und dem Feuerchen in einer Büchse bei der Arbeit zu beobachten oder um mit seinem Freund, dem Muffinverkäufer, Beleidigungen auszutauschen oder Musikfetzen aus einem billigen Varietétheater zu erhaschen.

Als Nebenerwerb zu seiner Tätigkeit als Rattenfänger liefert Willett am Wochenende Ratten für Wettkämpfe. Als Willetts *Junge* bekommt er Pennies dafür, daß er die Ratten aus ihrem Käfig zieht, einem Korb mit Eisendeckel, und ganze Hände voll in den Ring wirft.

Er ist an Ratten gewöhnt, dennoch ist es eine ekelhafte Angelegenheit. Willett, ganz Dandy mit rotem Halstuch und gebürstetem Hut, reibt ihn zuvor mit Kümmelöl ein, tätschelt ihn, redet ihm gut zu und schärft ihm ein, nur ja nicht verängstigt dreinzuschauen, und wenn er mal zurückweicht (natürlich außer Sichtweite der Gentlemen), flüstert er ihm heisere Drohungen zu, von denen er weiß, auf sie ist Verlaß, und kneift ihn grob unterhalb der Rippen. Aber er hat nun mal Angst.

Wenn er mit dem Arm in das übelriechende Dunkel greift und die Kanalratten aus dem warmen, nach Abwasser stinkenden Inneren zieht, quietschen sie und purzeln übereinander, fallen einander an, attackieren sich ganz grauenhaft mit den Zähnen und verpassen ihm immer wieder Bisse, die zu offenen Wunden werden. Er hat lauter Narben an den Händen – ein Daumen ist durchgebissen – und auch an den Ohren, da die Ratten, sobald sie nur können, an seinem Körper hinauflaufen wie Eichhörnchen an einem Baumstamm und sich in seinem Haar festkrallen, bis Willett sie herausklaubt und wegreißt. Sie klettern auch seine Hosenbeine hinauf, wenn er die Hose nicht richtig am Knie festgeschnürt hat.

Ein schneidiges Bürschchen – das ist sein Ruf. Er ist stolz darauf und hat gelernt, großzutun und Beifall einzuheimsen. Nur nachts, wenn er sich auf seinem Stapel Säcke zusammenrollt, erscheinen ihm im Traum die Ratten, zahlreich und riesenhaft, und wenn er aufschreit und damit Willett weckt, wird er verprügelt. So schläft er mit einem Frettchen unterm Hemd, in der Hoffnung, dessen Geruch werde die Traumratten fernhalten.

Das ist sein Leben. Ein anderes kann er sich nicht vorstellen. Er kümmert sich geradezu peinlich gewissenhaft um Willetts Bedürfnisse, setzt seinen Stolz daran, ihren gemeinsamen Haushalt zu führen und mit ihm auf Rattenjagd zu gehen, und findet sein Vergnügen an dem, was immer die Straße ihm an Unterhaltsamem bieten mag. Willett ist ein umgänglicher Geselle, wenn er nicht gerade betrunken ist oder einen Anfall von Trübsinn hat. Sie amüsieren sich prächtig zusammen. Besonders wenn Mag mit von der Partie ist, Willetts Gaunerliebchen, die ihn manchmal auf Willetts Vorschlag, wenn alle schon einiges getrunken haben, auf den Schoß nimmt wie einen übergroßen Säugling, um ihm die Brust zum Saugen geben, und ihm zu Willetts Belustigung unterm Hemd am Glied fummelt, bis er aufquietscht. Aber eines Nachts, nachdem er eine Tracht Prügel, nicht schlimmer als sonst, bekommen hat, wartet er Willetts Schnarchen ab und steht auf, noch benebelt von dem Bier, das er getrunken hat, läßt die Frettchen aus dem Käfig, fegt einen Haufen Unrat in der Mitte des Zimmers zusammen, findet Brennholz und zündet es an. So, denkt er, als er sieht, wie es Feuer fängt. Er könnte nicht sagen, was in ihm vorgeht. Vielleicht nichts. Er ist elf oder zwölf

Jahre alt, und die dunklere Seite seiner Natur kommt zum Vorschein. Er ist voller Groll.

Er steht da und sieht zu, wie der Rauch sich in Fäden windet. Sie umschlingen und verdicken sich. Als die ersten züngelnden Flämmchen kommen, zeigt sich ein Lächeln auf seinen Lippen. Ein lebhaftes Rot tanzt nun auf den Wänden, die Flämmchen springen im Scherz hoch, so lustig und abwechslungsreich, daß er zwischen träumerischer Betrachtung und einer Erregung schwankt, bei der sich ihm die Haare sträuben. Er wendet sich ab und geht unbekümmert, ohne zu überlegen, zu Willetts Schlafstelle und stößt ihn mit dem Fuß an. Vielleicht will er Willett zeigen, wie alles sich verändert hat, will seinen Erfolg mit ihm teilen. Willett brummt. Er rührt sich nicht.

Die Frettchen rennen jetzt herum, purzeln die Stuhllehnen hinunter, versuchen, die Wände hochzuspringen, die Borsten auf ihrem Rücken leuchten rot. Auch er bekommt Angst. Die Flammen sind höher als er. Er stürzt auf sie los und will sie ausstampfen, verbrennt sich aber die Fußsohlen. Er packt einen kleinen Vorleger und versucht die Flammen zu ersticken, doch sie schießen darunter hervor, und auch der Vorleger fängt Feuer, sprüht Funken. Er muß ihn zu dem übrigen Haufen werfen. Das ganze Zimmer brennt. Es schwitzt. Fett rinnt von den Wänden. Die Frettchen zu seinen Füßen sind toll geworden. Schließlich verdichtet sich um ihn der Rauch und schnürt ihm die Kehle zu, er weiß sich keinen anderen Rat, als das Fenster aufzureißen, und sobald die kühle Luft über seine Schultern hineinstürzt und das Zimmer hinter ihm aufbrüllt, springt er in die Nacht hinaus und rennt los, rennt immer weiter, bis er die letzte Straße quert, die er kennt und wo man ihn erkennen könnte.

Es kommt ihm nicht der Gedanke, daß er seine Welt verlassen hat. Die Straßen, durch die er läuft, haben Kopfsteinpflaster, Ecken, um die er biegt. Er schreitet schnell, wenn auch ziellos aus, denn er ist in einer Gegend, die er nie zuvor gesehen hat, er geht Passanten aus dem Weg und erreicht schließlich einen menschenleeren Teil der Stadt, sieht hohe Gebäude mit zugemauerten Fenstern und etwas, was er für das Takelwerk von Schiffen hält. Der Kopf dröhnt ihm, und er setzt sich eine Zeitlang hin, die Hände an den Ohren und die Füße im Rinnstein, das Innere seines Kopfes eine lodernde Flamme; dann kriecht er zum Schlafen in einen Türeingang.

Einmal in der Nacht kommt ein grimmig blickender kleiner Lumpensammler, packt ihn am Kragen und versucht ihn in einen Sack zu stopfen. Er macht sich los, klettert ein Seil hoch, purzelt in eine Kiste und fällt in tiefen Schlaf.

Als er aufwacht, berührt kaltes Sonnenlicht seine Wange. Die Kiste hat keinen Deckel. Aber er bleibt ganz still liegen wie sonst auch, wenn er diesen speziellen Traum träumt, und wartet darauf, daß Willett ihn findet: »Aha, also hier hast du dich verkrochen.«

Aber es ist nicht Willett. Es ist ein großer Bursche von achtzehn oder neunzehn Jahren mit strubbeligem, flachsblondem Haar, einer blauen Strickmütze, schmutzigen Bartstoppeln, zahnlos; er zieht ihn am Genick hoch, als wäre er ein Kaninchen, das man vor einer Geflügelhandlung aufhängt. Die Nase des Jungen ist auf gleicher Höhe wie seine eigene; seine Beine baumeln in der Luft. Dann öffnet sich der Mund: »Käpten!« brüllt er.

Er hatte nicht vorgehabt, sich der Welt auszusetzen. Er hatte nicht vorgehabt, irgend etwas ein Ende zu machen. Er merkte, wie er, während der Junge mit der blauen Mütze ihn in seiner Faust hielt, zuerst in die eine Richtung, dann in die andere schwang, und was er über der Schulter des Jungen hinweg sah, erschreckte ihn: keine Gaslaternen, keine Häuser, statt dessen unendliche aschgraue Weite und dahinziehende Rauchwolken, als stünde die ganze Welt hinter ihm in Flammen.

Er sollte später lernen, mit dieser dahinziehenden Leere zu leben, doch bei diesem ersten Anblick drehte sich ihm der Magen um. Er hatte sich befreit, und die Welt war mit ihm davongelaufen; er hatte sich verirrt, baumelte im Leeren, und so würde es bleiben, bis Willett, eingehüllt in Brandgeruch, mit flammenden Augenbrauen und versengten Stiefeln, die ihm an den Schnürsenkeln um den Hals hingen, von neuem auftauchte, ihn verwünschte und verdrosch, um ihn danach murrend wieder zu sich zu holen. Er hörte nie auf, auf diesen Augenblick zu warten und sich davor zu fürchten. Er wartete immer noch darauf. Eine Welt, aus der Willett gänzlich verschwunden war, konnte er sich nicht vorstellen.

Willetts Stiefel waren wieder erschienen: völlig real für ihn, Feuer leckte aus jedem Riß im Leder, die Schnürsenkel hingen herunter, die Zungen waren lose. Doch Willett selbst konnte er nicht finden, auch wenn er ihn oft genug in den Ecken des Zimmers brummen hörte und ihn roch, Schweiß, mit Brandgeruch vermengt, dann schließlich der Gartenduft. Er lag mit geschlossenen Augen da, die Hände auf der Brust gefaltet, die Wangen tränenfeucht im warmen Dunkel. »Aha, Junge, also hier hast du dich verkrochen!«

Wo? Wo hatte er sich verkrochen?

Zwei Jahre war er auf See. Oder drei. Erst auf dem einen Schiff, später auf anderen: *The Gannet, The Star of Newcastle, The Charleston* – das waren ein paar von den Namen; zum Schluß auf der *Pamukale.*

Er machte sich klein, schlug sich den Bauch voll, wurde oft von den anderen drangsaliert, oder es widerfuhr ihm noch Schlimmeres. Von Mosey. Dem Iren.

Old Crouch, Schiffszimmermann auf der *Pamukale*, war ein redlicher Mann. Er sang bei der Arbeit gern Kirchenlieder und hatte zwei Töchter, eine davon ein Seehund – einen Wassergeist nannte er sie; sie konnte sich in einen Seehund verwandeln. Er lernte, mit Stemmeisen, Hobel und Wasserwaage umzugehen. Eines Tages dann, zu krank, als daß es ihn kümmerte, was mit ihm geschah, und ohne zu wissen, in welchem Teil der Welt er sich befand – wie sollte Willett ihn hier finden? –, warfen sie ihn über Bord; er trieb aus dem Schatten des Schiffes, das krängte und über ihm knarrte, aus dessen Kühle, entfernte sich von den Gesichtern an der Reling. Als müßte er dort unten bei lebendigem Leibe verbrennen, spürte er, wie die Sonne ihn anfiel, eine einzige Flamme. Alles, was er jemals gewußt hatte, schrumpfte zu einem schwarzen Fleck, der in seinem Schädel tanzte.

Diese Bilder, die ihn in die Vergangenheit zurückzerrten und seinen Körper quälten, weil er erneut erlebte, was er schon einmal durchgestanden hatte, setzten ihm zu, kosteten Kraft. Trotz der Wohltaten, die ihm Mrs. Hutchence erwies, und Leonas zahlreichen Aufmerksamkeiten sehnte er sich verzweifelt nach seinem Verschlag bei den McIvors und den Kindern, besonders nach Lachlan. Auch Meg und Janet fehlten ihm, obwohl er sie fast täglich sah. Sie waren jetzt von dem neuen Leben bei Mrs. Hutchence in Anspruch genommen, von der Gruppe am Küchentisch, wo Hectors Gegenwart und die des Schulmeisters, das flinke Reden und all das Gelächter und die Neckereien ihn verwirrten, ihn fernhielten. Er begann zu kränkeln und erkannte schließlich, daß sein Leiden hier mit den Blättern zu tun hatte, auf denen Mr. Frazer und der Schulmeister vor Monaten sein Leben aufgezeichnet hatten. Von dort nämlich kamen die Ereignisse aus seiner früheren Existenz und verlangten, aus den magischen Schnörkeln wieder zu dem Schmerz, der Freude, dem Kummer zu werden, die ihn so mitnahmen und die durchzustehen sein gegenwärtiger Körper zu schwach war.

Immer mehr verfolgten ihn jetzt diese Blätter, sieben im ganzen, er hatte die Anzahl nicht vergessen, die Blätter, die Mr. Frazer gefaltet hatte, bevor er sie in seine Tasche steckte, und die er seitdem nicht wiedergesehen hatte; bis er schließlich zu der Überzeugung kam, daß die einzige Möglichkeit, sich von all der Qual, Verzweiflung und Mühsal zu befreien, darin bestand, sie zurückzuholen. Irgendwo würden sie schon sein, jene Blätter; entweder bei Mr. Frazer oder im Schulhaus. Er brauchte nichts anderes als die Kraft, dorthin zu gehen. Aber genau die hatten ihm die Blätter durch ihre Magie geraubt.

17

Als Lachlan Beattie sich umsah, schien ihm, als wäre seine ganze Welt zerbrochen. Unter den jüngeren Burschen, mit denen er verkehrte, ging es derb und rücksichtslos zu. Ihr Kodex war der ihrer Väter, aber ihre Väter hatten genug Unzulänglichkeit bei sich und anderen erlebt, um sich starren Absolutheitsforderungen zu entziehen. Die Jungen konnten es nicht. Lachlan, obwohl kleiner als die anderen, hatte bis dahin das Sagen gehabt und Burschen wie Jeff Murcutt und die jüngeren Corcorans herumkommandiert. Jetzt erkannten sie ihre Chance und setzten ihm zu.

Er war immer schon ein Hitzkopf gewesen. Als er zu ihnen gekommen war, hatte es den Älteren am Anfang Spaß gemacht, ihn aufzuziehen. Beim geringsten Anlaß schoß ihm die Röte ins Gesicht, und er ging zum Angriff über. Die anderen schlugen zurück, doch lässig, von oben herab, da sie ja so viel älter waren. »Gib schon Ruhe, du verrückter Hund!« sagten sie und dehnten dabei die Worte. Flink, wie er war, duckte er sich unter ihren Fäusten weg, bis ihnen die Luft wegblieb. Nach einer Weile wußten sie Bescheid. »Ehrlich, Locky«, sagte Hec Gosper zu ihm, wenn sie nach Hause gingen, »bist total verrückt!«

Hector war zu der Zeit noch nicht aufgerückt in die Gruppe der älteren Burschen, beinah junger Männer, die bei der Veranda vor dem Laden herumlungerten. Obwohl die Regel verlangte, einen erst Zehnjährigen zu ignorieren, solange man in Gesellschaft der Gleichaltrigen war, hatte Hector von Anfang an den Jüngeren unter seine Fittiche genommen. Lachlan, der sich unglücklich fühlte hier in dem neuen

Land, war zwar dankbar dafür, aber zunächst auch argwöhnisch. Wegen seines Akzents mußte er viel einstecken, und er fürchtete, Hector wolle sich womöglich im Namen einer gemeinsamen Behinderung mit ihm verbünden.

Das war ein gemeiner Gedanke, und als er schon nach ganz kurzer Zeit erkannte, wie offen Hector war, wie wenig von seiner eigenen Unaufrichtigkeit im anderen zu finden war, schämte er sich. Ständig war da diese Befangenheit, die ihn mißtrauisch machte und alles verdarb. Er mochte Hector immer mehr und war auf ihn angewiesen, und so tat es weh, als Gemmys Erscheinen zu einem Konflikt zwischen ihnen führte.

Gemmy zu verspotten war für die anderen eine neue Methode – die alte hatte sich abgenutzt –, ihn zu provozieren, eine neue Form der Belustigung. Es war die Zeit, als Gemmy ihm immer auf den Fersen folgte und er selbst, noch erfüllt von seinem großen Auftritt am Zaun, dazu neigte, mit seinem Schützling anzugeben.

Hector beteiligte sich nicht an diesen kindischen Balgereien, er war zu alt dafür; doch auch er stand unter dem Eindruck jenes ersten Tages, und wenn andere dabei waren, zeigte er sich Gemmy gegenüber immer noch unwirsch. Lachlan fühlte sich in die Enge getrieben. Für ihn war es Ehrensache, Gemmy zu verteidigen, koste es, was es wolle. Er überhörte Hectors Sticheleien, solange es ging, aber schließlich kam der Zeitpunkt, da er ihm die Stirn bieten mußte.

Es war unklug von ihm. Es gab zu viele interessierte Zuschauer. Wütend darüber, daß Lachlan sich nicht an eine, wie er meinte, stillschweigende Übereinkunft zwischen ihnen gehalten hatte, sah Hector sich wiederum gezwungen zu reagieren. »Was?« schrie er. »Was soll das?«, und beim ersten Wort, das er ausstieß, drang ein kleines Zischen mit durch die Nase, Überbleibsel eines Sprachfehlers, den er sich abgewöhnt hatte, bis auf die Momente, wenn er sich nicht unter Kontrolle hatte.

Lachlan war verzweifelt. Er hätte alles dafür gegeben, wenn er nicht der Grund für diesen Lapsus gewesen wäre. »Komm schon, Gemmy«, sagte er und ging weg, aber das Unglück war bereits passiert. Von da an herrschte eine Verlegenheit zwischen ihnen, die es erforderlich machte, daß sie in Gesellschaft anderer eine feindselige Haltung an den Tag legten, von der beide wußten, daß sie vorgetäuscht war. Sobald sie unbeobachtet waren, fielen sie in ihre alte Vertrautheit zurück, obwohl sie etwas verkrampft war. Bei solchen Gelegenheiten war Gemmy verwirrt, da er die Regeln nicht verstand, an die sie sich hielten, manchmal auch verletzt durch das Widersprüchliche in Lachlans Verhalten, das er sich nicht erklären konnte.

Schließlich zog Hector sich aus der Gruppe der Jüngeren zurück und verkehrte mit Burschen seines eigenen Alters. Lachlan, der noch nicht dreizehn war, stand genau dazwischen. Er würde Weihnachten mit der Schule fertig sein, endlich erlöst von der Unwürdigkeit der Tintenflecke auf seinen Fingern und dem Umgang mit Bürschchen wie Jeff Murcutt und den Corcorans und noch Jüngeren und den Mädchen. Unterdessen erkundete er, welchen Empfang ihm die Gruppe am Laden zugedacht hatte; er lernte, seine Spucke weiter als jeder andere fliegen zu lassen, lachte lauter als der Lauteste über jede Sorte von derbem Witz, rauchte und fluchte.

Es war eine der Bedingungen für seinen Aufstieg in die Gruppe der Älteren, daß Gemmy nicht mitkommen durfte, und er mußte ihn, zunächst freundlich, dann abweisend, davon abhalten. Es tat ihm leid. Aber es war albern, Gemmy immer auf den Fersen zu haben, und er errötete, wenn er sich jetzt an die Zeit erinnerte, da er das als Zeichen seiner Macht betrachtet hatte. Wie aufgebläht von der eigenen Wichtigkeit er doch gewesen war! Wie lächerlich er gerade den Burschen erschienen sein mußte, die zu beeindrucken seine Absicht gewesen war!

Durch die Demütigungen, die der Schulmeister ihm so zahlreich zugefügt hatte, war ihm das nach und nach klargeworden, und wenn er dem Mann auch nicht dafür dankte, sah er doch jetzt, da es aufs Erwachsensein zuging, ein, daß er nicht mehr zurückkonnte. Er mißtraute einer, wie er meinte, weibischen Neigung in sich, sich von seinen Gefühlen bestimmen zu lassen. Es war eine Schwäche, die es entschieden zu unterdrücken galt. Dennoch gab es Tage, da er die Blicke Gemmys nicht ertragen konnte und alles dafür gegeben hätte, wenn er, wie noch ein Jahr zuvor, hätte sagen können: »Ist gut, Gemmy, also los« – aber was hätte das genutzt?

Es war um die Zeit, nachdem Gemmy den Besuch der Schwarzen erhalten hatte und als die ersten Zwischenfälle passierten, angefangen mit dem zerstörten Zaun. Weihnachten war erst in zwei Monaten. Er stand mit Kameraden, denen er längst überlegen war, an der Stelle, wo sie sich immer herumtrieben.

»Na, wo ist er denn, dein Freund«, fragte Jeff Murcutt, »dein Schatten?« Und dann, mit gespielter Überraschung um sich schauend: »Ich seh ihn ja gar nicht!« Leo Corcoran umkreiste sie schon mit humpelndem Gang und imitierte Gemmys Gesichtsausdruck so treffend, daß drei oder vier der jüngeren Zuschauer sich im Staub wälzten angesichts einer so großartigen Darbietung.

»Halt's Maul«, zischte Lachlan.

»Und wenn nicht?«

Lachlan entfernte sich langsam.

»Und wenn nicht? Was willst du dann tun? Gemmy holen, damit der seine Schwarzen auf uns hetzt?«

Bei diesen Worten drehte Lachlan sich um.

»Müßtest mal hören, was mein Papa sagt. Ist schon komisch, daß keiner das Richtige tut und den Bastard einfach nachts abknallt.«

Damit nahm Leo wieder seinen humpelnden Gang auf,

und Jeff Murcutt hob grinsend den Arm, als sei er eine Schrotflinte, und ging im Kreis hinter Leo her. Einen Moment lang hielten die Jungen von zehn, elf Jahren, einige bald dreizehn wie Lachlan, den Atem an, im Innersten getroffen von der Wirkung der heraufbeschworenen Waffe, so wie es ihm selbst an jenem ersten Tag am Zaun ergangen war. Jeff Murcutt stand mitten unter ihnen, mit neuer Machtvollkommenheit ausgestattet und geradezu verändert, selbst beeindruckt und von Ehrfurcht ergriffen über das, was er sich da anmaßte, und Leo zögerte. Dann bewegten sich Jeffs Lippen. »Peng!« sagte er gedämpft.

Die Luftsalve aus seinem Mund traf Leo in die Brust. Er hing in der Luft, die Lippen geöffnet, der Kopf zurückgeworfen, die eine Hand auf dem Herzen, und sie schauten zu, wie er langsam in den Knien einknickte und hinfiel.

Zwei Tage später hörte Lachlan in derselben Runde von dem nächtlichen Überfall.

Beim Frühstück hatte er gemerkt, daß etwas nicht stimmte, aber kein Wort wurde gesprochen, und es war bezeichnend dafür, wie die Dinge sich zwischen ihnen geändert hatten, daß er nicht zu fragen wagte. Seine Tante machte sich mit allem möglichen zu schaffen und sah mitgenommen aus, sein Onkel war freundlich zu ihm. Er schaute vom einen zum anderen und wartete darauf, daß man ihn aufklärte.

»Ich hab gehört, bei euch hat's gestern nacht eine kleine Auseinandersetzung gegeben«, verkündete Jeff. Die anderen blickten interessiert drein; sie wußten auch nicht mehr als er, erkannte Lachlan. Er kniff die Augen zusammen, ohne zu antworten, spürte aber, wie sein Herz gegen die Rippen pochte, und merkte an dem Schwindel, der ihn plötzlich ergriff, daß er blaß geworden war. Sollte Jeff Murcutt doch loslegen, wenn er etwas wußte. Aber der stand bloß grinsend und mit gesenktem Kopf da und scharrte mit den Zehen im Staub.

Es war Jed Corcoran, der arme Trottel, der die Fragen

stellte. Er glaubte, der einzige zu sein, der nicht Bescheid wußte.

»Was für eine Auseinandersetzung? Was ist passiert?« sagte er mit seiner kindlichen, von Rotz verschleierten Stimme.

»*Er* weiß es«, teilte Jeff Murcutt ihm mit.

Jed Corcoran blickte ihn sanftmütig an. »Was, Locky? Was ist passiert?«

Lachlan drehte sich um und ging davon. »Was?« hörte er Jed noch einmal fragen. »Ich hab nichts gehört.«

Er fühlte sich von allen Seiten verraten. Janet war dabeigewesen und er nicht. Er hatte es wie ein Kind verschlafen. Sie hatten ihn schlafen lassen, als könnte er keine Hilfe sein, und danach hatten sie es ihm verheimlicht!

Seine Tante war es, die ihm schließlich die Einzelheiten erzählte, weiß im Gesicht, bis zum Äußersten angespannt und mit zusammengepreßten Lippen. Er verstand, wie seinem Onkel zumute war, denn auch er fühlte, wie die Stärke ihn verließ und Angst ihn durchfuhr; nicht vor dem, was ihm bevorstehen mochte – er würde allem ins Auge schauen, ihm fehlte es nicht an Mut –, sondern Angst davor, vielleicht zugeben zu müssen, daß die Welt wirklich so und nicht anders war und daß sein Versäumnis, das einzusehen, eine Schwäche bedeutete.

Er ging nicht zur Schule. Er nahm seine Flinte und verschwand im Buschland, setzte sich aber bloß irgendwohin, zusammengekauert, die Flinte übers Knie gelegt, und versuchte sich klarzuwerden, wie sie alle jetzt weitermachen sollten, wie ihr Leben, sein Leben, je wieder ruhig und normal werden könnte.

Dort draußen fand Hector ihn.

»Was willst *du* denn?« rief er ihm zu.

Hector hockte sich wenige Schritte von ihm entfernt auf die Fersen. Er zupfte einen Grashalm ab und steckte ihn sich zwischen die schiefen Zähne.

»Also?« fragte Lachlan gebieterisch. Er konnte nur mit Mühe die Tränen zurückhalten.

Hector saß regungslos da, den Hut tief ins Gesicht gezogen, die Hasenscharte deutlich sichtbar unter dem hellen Schnurrbart.

Er wußte, was Hector tat. Der hatte sich vorgenommen, dazusitzen und zu schweigen, da es nichts gab, was Worte hätten ausdrücken können, und ihn weichzumachen. Und so geschah es auch. Sein Groll verflüchtigte sich, und nach einer Weile stand Hector auf, immer noch stumm, und ging davon.

Nachdem Gemmy in räumliche Distanz gerückt war, kehrte bei ihnen tatsächlich wieder eine Art Normalität ein, indem alle so taten, als sei das, was sich ereignet hatte, ein Mißverständnis gewesen und als sei nichts Schlimmes passiert.

Seine Tante, die wie immer den Tatsachen ins Auge sah, spielte mit. Wenn ihre Nachbarinnen gutgelaunt bei ihr erschienen, um zu plaudern, Rezepte zu bringen oder Rat für eine Näharbeit einzuholen, hieß sie sie willkommen, allerdings anfangs noch frostig und nie mehr so wie früher; sie hatte inzwischen gewisse Vorbehalte, die sie nie verlieren würde. Sie wußten es und nahmen sie, wie sie war.

Für seinen Onkel waren die Dinge nicht so einfach. Lachlan verstand es, weil er ähnlich empfand. Etwas war in ihm zerbrochen und ließ sich nicht in Ordnung bringen. Er beobachtete, wie es seinen Onkel nach einer Weile wieder zu seinen Freunden trieb, zu Barney Mason, Jim Sweetman, aber verschwunden waren die Tage, als er unbefangen darauf vertrauen konnte, daß er etwas bei ihnen galt, und die Überzeugung, von solchen Männern geachtet zu werden, sei das Höchste auf der Welt. Er sah sich jetzt vor. Ein Zweifel, ein Mißtrauen nagte an ihm, er mußte immerzu, sogar bei den anständigsten Männern, nach Anzeichen einer Unredlichkeit suchen, die womöglich ihrem Wesen zugrunde lag, selbst wenn es ihnen gar nicht bewußt war. Er wurde stiller in dieser Zeit. Er hatte sich ganz in sich zurückgezogen, und sogar Lachlan spürte, daß er nicht bis dahin eindringen durfte, und was Jock zu der Zeit erlebte, grub sich bereits in Falten in sein Gesicht ein, obwohl auch er so tat, als ginge das Leben mehr oder weniger in gewohnter Form weiter.

Lachlan glaubte nicht daran. Er war noch in dem Stadium, da alles sich als das Absolute darstellte, als Möglichkeit, die man fröhlich in die Zukunft mitnehmen oder ein für allemal abtun konnte. Wenn er differenzieren mußte, wie zum Beispiel bei Hector, war ihm unbehaglich zumute. Er selbst war so unbeständig, daß er sich wünschte, die Welt möge in festen Angeln ruhen, selbst wenn sie sich von ihrer schlimmen Seite zeigte, was er gerade am eigenen Leib erfuhr. Als er Gemmy bei Mrs. Hutchence besuchte, ein wenig beschämt, daß er so lange damit gewartet hatte, war er daher überrascht, in eine lärmende Gesellschaft hineinzuplatzen, von deren Existenz er keine Ahnung gehabt hatte, obwohl Janet wie auch Meg versucht hatten, ihm davon zu erzählen. Da saßen sie also alle schön vereint um einen Tisch mit Teetassen und Krümeln – Janet, Meg, Gemmy, Hector, sogar der Schulmeister –, und Leona goß Tee ein aus einer blauen Kanne. Sie wandten ihm ihre Gesichter zu, schauten auf, mitten aus einem Satz gerissen, dessen Fröhlichkeit noch in der Luft zu schweben schien, und es gab ihm einen Stich, als er begriff, daß in diesen vergangenen Wochen, als er sich so elend gefühlt hatte, sie es sich alle, selbst Hector, in diesem hellen Winkel der Welt gemütlich eingerichtet hatten.

Sie machten ihm Platz. Leona stellte sich vor und schenkte ihm Tee ein. Sie bot ihm auch einen kleinen Kuchen mit Rosinen an, der in seiner Hand zerkrümelte, als er hineinbiß. Er schaute unsicher auf, um zu sehen, ob das schlimm war, aber es schien nicht der Fall zu sein, und so vermehrte er den Krümelberg.

Dennoch war er verlegen. Sie kehrten wieder zu ihrem lebhaften Geplauder zurück, einem halb spaßhaft gemeinten Geplänkel, das den anderen offenbar geläufig war, zu dem er aber keinen Zugang hatte; die Spielregeln waren ihm gänzlich unbekannt. So saß er stumm und bedrückt dabei, und nur Gemmy, dachte er, bewegte sich inmitten all der Heiterkeit gleich ihm in dunkleren Bereichen.

Aber er war unzufrieden mit sich. Es gab, sah er, eine leichtherzigere Art, auf Dinge zu reagieren. Die anderen hatten sie gefunden. Was war los mit ihm, daß er es nicht konnte?

Er behielt Hector im Auge. Er hatte vermutet, daß der ältere Junge sich vielleicht genierte, in der Gesellschaft von Frauen und Mädchen – ganz zu schweigen von dem Schulmeister – ertappt zu werden. Er wartete darauf, daß Hector ihm verstohlen zu verstehen gab, daß er hier nur aus Jux mitmachte. Doch Hector war der Lauteste in der Runde. Merkte er denn nicht, daß er sich zum Hanswurst machte mit seinem an den Kopf geklatschten Haar und seinen galanten Phrasen und daß Leona, an die sie gerichtet waren, sich darüber lustig machte und zu alt für ihn war? Er schämte sich für seinen Freund. Nur langsam wurde ihm klar, daß Hectors Angeberei zum Teil auch ihm galt; er sollte beeindruckt werden.

Am meisten verwunderte ihn die Gegenwart des Schulmeisters, der nur wenig sagte. War es ihm peinlich, daß sein Schüler ihn hier entdeckt hatte, so wie es eigentlich Hector hätte peinlich sein müssen? Nach einer Weile fand er aber heraus, daß auch Mr. Abbot in Leonas Hänseleien einbezogen war und sie wie Hector keineswegs als unangenehm empfand und daß Hectors witzelnde Bemerkungen, die scherzhaft ein Einvernehmen zwischen ihm und Leona andeuteten, verglichen werden sollten mit dem, was Mr. Abbot zuwege brachte.

Das war allerdings nicht viel. Hector bestimmte das

Tempo – Lachlan staunte, wo hatte er das alles nur gelernt? –, und er war der Ungezwungenere, auch der Geschicktere, wenn es darum ging, Leona zu widersprechen, sie zu provozieren oder ihr zu gefallen.

Sie versuchte das Spiel für kurze Zeit auch mit ihm. Für jeden hatte sie einen anderen Ton parat, und er glaubte, in dem für ihn gewählten einen leichten Spott herauszuhören – war es wegen seiner Jugend? –, der ihm die Röte der Entrüstung in die Wangen trieb. Sie sah es und hielt sich daraufhin zurück, doch als er unbeachtet blieb, war er gekränkt. Sie sah auch das, wußte aber nicht, wie ihm zu helfen war.

Und Janet?

In den letzten drei Monaten waren sie sich zunehmend fremd geworden. Er war sich zwar einer Änderung in ihr bewußt, aber erst in dieser Runde erkannte er, wie groß sie wahrscheinlich war. Er hatte es immer als selbstverständlich angenommen, daß ihrer beider Leben untrennbar verbunden war, was für ihn bedeutete, daß er das Wichtigste für sie war. Sie tat nichts, um diesen Eindruck zu widerlegen, doch sah er, daß sie in ihre eigene Welt vertieft war, in der er keinen Platz hatte. Er fing Blicke zwischen ihr und seiner Tante auf, die es früher nicht gegeben hatte, und als er einmal bei ihnen hereinplatzte und erwartete, wie üblich willkommen geheißen zu werden, war er überrascht, daß die Gesichter, die sie ihm zuwandten, höflich, aber auf fast unmerkliche Weise verschlossen waren.

Da war ihm zum erstenmal in den Sinn gekommen, daß es Erfahrungsbereiche geben könnte, die ihm verwehrt waren. Der verschlossene Gesichtsausdruck kennzeichnete nur den persönlichsten, den am sorgfältigsten gehüteten Bereich. Darüber hinaus gab es andere, wo man nie etwas von ihm gehört hatte und nie etwas hören würde.

Er war erschüttert. Bei der Erkenntnis, daß seine Macht, die er als erwiesen angesehen hatte, Grenzen haben sollte, fühlte er, wie sie immer mehr abnahm.

Unterdessen, hier in der Runde am Tisch, erwiderte Janet seinen Blick und errötete verlegen. Sicherlich nicht seinetwegen!

Er erfand eine Entschuldigung, um wegzukommen, obwohl Leona protestierte. Gemmy begleitete ihn, und sie gingen gemeinsam ein kleines Stück auf der Straße. Sie redeten kaum. Gemmy war krank. Und auch er war todunglücklich. Er versprach, ihn wieder zu besuchen, wußte aber, er würde es nicht tun, und Gemmy wußte es ebenfalls. Sie blieben einen Augenblick stehen, dann drehte er sich um und entfernte sich.

Einmal blickte er zurück und sah, daß auch Gemmy sich umgewandt hatte, etwa fünfzig Schritt entfernt, und sie schauten einander an auf dem weißen Band des Weges. Sie waren zu weit auseinander, um mehr als bloße Umrisse zu sein, ihre Blicke, ja ihre reale Größe gingen in der Distanz verloren.

Noch Jahre später hatte er Träume, in denen er dastand und sich trotz der Entfernung anstrengte, den Ausdruck in Gemmys Gesicht zu erkennen, und einige Male ging er in seinem Traum durch den weißen Staub, der in geisterhaften Spiralen um ihn aufwirbelte, zu ihm zurück und stellte sich direkt vor ihn hin und schaute ihm ins Gesicht. Aber es blieb so verschwommen, wie es aus fünfzig Schritt Entfernung gewesen war, und er wachte selbst nach all der langen Zeit mit tränenfeuchten Wangen auf, auch wenn er kein Kind mehr war.

18

NACH DREI JAHREN im Norden war Mr. Frazer begeistert von Brisbane. Die Bedienung in der Pension Marr war freundlich, Wasserkrug samt Schüssel auf dem Waschtisch eine wunderbare Gewähr für die Annehmlichkeiten, die das Haus zu bieten hatte, klares Wasser, dampfend heiß am Morgen, und die Suppe an der *table d'hôte* angenehm sämig.

Das Städtchen war wirklich klein, eigentlich kaum mehr als ein Dorf, was ihn überraschte angesichts der fast mystischen Bedeutung, die man ihr »da oben« zuschrieb, doch imposante Bauwerke waren in Sicht. Bisher zwar zumeist noch schattenhaft hinter den Gerüsten verborgen, waren einige doch schon deutlich hervorgetreten und überragten mit ihren breiten, massiven Fassaden die Hotels, die mit Schindeln verkleideten Bankgebäude und Geschäfte mit ihren Veranden, die Lattenzäune und die gewundenen, furchigen Wege, wo er auf seinen morgendlichen Spaziergängen zum Kamm eines bewaldeten Hügels barfüßigen Jungen begegnete, die Kühe vor sich her trieben.

Der Gouverneur war, wie er bald entdeckte, eine eminent auffällige Gestalt. Er kam auf den ungepflasterten Straßen in einer glänzend polierten Kalesche dahergejagt, trug Epauletten und einen Degen und ließ mit seiner stocksteifen Haltung und seinem hageren Profil den Eindruck entstehen, er sei die Verkörperung einer fernen, fast unnahbaren Macht. Aber als Mr. Frazer sich im Regierungsgebäude einfand, war es Sir George persönlich, der aus einem Fenster schaute und ihn hereinrief.

Es war, als hätte er ein heruntergekommenes, herrschaftliches Landhaus im palladianischen Stil betreten, doch die häusliche Ordnung schien irisch zu sein; vielleicht hatte das auch mit dem Wetter zu tun; der Tag war schwül. Geköpfte Blumen und Spielsachen – ein Steckenpferd und etliche Holztiere – lagen verstreut in der Eingangshalle, die ansonsten völlig leer war. Er hörte das Getrappel von Füßen in irgendwelchen Nebenzimmern und eine Frau, die laut schimpfte.

Sir George betrat den Raum und schien erzürnt über den Lärm. Er ignorierte Mr. Frazer und den überraschten Diener, riß eine Tür auf und starrte mit grimmiger Miene hinein, worauf die Balgerei aufhörte; doch als er sich umdrehte, trug sein Gesicht immer noch einen gereizten Ausdruck, und Mr. Frazer meinte eine Sekunde lang, nicht einen Marineoffizier vor sich zu sehen, der frühzeitig in den Ruhestand versetzt worden war, sondern einen würdevollen Bediensteten in gehobener Stellung, der, in der Kleidung seines Herrn erwischt, überzeugt war, wenn er nur arrogant genug auftrete, komme er damit durch. »Mein lieber Freund«, rief er aus, plötzlich leutselig, »treten Sie doch ein. Ich freue mich, Sie zu sehen.«

Die folgende Unterredung blieb Mr. Frazer für immer ein Rätsel. Er hatte das Gefühl, aus dem Gesagten nie richtig schlau zu werden, sowenig wie aus Sir George.

Sir George schien, nachdem er sein Gleichgewicht wiedergefunden hatte, durchaus ein feiner Kerl zu sein, rauh, aber herzlich, nicht so alt, wie man hätte meinen können, und überhaupt nicht steif; er ermutigte einen, ihm gegenüber völlig offen zu sein. Mr. Frazer war dennoch über die Art der Fragen, die ihm gestellt wurden, verwirrt. Gewiß hatte er vorher an Mr. Herbert geschrieben – es war doch Mr. Herbert, der ihn gedrängt hatte, diesen *Bericht* zu verfassen? Nein? Dann hatte eben jemand anders von oben ihn veranlaßt (der Gouverneur schob einen Stapel Papiere, die vor ihm lagen, hin und her und schien immer gereizter zu werden), einer, den er natürlich bestens kannte – vielleicht Mr. McIntosh oder einer der O'Hares? Nach einer Weile kam Mr. Frazer der Gedanke, er werde verdächtigt, ein geheimer Kundschafter zu sein, wenngleich Sir George ihn enttarnt hatte, der Spion einer Macht, gegen die Sir George Krieg führte und die immerzu auf die eine oder andere Weise versuchte, seine Deckung zu unterlaufen. Sir George fixierte ihn mit gekränkter Miene, der Vorwurf in Person. Habe ich recht, Sir? Bin ich Ihnen auf die Schliche gekommen?

Nein, keineswegs, beharrte er. Er sei ganz und gar aus eigenem Antrieb hier, im Interesse von – knapp, allerdings nicht knapp genug, wie er befürchtete, versuchte er Gemmy zu beschreiben, der nicht leicht zu beschreiben war; wie der Mann dank der Kenntnisse, die er vom Leben der Eingeborenen hatte, ihn dazu geführt habe, etc. ... Jedenfalls reichte es, um Sir George zu überzeugen, daß er nicht einer intriganten Clique angehörte, nicht noch einer von denen war, die das große Vorhaben torpedieren wollten, und daß sein Bericht nicht Teil eines Plans war, ihn in eine Falle zu locken und zu diskreditieren.

Sobald sich der Bericht aber als harmlos herausgestellt hatte, verlor Sir George das Interesse daran, auch an Gemmy. »Ja, ja!« murmelte er. »Ein interessanter Fall – es sind schon interessante Leute –«, doch einen Augenblick später waren sie bei Hesiod und dann, kaum daß Mr. Frazer mithalten konnte, bei Homer angelangt, bei dem, so vermutete er, die Höhenflüge in Sir Georges Konversation häufig landeten.

Sir Georges Auftrag ist es, hier einen neuen, sich selbst verwaltenden Staat ins Leben zu rufen; in einem Land, vielmehr einem Territorium, von der Größe Frankreichs mit allen deutschen Ländern zusammen, das unzivilisiert, durch den südlichen Wendekreis zweigeteilt und weitgehend noch unbevölkert ist. Einmal ist er berauscht von der Bedeutung des Unterfangens, dann wieder deprimiert von der Vorstellung, daß er, den man mit über vierzig Jahren ans Ende der Welt versetzt hat, aus dem Blickfeld verschwinden könnte. Damit sein Name den Lords in Westminster in Erinnerung bleibt, schreibt er beinah täglich dem einen oder anderen, wobei er in hochtrabendem Stil, voller Anspielungen und Analogien aus der Antike, schildert, welche Namen er einem bis dato namenlosen Teil des britischen Weltreichs verliehen, welche Städte er gegründet, welche Gesetze er erlassen hat. Er sieht sich als eine Art imperialen Demiurgen, der aus bloßem Felsgestein und Luft Räume schafft, in denen sich von nun an Geschichte ereignen kann – zugleich der Hesiod, der Solon dieses Landes und der Perikles der Antipoden.

Das Archaische und das Klassische, vielmehr das Prähistorische und das Klassische, existieren hier zeitgleich Seite an Seite. Sir George findet es überhaupt nicht befremdlich, daß in dem kleinen Küstenhafen, den er mit seinem Namen beehrt hat, ein Krokodil gesichtet wurde, das dem Morast entstieg und ruhig über die Hauptstraße watschelte, und daß in seiner Hauptstadt mit ihren gerade fünftausend Einwohnern die Bauwerke, die er errichten läßt, Kuppel und Portikus, sich in deplazierter Pracht über die Ochsengespanne erheben, über die Verwünschungen ihrer Treiber, und das alles unter den staunenden Blicken von unlängst aus dem Zustand der Nacktheit erlösten Geschöpfen, deren Geist noch immer in undurchdringlicher Nacht weilt.

Sie sind hier im Zeitalter der Wunder, wo Formen, bisher namenlos, gerade beginnen, aus dem Dunkel aufzutauchen, dem Traumhaften: im Zeitalter des Hippogryphs und der Gorgonen, der Helden und Halbgötter und auch künftiger Legenden, die zufällig Namen wie Jones und Dalrymple haben und Moleskinhosen tragen oder wie er die Uniform des Kolonialministeriums Ihrer Majestät. »Ihre Stadt«, schreibt er seinem Protektor Lord Cardwell über den kleinen, von Moskitos heimgesuchten Hafen im Norden, den er mit dem Namen jener großen Persönlichkeit bedacht hat, »besitzt eine geographische Lage, vergleichbar der der Thermopylen; das heißt am nördlichen Ende des australischen Epeiros gelegen.« In seiner Phantasie, die sich emporschwingt und adlergleich über den unendlichen Weiten der Vergangenheit und Zukunft schwebt, sind die hiesigen reichen Squatter, meist ungehobelte Burschen, seine Könige. »*Runs* (der koloniale Begriff für ausgedehntes Weideland)«, belehrt er seine Lordschaft, »scheint eine wörtliche Übersetzung von Homers δρόμοι εὐρέες zu sein, wo die Hirtenkönige ihr Vieh in einem ähnlichen Klima weiden lassen wie dem in Arkadien. Wie erquickend bei meinen täglichen Obliegenheiten sind doch diese klassischen Analogien!« Als er, eskortiert von einer Gruppe von zweihundert Viehhütern, in ein Städtchen im Westen mit neun Kneipen und einer Metzgerei Einzug hält, sieht er sich selbst hoch zu Roß, gefolgt von Zentauren. Analogien sind seine Droge. Er findet sie überall.

Mit achtzehn verliebte er sich ins Mittelmeerische. Zwanzig Jahre später heiratete er in diese Gegend ein. Lady Bowen, Roma Diamantina, ist die Tochter des Senatspräsidenten von Korfu, des Grafen Candiano di Roma.

Queensland, wohl wahr, stellte nicht Sir Georges erste Wahl dar, aber er ist entschlossen, das Beste daraus zu machen. Daher seine Weigerung, sich entmutigen zu lassen, wenn das Land zuweilen den Erwartungen nicht ganz entspricht. Seine Einbildungskraft kennt keine Grenzen. Er ist unnatürlich ehrgeizig. Er fürchtet, daß man, wenn er hier zu erfolgreich waltet, gar nicht mehr richtig schätzt, was man an ihm hat, und ihn nicht mehr beachtet; aber es gibt Momente, in denen er noch mehr fürchtet, *entlarvt* zu werden, denn das Geheimnis, das ihn, den Pfarrerssohn aus Donegal, quält, besteht darin, daß er ein Hochstapler ist.

Sir George, der nun ganz entspannt ist, greift hinter sich und zieht aus einem Regal zwei kleine Bücher, als deren bescheidenen Verfasser er sich bezeichnet. Mr. Frazer ist beeindruckt.

Das eine vertritt die These, die jetzige Insel Ithaka stelle die Heimat des Odysseus dar; das andere enthält einen Bericht über eine Reise vorwiegend zu Pferd durch Thessalien über den Pindos, von Konstantinopel nach Korfu. Sir George hat, so scheint es, auf dem Gipfel der drei bedeutendsten Berge der Antike gestanden, auf dem Ätna, dem Parnaß und dem Olymp – eine Heldentat, deren sich kein anderer Brite rühmen kann. Als er aber den Atlas aufschlägt, den er kürzlich in Auftrag gegeben hat, und sie gemeinsam die Stadt, die seinen Namen trägt, orten, erinnert sich Mr. Frazer an die verstreuten Hütten in Strandnähe, die verschlafene Anlegestelle, von der das Schiff abging – er weiß, wie der Ort in Wirklichkeit aussieht –, und mit seinem Zutrauen zum Gouverneur geht es bergab. Eine Art Trübsinn überkommt ihn. Sir George, sagt er sich, sondert eine Aura erhabener Irrealität ab, die alles erfaßt, was er betrachtet. Er ist nahe genug, um ihre zersetzende Wirkung bei sich selbst zu spüren.

Sie kommen dann doch noch auf seinen Bericht zurück, ja, Sir George hat ihn gelesen. Vielleicht befassen wir uns jetzt, denkt Mr. Frazer, neue Hoffnung schöpfend, mit Tatsachen. In diesem wilden Hin und Her auf dem Globus ist ihm Gemmy immer deutlicher vor Augen getreten, der arme Bursche; so leibhaftig ist er im Zimmer, daß er ihn fast riechen kann, und in einer boshaften Anwandlung wünscht er sich, auch Sir George könnte dies.

Aber Sir George interessiert sich nicht für Tatsachen. Er sieht alles langfristig, und dazu aus der Vogelperspektive, und da sein Geist gleichermaßen imstande ist, Jahrhunderte nach vorne in die Zukunft zu springen wie auch zurück in die Vergangenheit, und über die Zeit in ihrer Gesamtheit gebietet, hat Mr. Frazers Vision von den Obstgärten, die sich nach allen Seiten zum Horizont hin erstrecken und keine exotischen (das heißt europäischen) Früchte, sondern einheimische produzieren, in Sir Georges Geist schon längst das Stadium des Erörterns und Planens, des Rodens und Pfropfens, des Säens und des Pflanzens hinter sich gelassen und ist bereits verwirklicht. Sich in die Niederungen des Details zu begeben hieße, den Wald vor lauter Bäumen nicht zu sehen. Das überläßt er jenen, die für so etwas begabt sind und gern in Einzelheiten wühlen und sich darin vergraben (wieder blickt er grimmig), fade Zeitgenossen, fade Tatsachen. Bald fängt er sich wieder und strahlt Mr. Frazer an, den er immerhin als jemanden einschätzt, der von einer Idee besessen ist, niemanden hinter sich hat, kurzum ein Mann, dem er trauen kann. Er drückt seine volle Zufriedenheit mit ihrem kleinen Gespräch aus und lädt ihn zum Essen ein, bei dem er das Vergnügen haben wird (Sir George schaut verschmitzt), den Premierminister, Mr. Herbert, kennenzulernen – und natürlich Lady Bowen. Dann also Donnerstag, Punkt sieben.

Doch bei diesem Abstieg in die Niederungen des Details blickt Sir George wieder finster, ja mißtrauisch drein – vielleicht hat sich ein neuer Stachel in ihn gebohrt, dessen Gift zu wirken beginnt. Als Mr. Frazer aufsteht, um sich zu verabschieden, hat der Gouverneur die Kiefer zusammengebissen und starrt gereizt aus dem Fenster zu dem deprimierenden Buschland auf dem Flußufer gegenüber.

Zwei Tage später sitzen sie abends zu viert am Tisch im hübsch möblierten Eßzimmer des Gouverneurs: Sir George; Lady Bowen, eine große, eindrucksvolle dunkelhaarige Frau, nicht eigentlich schön, aber mit prächtigen Schultern und Augen; Mr. Frazer und Mr. Herbert, der Premierminister, ein ganz junger Mann mit großem Kopf und glattem blondem Haar, der die drei Meilen von Herston, seinem Landgut am Rande der Stadt, in Begleitung seines Hundes Skip zu Fuß hergekommen ist, in der Hand einen Korb voll frischem Gemüse.

Mr. Herbert bewohnt Herston mit seinem Freund aus Oxforder Tagen, Mr. Bramston. Haus, Tiere und Mustergarten gehören zu einem Gemeinschaftsunternehmen, wie es die Verschmelzung ihrer beider Namen andeutet – für Mr. Herbert ist es ein horazisches Refugium, fern von den Wirren der Kolonialdemokratie, an die er nicht glaubt, und von dem Spiel der Staatsführung, das ihm nicht recht behagt.

Mr. Herbert, einziger Sohn des fünften Sohnes eines Earls, ist in jeder Hinsicht ein Gentleman und ein Amateur, allerdings einer, wie Sir George meint, der sich daranmacht, fast um des Widerspruchs willen in allem, was er tut, strikt professionell zu sein. Eine Frage des Charakters. Er ist gewissenhaft, pflichtbewußt, zurückhaltend und selbstgefällig – das ist die Meinung von Sir George, der ihn im Verdacht hat, ausnahmsweise zu Recht, daß er seiner illustren Familie daheim wenig Schmeichelhaftes über ihn berichtet.

Mr. Herbert, der sich mit vielem abfinden muß, betrachtet Sir George als Verrückten, freilich einen, für den er eine gewisse Verantwortung trägt: er ist ein Autokrat, impulsiv, dickköpfig, umständlich bis pedantisch, überspannt, zutiefst humorlos, dem die Natur nur ein einziges Talent verliehen hat, ein hervorragendes, aber lästiges Gedächtnis, um, scheint es, seinen völligen Mangel an Sinn und Verstand zu kompensieren.

Die beiden Männer könnten unterschiedlicher nicht sein.

Sir George giert nach Amt und Würden und ahnt bereits, daß ihm höchste Posten verwehrt bleiben werden; nicht aufgrund eigenen Versagens, so glaubt er, sondern aus Mißachtung, um nicht zu sagen, Böswilligkeit von seiten gewisser Personen zu Hause.

Mr. Herbert ist für den Erfolg geschaffen, schreckt aber davor zurück. Er verachtet Ämter und Würden keineswegs, höchste Ämter eingeschlossen, doch bei seinem ernsten Wesen und seiner Abneigung gegen jegliches Repräsentieren zöge er vor, wenn er anonym bleiben könnte; ihn verlangt nach dem Rückzug ins Private. Er hat sein Mandat hier satt, das er bereits als jugendliches Abenteuer betrachtet. Er hat Sir George satt mit seinen infantilen Eitelkeiten und seinen *crises ministérielles*. Manchmal hat er sogar das kleine Schiff satt, mit dem er, da er die freie Natur liebt und alle männliche Betätigung, in der Bucht herumkreuzt, hat auch Herston satt, die fünfzig Morgen Cambridgeshire, die er an einem Ort hat entstehen lassen, den er, wenn er ihn dereinst verläßt, nie wieder besuchen wird. Das alles und mehr liegt in der Luft, während bei Tisch die Bediensteten hinter ihnen hin und her huschen.

Mr. Frazer hat das Gefühl, ein Eindringling zu sein bei diesen Leuten, die zu lange zusammengesperrt sind, sich schon alles gesagt haben, was sie einander zu sagen imstande sind, und sich verschlüsselt ausdrücken.

»Nein wirklich, Mr. Frazer«, sagte Lady Bowen, »Sie müssen Herston sehen.« (Sie essen gerade Gemüse, das von dort stammt, so daß das Gespräch ganz von selbst bei diesem Thema gelandet ist.) »Sie würden glauben, in England zu sein. Diese Pfirsiche! So üppig und rosig glänzend. Selbst auf Korfu hatten wir nichts Vergleichbares. Wir sind immer so froh, wenn wir nach Herston fahren. Mr. Herbert hat eine Maschine, um Eis herzustellen, die er den ganzen Weg von Indien hat kommen lassen, er macht damit eigenhändig« – das Wort, von der Lady hingehaucht, hängt etwas in der Luft, so daß Mr. Frazer auf die Knöchel in den großen Händen des jungen Mr. Herbert aufmerksam wird, während er mit Messer und Gabel hantiert – »ein köstliches Wassereis. Die Kinder lieben Wassereis. Vor allem der kleine George.«

»In diesem Jahr ist unser Spargel«, verkündet Mr. Herbert an einem anderen Punkt des Gesprächs, wobei ihm

Farbe in die Wangen steigt, »etwas ganz Besonderes. Man hatte uns prophezeit, es wäre unmöglich, ihn hier zu ziehen. Zu feucht. Aber nein, überhaupt nicht.«

»Und die Erdbeeren«, trumpft Lady Bowen auf und wirft einen schnellen Blick auf Sir George, der Messer und Gabel hingelegt, sich aufgerichtet hat und innerlich vor Wut kocht. »Die Kinder hatten bisher nie gesehen, wie Erdbeeren tatsächlich – wachsen. Wie sie unter ihren kleinen – Blättchen hervorlugen.«

Dieses Gespräch über Obst und Gemüse, vor allem die Spannung, die es zu erzeugen scheint, zermürbt Mr. Frazer. Doch glaubt er, man wolle auf diese Weise zu seinem Bericht überleiten. Er wartet darauf, daß Sir George den Faden aufnimmt, den Lady Bowen so geschickt gesponnen hat, und fragt sich, da er es nicht tut, ob *er* es tun sollte. Nein, gewiß nicht. Dann kommt ihm der Gedanke, er habe womöglich alles mißverstanden. Sir George finde dieses Gespräch über Gärten, Erdbeeren und Spargel anrüchig, sogar sinister – ist es das? Eine Art, ihm indirekt mitzuteilen (in dem Fall hätte Lady Bowen Mr. Herberts Aufgabe übernommen), daß sein Interesse daran, einheimische Früchte zu kultivieren, bekannt sei und daß er, wenn er sich vor einer Riesentorheit bewahren wolle, Abstand von diesem Plan nehmen solle, solange es noch möglich sei. Sir George hat Angst, soviel sieht Mr. Frazer, er könnte seine Meinung zu deutlich äußern und ihn in Verlegenheit bringen.

Und so ertönt weiterhin die Litanei von all den Herrlichkeiten in Herston, von den Trauben und den Pfirsichen aus China bis zum Zwergböckchen, von den bretonischen Kühen, von dem Araberhengst, von den Pfauen, Fasanen, Meerschweinchen, und nach einer anstrengenden halben Stunde vor dem Glas Portwein ziehen sie sich schließlich ins Wohnzimmer zurück. Hier singt Lady Bowen mit lieblicher italienischer Stimme, sich einfühlsam auf dem Klavier begleitend, vom Notenblatt, das Mr. Herbert mitgebracht hat, während Skip zu Füßen seines Herrn sitzt und zuschaut, der Kaffee serviert wird und sie in wohlige Betäubung versinken, wobei Mr. Frazer befürchtet einzunicken.

Plötzlich ein Knall. Lady Bowen hat auf ihren Unterarm geschlagen. Ein roter Fleck erscheint, das edle Blut der Candianos, das sie einen Augenblick lang anstarrt – die anderen ebenso –, als hätte sie diese Scharlachröte oder diese Ergiebigkeit nicht erwartet. Sie steht auf und geht aus dem Zimmer.

Moskitowolken aus den Mangrovenwäldern unten am Fluß sind hereingeschwärmt – der Preis, den man für die kühle Brise zahlen muß, die aufgekommen ist – und treiben mit herunterhängenden Beinchen vorbei. Als Lady Bowen zurückkommt, ist das Blut verschwunden, und sie wird begleitet von einem Bediensteten, der in jeder Hand eine glimmende Spirale mit irgend etwas stark Riechendem trägt (getrockneter Kuhdung, vermutet Mr. Frazer), die er auf dem Boden absetzt und von denen dünner Rauch aufsteigt, der sich ausbreitet.

Aus dem vorwurfsvollen Blick, den Sir George ihm zum Abschied gibt, schließt Mr. Frazer, daß er irgendwie Anstoß erregt hat. Er hat es nicht verstanden, die Rolle zu spielen, die ihm zugeteilt war, weil er nicht gewitzt genug oder auf dem gesellschaftlichen Parkett zuwenig bewandert war, um sie zu erkennen. Oder er hat zu positiv auf Mr. Herbert reagiert, den er alles in allem durchaus sympathisch findet, männlich und bescheiden, und der sich in dem Augenblick, als er die Gelegenheit beim Schopfe packte, vielleicht törichterweise, und auf Gemmy zu sprechen kam – Mr. Herbert kannte den Namen bereits –, aufmerksam und verständnisvoll zeigte. Sir George hat es bemerkt und gewittert, daß da jemand abtrünnig geworden ist, ihm jemand die Loyalität aufgekündigt hat. Jedenfalls liegt am nächsten Morgen in der Pension Marr ein Briefchen.

Es ist vom Premierminister und besteht aus zwei Teilen. Im ersten dankt er ihm geheimnisvollerweise für sein »Verständnis« am vorherigen Abend. »Ich war Ihnen dafür – ich verlasse mich hier auf Ihre Verschwiegenheit – sehr dankbar, wie zweifellos auch unsere Gastgeberin, obwohl ich natürlich nur für mich sprechen kann ...«

Und im zweiten?

»Ich habe nach unserem kurzen Gespräch überlegt, was sich für Mr. Fairley tun läßt, dessen Situation, so glaube ich, Hauptzweck Ihres Besuches bei uns war. Ich habe das Vergnügen, Ihnen mitzuteilen, daß ich das Nötige veranlaßt habe, damit ihm der Posten eines Zollbeamten im Hafen von Bowen angeboten wird, mit einem jährlichen Gehalt von fünfzig Pfund, wobei die offizielle Bestätigung ... etc., etc.«

Er wunderte sich. Hatte er sich so mißverständlich ausgedrückt? War das der Dank für sein »Verständnis« einer Situation, die er nicht verstanden hatte? War es ein Spaß, bei dem man erwartete, daß er das Komische daran begriff – auf Kosten vielleicht von Sir George? War es Zynismus? Freigebige Gleichgültigkeit? Was es auch sein mochte, das zumindest brachte er zurück.

Die Obstgärten, die ihm vorgeschwebt hatten, wichen in eine Zukunft zurück, die in immer größere Ferne gerückt schien, für ihn aber nicht unwirklicher war als der Ort, an dem er sich jetzt befand, das Schreiben des Premiers in der Hand, vor sich auf dem Waschtisch ganz handfest Krug und Waschschüssel mit dem Kapuzinerkressemuster, und jenseits des Fensterbretts die geschäftige kleine Hauptstadt, die zum Leben erwachte, wobei all ihre Lattenzäune schimmerten und ihre Kuppeln das unbarmherzige Sonnenlicht reflektierten.

19

Ein Tag mit Buschfeuern, bleiernem Himmel; die Luft regungslos, verkohlt riechend. Feiner Aschenregen, als hätte die Sonne sich endlich ausgebrannt und die letzten Teilchen von ihr rieselten auf die Erde, um sie zu bedecken. Es überraschte ihn nicht. Auch er fühlte sich ausgebrannt, sein Schädel eine papierdünne Hülse, die beim Gehen raschelte. Während er dem weißen Band folgte, das zur Siedlung führte, hatte er das Gefühl, alles Gewicht in der Welt verloren zu haben; seine Füße hinterließen kaum einen Abdruck im Staub, als wäre er dort gar nicht gegangen oder wäre hindurchgegangen in ein anderes Sein und teilte nicht mehr den Halt – mit dem pulvrigen Staub unter den Füßen, den Felsen, den Bäumen am Weg, wo er sich einen Augenblick ausruhte und spürte, die Handfläche an einen Baumstamm gelegt, wie der Saft aus den Wurzeln des mächtigen Baumes nach oben floß –, den diese Dinge auf der Erde hatten. Er schlurfte weiter. Er torkelte. Seine Zunge fühlte sich so fragil an wie der Flügel eines Insekts. Er wollte sein Leben zurückfordern; die Blätter finden, wo alles, was ihm zugestoßen war, in dem schwarzen Blut festgehalten war, das soviel Macht über sein eigenes hatte: die Ereignisse, die Dinge, auch Menschen, die darin zum Leben erwachten, Willetts Stiefel, die Frettchen, Mosey und der Ire. Durch Magie in Schnörkel verwandelt, ähnlich den Geistern von Insekten unter der Rinde, hatten sie ihm den letzten Rest seiner Seele entzogen. Sie zogen ihn in den Tod.

George Abbot saß an seinem Pult im Schulzimmer, hatte einen Stapel Papiere vor sich und eine Feder in der Hand.

Noch weitere Leben, dachte Gemmy, die irgendwo draußen andere Leben in ihrem Bann hielten.

Dieser Mann in Hemdsärmeln, mit offenem Kragen und der Feder in der Hand, wirkte ganz anders als der junge Mann, den er manchmal am Küchentisch sah. Er war hier in seiner Rolle als Zauberer. Diese Macht in ihm fühlte er sogar bei Mrs. Hutchence, wo er einfach nur George hieß. Er war nicht das, was er zu sein schien.

Er erinnerte sich, wie barsch ihn früher der Mann in der Zeit, als er Lachlan und den Mädchen zur Schule gefolgt war, weggejagt hatte. Er hatte eine Abneigung in ihm verspürt, die aus dem Innersten kam, und der Vertraulichkeit, die er jetzt an den Tag legte, den Versuchen, freundlich zu sein, traute er nicht. Es geschah nicht um seinetwillen – zumindest meinte er das –, sondern um Leona zu beeindrucken.

Ein Mensch kann zwei Naturen haben. Hier an seinem Pult offenbarte der Schulmeister die zweite, die dunklere und mächtigere, so wie er da vor dem Stapel Papiere thronte, am Ellenbogen die Flasche mit dem Geist, der nach Erde roch.

Als George Abbot von seiner ermüdenden Korrekturarbeit aufschaute, war er überrascht, Gemmy am Fenster zu entdecken. Er war erschrocken. Wie lange war er schon da? Sein Blick war so eindringlich, daß er eine Gänsehaut bekam. Der Bursche wirkte krank, verstört. Er stand schnell auf und half ihm hinein.

Er brauchte eine Weile, um zu verstehen, was Gemmy wollte. Seine verstümmelte Redeweise, sein Stottern ergaben keinen Sinn, und zuerst meinte er, der Bursche sei im Fieberwahn. Er fragte nach Leuten, von denen George nie gehört hatte, jedenfalls dachte er das, bis ein Name, Willett, an sein Ohr drang, und ihm fielen Dinge ein, die er vor fast einem Jahr aufgeschrieben hatte, und zwar in diesem Raum. Dann erst begriff er. *Das* also wollte er – dieses Schriftstück.

Er wollte es zurückhaben. Natürlich hatte er es nicht. Mr. Frazer hatte es. Mr. Frazer war in Brisbane.

»Das hier, Gemmy?« fragte er, wobei er eine der Klassenarbeiten, die er gerade korrigiert hatte, hochhob.

Gemmy sah fast listig drein, streckte die Hand aus, grapschte nahezu nach dem Blatt und nahm es ihm ab. George staunte über sich. Über die Leichtigkeit, mit der er das Papier fahrenließ.

Gemmy hob das Blatt an die Nasenlöcher und schnüffelte daran, und ein Ausdruck, den George Abbot nicht hätte definieren können, aber nie vergessen würde, breitete sich auf seinem Gesicht aus. Er verharrte abwartend, und George, wohl aus Neugier vor allem oder um den Ausdruck noch einmal zu sehen, reichte ihm ein zweites, dann noch eines, bis sieben der hingekritzelten Übungsarbeiten mit all dem Geschmiere und den Ausstreichungen von seiner Hand in die Gemmys übergingen.

»Wozu willst du die?« fragte er.

Gemmy blickte ihn ernst an und gab keine Antwort. Er ließ die Blätter in seine Tasche gleiten, und George zuckte innerlich mit den Schultern. Zwecklos, entschied er, sie zurückzuverlangen.

»Du solltest jetzt heimgehen, Gemmy«, sagte er freundlich. »Sie machen sich bestimmt schon Sorgen um dich. Möchtest du, daß ich dich begleite?«

Er schüttelte abwehrend den Kopf und wollte, vielleicht beunruhigt, aufstehen, schwankte aber.

»Warte, ich hol dir was«, sagte George. »Eine Scheibe Brot – einen Schluck Wasser.«

Der Mann setzte sich wieder, und er ging rasch in das Zimmerchen hinter der Tafel, schnitt eine dicke Scheibe Brot ab und goß Wasser in einen Becher. Er war nur einen Augenblick fort. Als er aber ins Schulzimmer zurückkehrte, den Teller in der einen Hand, den Becher in der anderen, war Gemmy verschwunden. Verdutzt stellte er Brot und Wasser beiseite und ging wieder ans Korrigieren der Arbeiten, die jetzt noch übrig waren. Was würde er Jeff Murcutt und dem Rest sagen? Daß er, einfach so, Gemmy erlaubt hatte, mit ihren Klassenarbeiten zu verschwinden, über denen sie in engen Bänken geschwitzt und die sie hierhin und dorthin geschoben hatten, um das Papier aufs vorteilhafteste auszunutzen, das verschmiert und tintenbekleckst und mühselig mit dem vollgekritzelt war, was er ihnen eingetrichtert hatte?

Seit er begonnen hatte, zu lieben, aber auch seine Person etwas zu vergessen, erschien ihm die Welt und alles um ihn herum in neuem Licht. Er betrachtete Gemmy jetzt ganz anders als früher, wo er selbst, ein widerwilliger Schüler, am Tisch hier gesessen und die »Tatsachen«, die Mr. Frazer ihm diktierte, aufgeschrieben hatte. Gemmy war ihm damals zuwider gewesen. Etwas in seinem trüben Blick, der Geruch nach Fleisch, den er ausströmte, ein Dreck, tiefsitzend, unausrottbar vielleicht, und vor allem sein unterwürfiger Eifer zu gefallen hatten seinen Glauben erschüttert, daß Leiden, selbst das entwürdigendste, das Beste im Menschen hervorbrachte und daß sein Anblick edle Gefühle erwecken mußte. Nein, edle Gefühle waren nicht in ihm geweckt worden, wenn er Gemmy gegenüberstand. Sollte das, was in diesem ungeschlachten Exemplar überlebt hatte, die menschliche Natur an sich sein, wie Mr. Frazer anzunehmen schien, dann war das zuwenig. Er hielt sich die Nase zu. Damit wollte er nichts zu tun haben. Was für ein hochmütiger, mäkeliger Theoretikus er doch gewesen war. War Jugend eine Entschuldigung? Unglücklichsein? Er glaubte es nicht mehr.

Zum Teil ging seine Kränkung darauf zurück, daß Mr. Frazer sich mit diesem Menschen, diesem Schmierlappen, abgequält hatte, der womöglich immer nur ein ganz gewöhnlicher Trottel gewesen war, aber *ihm* gegenüber in all der Zeit, die er hier gelebt hatte, nie eine Spur von Gefühl gezeigt hatte.

Doch da steckte mehr dahinter, schon damals. Es war die Furcht, Mr. Frazer könnte trotz all seiner peinlich berührenden Ergüsse recht haben. Das, womit sie es bei Gemmy zu tun hatten, konnte ihnen näher sein, *ihm* näher, als er ahnte. Mr. Frazer hatte das von Anfang an begriffen – soviel gestand er dem Mann zu. Er, dem das Eklige an der Vorstellung, dieses Ansteckende und Herabziehende, den Atem benahm, hatte sich dagegengestemmt, mußte sich schließlich aber geschlagen geben. Jetzt hatte er Abbitte zu leisten; vor allem wenn er sah, wie Gemmy, der sich sicherlich daran erinnerte, wie er ihn dauernd fortgescheucht hatte, bei seinen Annäherungen zurückschreckte. Er sah – noch immer hatte er sich selbst im Blick, für ihn die einzige Möglichkeit zu verstehen, was andere fühlten –, daß das Erdulden allein schon wichtig sein konnte. Er hätte gern das Schweigen durchbrochen, das Gemmy von ihnen fernhielt, herausgefunden, was es in ihm war, das dies ermöglicht hatte, hätte gern festgestellt, was man ihm angetan hatte – über die sichtbaren Male hinaus, die er trug, die eine Augenbraue, die ihm den leicht fragenden Ausdruck eines Vogels verlieh, eines Zaunkönigs –, das ihm teils geschadet hatte, teils aber auch nicht, so daß er in bestimmten Augenblicken, besonders dann, wenn er stumm und dumpf wie ein Ochse aussah, eine gewisse Würde hatte, die einen ans Herz rührte.

»Würde« war das Wort, das ihm einfiel, und er verwarf es nicht. Es erschien nicht zu groß für das, was er manchmal in einem Menschen sah, den es von einem Ende der Welt zum anderen verschlagen hatte, womöglich ohne daß er wußte, in welchem Teil davon er sich befand, außer daß es immer in der eigenen Haut war. Die Haut war es, worauf er, das Reich edler Gefühle hinter sich lassend, gestoßen war.

Sie lebten an einem Ort, auf einem Kontinent, wo vielleicht das bloße Erdulden die Qualitäten eines Menschen am besten zum Vorschein brachte. Und das konnte für alle

Orte gelten, wenn das Gebilde aus hohlem Schein und das Blendwerk edler Gefühle zunichte gemacht worden waren. Auf jeden Fall lag ihm so viel an Gemmy, daß er seine Korrekturen beiseite legte und sich aufmachte zu Mrs. Hutchence, um zu sehen, ob der Bursche heil angekommen war. Wenn er sich beeilte, dachte er, konnte er ihn unterwegs einholen.

Nachdem Gemmy das Schulhaus verlassen hatte, blieb er einen Augenblick lang stehen, die Papiere sicher in der Tasche verwahrt, und als er sich umschaute, hatte er zum erstenmal das Gefühl, daß er gehen konnte, wohin immer er wollte; er mußte nicht wieder den schmalen Streifen der Straße zurückgehen.

Zum Norden hin, jenseits des Sumpflandes mit seinem Saum von Kohlpalmen, war der Himmel dunstig rot, wolkenlos, denn nur eine einzige Wolke füllte ihn aus, strahlte in einem Licht, das vielleicht das Licht der auf die Erde gestürzten Sonne war, deren Asche verrieselt und deren Kern nun ausgebrannt war. Die Wälder dort hinten waren den Tag über in den Himmel gestiegen und allmählich wieder herabgewandert, hatten diese Gebirgsseite unter Asche verschwinden lassen; ein Atemzug aus dem Innern des Landes. Es war nichts Endgültiges darin. Er wußte das. Leben wurde durch Feuer verzehrt, von Flammen ausgehöhlt, damit die Samen aufbrachen, aus denen neues Leben entstehen würde; das war das Gesetz. Hier waren die Jahreszeiten Feuer, Asche, dann aus geschwärzter Erde und verkohlten, unverwüstlichen Baumstümpfen die Explosion federnder Triebe und zusammengerollter klebriger Blättchen; das harte Samenkorn, gepeinigt von Flammen, zerbirst und springt auf, danach ein Zischen, wenn die ersten schweren Regentropfen fallen und zerplatzen, und Blatt für Blatt in alter Form bringt der neue Wald aus verkohlten Stöcken und Schwelfeuern Leben hervor, gespenstisch erst, da es so leicht, so federig ist, und das in einer Zeitspanne, zu lang, um nach Tagen, Monaten oder nach dem Leben eines einzelnen Menschen oder dem vieler Menschen gemessen zu werden.

Er lief jetzt über die verbrannte Erde, dem Zusammenbruch nahe. Wenn er nicht bald das Wort fand, das ihm hier Einlaß gewährte, würde nichts von ihm übrigbleiben als eine Spur von Gluthitze, ein Hauch, wenn er verging, von gefallener Asche.

Etwas Feuchtes, ein Tropfen, zischte auf seiner Zunge: das Wort – er hatte es gefunden. *Wasser.* Langsam begann es zu tröpfeln. Er betrat Regenland. Bald schon ließ der Himmel verschlungene Wolkenstreifen hinunter, und er ging jetzt durch eine Landschaft, die ihm vertraut war; alle Namen der Dinge, die ihm begegneten, selbst in ihrer aschenen Form, leuchteten auf in seinem Atem, traten plötzlich überall um ihn herum in ihr reales Leben, saftiges Grün, weiche Pfote und schimmernder Augapfel, gespannter Muskel unterm Pelz.

In seiner Tasche trug er noch die Blätter, auf denen sie sein Leben aufgezeichnet hatten. Er nahm sie jetzt heraus. Sie waren durchnäßt. Der Regen hatte teilweise schon die Schrift abgewaschen, die Namen, die Ereignisse; ihre schwarze Magie nichts als eine wäßrige Himmelsfarbe, rußige Partikel flossen direkt vor seinen Augen davon; die Blätter wurden breiig, lösten sich in den Händen auf und fielen wie aufgeweichte Krümel von seinen Fingern in Lachen, wo sie liegenblieben, disparate Teilchen ... *und mein Freund Billy un ... hübscher kleiner schwartzer Fleck über ... Donner Dann ... alle Farben von ...*

20

Die schwestern von Sankt Columban in Wynnum waren in einem Zustand leichter, wenn auch angenehmer Erregung. Das Automobil mit seinem glänzenden Kühlergrill und den Stoßdämpfern über den Radspeichen, das zwischen den rostfarbenen Palmen ihrer Zufahrt auftauchte, war etwas Ungewöhnliches. Fast schön auf seine Weise, schob es sich brummend mit seinen metallenen Formen in die Stille ihres ummauerten Zufluchtsorts (drei Meter hoch waren die Mauern, obendrauf bewehrt mit Scherben von Ginger-ale- und Limonadenflaschen), eine eindrucksvolle, aber gefährliche Erinnerung an eine Welt, von der sie sich abgesondert hatten, wenn auch nicht ganz, und die seit kurzem aufdringlich und unselig interessant geworden war. Der Fahrer, der dann heraussprang, war ebenfalls etwas Ungewöhnliches. Daß es der Insasse des Autos weniger war, störte nicht die Gesamtwirkung.

Die Welt, der *er* angehörte, war ihnen vertraut. Es war die ihrer Väter und Brüder, die im Busch lebten und für ihren Auftritt in der Stadt im dreiteiligen Anzug erschienen. Er hatte nichts von der modischen Aufmachung des Fahrers, obwohl auch der ein älterer Mann war und das, was sie in ihm von der brutalen Welt sahen, die direkt vor ihren Toren begann, vom animalischen Glanz seiner Jackettschultern und der Schuhcreme auf seinen Stiefeln herrührte. Er ging vorn um sein Automobil herum und legte die Hand auf das Chrom. Der struppige Kopf des Ministers erschien. Er bugsierte seinen massigen Körper aus der Tür, schüttelte sich sozusagen auf den Weg.

Er war gekommen, um eine der Ihren zu sehen, Schwester Monica, die in den letzten Wochen Außerordentliches vollbracht hatte: sie war in die Zeitungen geraten.

Ein paar ihrer Briefe waren von den Behörden abgefangen worden, man hatte sie kurze Zeit verdächtigt, ein Risiko für die Sicherheit des Landes zu sein, vielleicht eine Spionin. Das war natürlich Unsinn, wie sich auch bald herausstellte; doch einige Schwestern hatten sie eine Zeitlang mit neuen Augen betrachtet – der Verdacht, die Möglichkeit an sich, das war schon etwas –, und einigen hatte es gutgetan zu sehen, daß ihre Mitschwester für einen Augenblick vom hohen Roß heruntersteigen mußte. Sie war, gelinde gesagt, eine irritierende Frau, der es an Demut fehlte; aber selbstverständlich waren alle froh, daß sich die düsteren Wolken über ihrer kleinen Gemeinschaft gelichtet hatten und die nun berühmte Korrespondenz für harmlos erklärt worden war, wenn auch nicht ganz alltäglich; jedenfalls bestand keinerlei Zusammenhang mit dem aktuellen Geschehen, den Gefechten, der Verärgerung und dem – überflüssigen, hätte man meinen können – Beweis der Loyalität dem Dominion gegenüber.

Dennoch waren sie aufgeregt bei der Aussicht auf diesen neuerlichen Besuch des Ministers. Der *Mann* war nicht entlastet, nicht in der Meinung der Öffentlichkeit; und sie genossen wohlig die Vorstellung, daß sich hinter seinem so normalen Aussehen und seinem so normalen Sprechen etwas nicht ganz Vertrauenswürdiges verbergen mochte. Es bestärkte sie in ihrem Argwohn gegenüber der Welt, besonders gegenüber ihrem aktiven, überheblich männlichen Teil. Einige Schwestern wieselten herum, vergewisserten sich, daß das Treppengeländer kein Stäubchen aufwies, rieben das Fensterglas mit dem Ellbogen, hielten Ausschau nach Schuhabdrücken und Kratzern auf den Fliesen in der Eingangshalle, als prüfte dieser Mann ihre Hingabe an die *häuslichen* Tugenden und wollte ihnen demonstrieren, daß sie als Hausfrauen weitgehend versagt hatten. Heimlich beobachteten sie Schwester Monica aus den oberen Fenstern, wie sie den Rock über den Stiefeln schürzte und die Steintreppe hinunterging, um ihn zu begrüßen.

»Lachlan«, sagte sie und küßte ihn zuerst auf die eine Wange, dann auf die andere. »Hallo«, antwortete er und blickte verstohlen zu den Beobachterinnen hoch, die gleich von den Fenstern zurückwichen.

Selbst wenn keiner zuhörte, wußte er nie recht, wie er sie in diesen Augenblicken ansprechen sollte, wenn sie noch in Sichtweite waren. Später wäre sie einfach wieder Janet. »Schwester« oder »Monica« konnte er nie über die Lippen bringen.

»Bloß fort von der Galerie«, sagte sie.

»Vierzig Minuten, Wilson«, teilte er dem Fahrer mit, der die Hacken zusammenschlug und dann, sich des Eindrucks nur zu bewußt, den er bei den Beobachterinnen oben machte, zum Rasen hinüberschritt; er stellte sich mit dem Rücken zum Gebäude breitbeinig hin, die Sonne auf den Schultern, während ein dünner Rauchfaden vor ihm aufstieg und Hirtenstare keck in der Nähe seiner Stiefel herumpickten.

Das Kloster war ein imposanter Bau aus Sandstein und Holz mit einer zweistöckigen Veranda, unten offen, oben aber mit rostfleckigen Jalousien versehen. Das Dach war aus Wellblech, doch die Türmchen an den Seiten, jedes mit einer Reihe schräger Fenster, und die von Säulen getragenen Ziegelsteinkamine gaben ihm ein herrschaftliches, fast elisabethanisches Aussehen.

Mit Ballsaal, Billardzimmer, separater Küche und einem Dienstbotentrakt ausgestattet, war das Ganze für einen Magnaten erbaut worden, dessen Vermögen dadurch zustande gekommen war, daß er Sklaven von den Inseln für die Zuckerplantagen im Norden des Landes heranschaffte, bevor der Staatenbund solchen Praktiken ein Ende setzte.

Seine Witwe hatte sich inzwischen darauf verlegt, Wohltätigkeitsbälle als ihren Beitrag zur Kriegsfinanzierung zu organisieren, und hatte den Besitz den Schwestern übertragen im Bemühen, Ehrbarkeit zu erlangen, wobei der Familienname, ganz im Einklang mit dem gerade aufgekommenen Expeditionsfieber und heldenhaften Opfermut, vom Makel jener Frühzeit in der Südsee befreit wurde und der alte Gauner, einst die Geißel aller nahegelegenen Inseln, mit seiner weißen Weste und dem Backenbart zur gütigen, großväterlichen Figur werden konnte, Verkörperung des letzten großen, wenn auch recht gewalttätigen Zeitalters von Visionären in Nagelschuhen. In dieser Darstellung beherrschte sein Porträt die Treppe mit ihren Zedernholzpfosten und spindelförmigen Balustern, starrte herab, vielleicht den Kindern und Enkelkindern nachtrauernd, die das Haus nach seiner Vorstellung hätten bevölkern sollen, als er es draußen in der Einsamkeit der Tropennächte entworfen hatte, oder mißvergnügt angesichts der Frauen in robusten Stiefeln, die ständig die Eingangshalle mit den Buntglasscheiben durchquerten, die Hände in den Taschen, oder, die Röcke unbefangen gerafft, weil niemand sie sehen konnte in ihrer Klausur, die Fliesen mit Lauge abwischten.

Bei seinem ersten Besuch hatte die Oberin Lachlan Beattie empfangen. Vom Blick des alten Halunken verfolgt (er war Duncan McGregor einige Male in der Vergangenheit begegnet, eine nicht gerade erbauliche Erfahrung), war er in einen dunklen, mit Möbeln überladenen Raum geführt worden, um Tee aus einem vornehmen Täßchen zu trinken, während Janet ungeduldig zuschaute.

Die Oberin, eine vernünftige Person, neigte nicht zur Panik, als die Schwestern auf einmal in die Schlagzeilen gerieten. Sie ließ Lachlan seinen Charme ausspielen, wie sie ihrerseits ihren Charme hatte spielen lassen, sah ihn aber nicht wieder. Janet war nun frei von Förmlichkeiten und führte ihn an dem heruntergekommenen Teil des Gebäudes vorbei zum Garten.

Hier hinten war alles ziemlich verwahrlost. Da gab es Bottiche und einen verrußten Heizkessel für die Waschtage, und am Ende eines unebenen Ziegelsteinwegs standen zwei windschiefe Plumpsklos unter einer Krone von Knöterich mit rosafarbenen Blüten. Er stellte sich vor, wie die Schwestern nach Einbruch der Dunkelheit unter Schirmen und in weiten Stiefeln dorthin platschten und wie die Grubenentleerer mit ihren Abortkübeln auf den Schultern zu ihren Karren schwankten, früh genug an heißen Tagen, um nicht einer der Schwestern unterwegs zu begegnen.

Der Garten dampfte an diesem Nachmittag nach einem Platzregen. Schnecken krochen mit ihren Häuschen aus Kassiensträuchern und Kannabüschen hervor. Schwester Monica, Janet, ging vor ihm her und trat gezielt, wie in einer Art Tanz, einmal dahin, dann dorthin, so daß es unter den Stiefeln knirschte. Er spürte im Gehen, wie ihn ein feuchter Zweig am Ärmel streifte. Bleiwurz, dessen lange Triebe tropfnaß waren. Er pflückte eine Blüte ab, steckte sich abwesend den Stiel zwischen die Zähne und schmeckte den Tropfen Süße. Sie wandte sich nach hinten, um zu sehen, warum er stehengeblieben war.

»Ah«, sagte sie. Was sie erstaunte, fast schmerzte, war das Blau der Blüte, genau die Farbe seiner Augen.

»Ja, das tun die Kinder immer noch«, sagte sie, wobei sie an ihre kleinen Besucher von einst dachte; doch was sie vor sich sah, war der Junge aus der Stadt, den sie in ihm wiedererkannte, all seine Rauheit verschwunden, als er dastand mit weichem Mund und in feierlicher, engelhafter Pose und das Lied sang und ihre arme Mutter weinte.

»Wirklich?« sagte er und kam sich ein wenig lächerlich vor. Es war eine unbewußte Geste gewesen. Er hatte den Tropfen Süße vergessen, hatte es zumindest geglaubt. Aber etwas in ihm erinnerte sich noch daran.

Seit seinem ersten Besuch vor fünf Wochen hatten sie sich einen Lieblingsplatz im Garten erkoren. Dorthin führte sie ihn.

Eine Terrasse mit einer Balustrade, stark verfallen, ohne die Steinvasen, schaute jenseits der Marmorstufen auf einen Rasen hinunter. Ihre linke Seite war als Schachbrett angelegt, manche der Quadrate aus schwarzem und weißem Marmor – die weißen schwarzgeädert, die schwarzen weißgeädert – waren eingesunken, andere gesprungen, in den Rissen wucherte dunkelblättriger, gelbblühender Klee. An der einen Seite stand eine Bank, auch aus Marmor, in Form eines Sofas mit polsterähnlichen Lehnen, Klauenfüßen und einem Paar pausbäckiger, mürrisch blickender Cherubim an den Seiten. Sie wurde nicht von der Sonne beschienen, sondern stand in Sichtweite ihrer Bienenstöcke, die man im unteren Garten hinter einer Reihe verkrüppelter Apfelbäume und einem riesigen Maulbeerbaum sehen konnte.

»Darf ich?« fragte er. Aber es war nur eine Formalität; er wartete ihre Erlaubnis nicht ab, sondern zog sich gleich das Jackett aus und saß mit schweren Schultern und struppigem Haar in Hemdsärmeln und Weste da. Jetzt, da er fast wie ein Arbeiter aussah, erkannte man, daß sich seine Hände und seine Stirn von der Sonne schuppten.

Nach einer Weile ließ sie die Hand in die Tiefen ihres Habits gleiten und brachte einen Granny-Smith-Apfel zum Vorschein.

Er machte eine kleine überraschte Geste, als wäre der Apfel etwas Besonderes und nicht die übliche Einleitung zu ihrem Gespräch geworden. »Ein Gedicht!« sagte er. Er drehte ihn in seiner schlaffhäutigen Hand, hob ihn dann an die Nase und roch daran.

Sie beobachtete, wie er das Taschenmesser herausholte, es aufklappte und ganz säuberlich damit bis zum Kern schnitt, ein grünhäutiges, keilförmiges, saftiges Stückchen absäbelte und es ihr auf der Messerspitze anbot. Als sie den Kopf schüttelte, schob er es sich in den Mund und kaute bedächtig. Sie war sich der Sommersprossen auf seinen Händen bewußt, der Schüppchen, ähnlich den ihren und denen ihres Vaters – die falsche Haut für dieses Land.

Auch die Art, einen Apfel zu schneiden, glich der ihres Vaters. Um dies wieder zu sehen und die zärtliche Freude dabei zu spüren, brachte sie jetzt jedesmal einen Apfel für ihn mit. Daß er sich am ersten Tag im Obstgarten hochgereckt hatte, eines der harten Äpfelchen gepflückt, sich hingesetzt und es zerteilt hatte, stellte fast zufällig wieder die Kontinuität in ihrer beider Leben her und schuf diese Vertrautheit zwischen ihnen mit einer Unmittelbarkeit, die ihnen ansonsten vielleicht versagt geblieben wäre.

Sie hatten sich in den vergangenen Jahren kaum gesehen. Seine Stellung als Abgeordneter, später dann als Minister, bedeutete, daß er immer im Blickfeld war, allerdings nur als öffentliche Person. Ihre Mutter und später Meg waren es, die Familiennachrichten übermittelt hatten. Als vor zwei Jahren dann einer ihrer Briefkontakte wegen des Krieges gefährdet war, hatte sie die verwandtschaftliche Beziehung genutzt, ihm einen Brief geschrieben und angefragt, ob er nicht seinen Einfluß auf die Behörden geltend machen könne, die, wie sie es ausdrückte, sich dümmer noch als üblich anstellten. Es kam ihr nicht in den Sinn, daß sie ihm womöglich schadete.

Sie korrespondierte mit einem katholischen Priester in Jena, dessen Forschungsbereich sich mit dem ihren berührte, dem aber sein Doktorgrad, die Unterstützung durch seinen Orden und ein zur Verfügung stehendes Universitätslabor eine bessere Position verschafften, um bestimmte Fragen, mit denen sie sich seit fast dreißig Jahren beschäftigte, zu beantworten.

Es sei doch absurd, schrieb sie an Lachlan, daß die Belange der Nationen (es war noch in der Anfangszeit, bevor der ganze Schrecken sich ihnen enthüllte) Forschungen beeinträchtigen sollten, die einzig und allein um die *Natur* kreisten; die nichts wisse von den kleinen Geboten der Menschen – selbst der Staatsmänner – und sich darum keinen Deut schere. Die Informationen, die sie und der Priester einander zukommen ließen, enthielten keinen Kode, versicherte sie ihm; es gebe da zwar einen Kode, aber den hätten sie bisher nicht geknackt, und sie bezweifle, ob es die Commonwealth-Zensoren könnten, es sei denn, sie wären Bienen. Sie habe keinen Grund zu glauben, daß ihr Priester (wie patriotisch er auch sein mochte – sie selbst sei es ja auch bis zu einem gewissen Grad) als Deutscher und Katholik irgendwie gefährlicher sei als sie als Australierin, eine Nonne und nur eine Frau ... Dies alles war hastig und ziemlich unordentlich hingeschrieben, und es kam ihm dabei alles in den Sinn, was er über die Jahre hinweg von ihr gehört hatte, so daß er über den herrischen Ton lächeln mußte, die Art und Weise, wie sie an seine Macht appellierte und deren Wirkungskreis gleichzeitig mit einer Handbewegung abtat.

Er trug den Brief bei sich und las ihn nochmals, freilich nicht allzusehr an dem Problem interessiert, sondern um herauszufinden, was Janets Wesen ausmachte, das sich schriftlich so schroff gab und ihn zurückführte zu seinem kindlichen Ich, zu ihr und zu der fernen Zeit schmerzhafter Anfänge.

Er sorgte tatsächlich dafür, daß sie die Korrespondenz mit ihrem ausländischen Briefpartner wiederaufnehmen konnte, schrieb dann in einem persönlicheren Brief, daß er von ihrer Arbeit gehört habe, die nicht, wie sie meine, ganz unbeachtet geblieben sei, und wie sehr sich ihr Vater und ihre Mutter darüber gefreut hätten – seltsam, sich nach all den vielen Jahren diese Beschützergestalten, diese Schatten aus einem früheren Leben, ins Gedächtnis zurückzurufen –, und kam, nachdem er den Geist der Familie beschworen hatte, auf eine private Angelegenheit zu sprechen, nämlich den Tod seiner Frau vor gerade erst sieben Monaten. Er frage sich, ob er sie wohl einmal besuchen dürfe. Ob der Orden das erlaube? Natürlich nur, wenn es zulässig sei und sie selbst nichts dagegen habe.

Sie war überrascht, als sie seinen Brief las, über die Höflichkeit darin, die Behutsamkeit, die Zärtlichkeit, hätte sie sagen können, und kam sich dumm vor, als sie sich an den eigenen borstigen Ton erinnerte; um so mehr, als sie wußte, es hatte weniger damit zu tun, daß es ihren Stolz kränkte, ihn um etwas bitten zu müssen, als mit ihren Gefühlen für *ihn*, die auch nach so langer Zeit noch schmerzten und ungeklärt waren.

Sie las den Brief immer wieder und wollte ihn beantworten, tat es aber nicht. Ein ganzes Jahr verstrich. Bis sie eines Morgens die Zeitung aufschlug und sich fortgefegt fühlte von einem Sturm öffentlicher Entrüstung, Anklage und Ablehnung, was bedeutete, sie *mußten* sich treffen, aber nicht mehr unter ihrer beider Bedingungen.

In Fortitude Valley wurden einem Konditor namens Walter Goetz, einem naturalisierten Deutschen, in der Woche nach dem Schock von Passchendaele von einer Horde patriotischer Fußballfans die Schaufenster eingeschlagen. Als er sich beschwerte, wurde er selbst wegen Störung des öffentlichen Friedens verhaftet und für schuldig befunden. Er, seine australische Frau und ihre vier Kinder sollten deportiert und ihr Eigentum beschlagnahmt werden.

Es war eine schmutzige Geschichte, Protestversammlungen wurden einberufen, in denen Hetzreden gehalten wurden, Leitartikel erschienen, zwei oder drei Männer in hohen Positionen, die ihren Namen unter eine Petition setzten, wurden in aller Öffentlichkeit gebrandmarkt. Einer von diesen war der Abgeordnete von Walter Goetz, kein Geringerer als Lachlan Beattie, Minister der Krone. Er wurde im Parlament angegriffen, man brach in sein Haus ein, und jemand aus seinem eigenen Stab spielte der Presse Dokumente zu, unter denen sich ein Brief befand von einer Nonne, einer gewissen Schwester Monica, die, wie sich herausstellte, Mr. Beatties Kusine war und ihn aufforderte, etc., etc. Schwester Monica, Janet, staunte nicht wenig, als sie eines Morgens ihre Briefe an Pater Elsheimer auf der Titelseite des *Courier* in all ihrer gefährlichen Rätselhaftigkeit abgedruckt sah, Flugschemata, Schwänzeltanzschritte, Kompaßgrade, alles jetzt deutbar als Sprache einer internationalen Verschwörung. Am kompromittierendsten war ihr Brief an ihren Vetter.

Als sie ihn in nüchterner Druckschrift wiederlas, fand sie ihn schon seltsam. Sein Ton war zweifellos provokativ, und bei Licht betrachtet, nicht im stillen Kämmerlein, erschien er reichlich mysteriös; selbst sie mußte das zugeben. Innerhalb einer Stunde hatte Lachlan sie telefonisch erreicht, um sich zu entschuldigen und sie zu beruhigen. In Wirklichkeit betreffe das Ganze nur ihn. Es tue ihm leid, daß sie da hineingezogen worden sei. Aber sie schämte sich. Sie erkannte sofort den Ernst der Lage.

Den Mitschwestern, die ganz im Banne des aufregenden Geschehens standen, wurde es erst klar, als die anderen Anrufe kamen: Journalisten verlangten nach Interviews, Eltern sagten die Musikstunden ab, anonyme Stimmen schrien patriotische Obszönitäten in die Leitung. Ein Junge, der Sohn eines Metzgers, wie sich herausstellte, kam mit dem Fahrrad in die Auffahrt und warf einen Stein in ein Fenster, eingewickelt in den Union Jack.

Nachmittags nach Schulschluß waren immer ein halbes Dutzend Kinder vom Ort, zerlumpt und barfuß, Mädchen und Jungen, mit Schuhschachteln unterm Arm aufgekreuzt, um Blätter vom Maulbeerbaum zu pflücken. Es waren arme Kinder aus den elenden Behausungen in der Wynnum Road. Ihre Mütter wuschen anderer Leute Wäsche. Die Väter arbeiteten in den Schlachthöfen in Cannon Hills oder besserten Straßen aus. Schwester Monica hatte sie hinaufklettern lassen, damit sie die zartesten Blätter holten, und ihnen Bienenwachs zum Kauen gegeben. Wenn die Süße weggelutscht und das Wachs weiß geworden war, formten sie daraus winzige Stühlchen und Tischchen für ihre Puppenhäuser und die Jungen, der Zeit entsprechend, Panzer, die sie ihr später zeigten. »Brumm!« Jetzt war ihnen das Kloster verboten. In einem halben Dutzend Häuser in der Wynnum Road hörte man Jammergeschrei, als die Seidenwürmer verhungerten, und die Väter wurden losgeschickt, um nach Ersatz-Maulbeerbäumen Ausschau zu halten. Das Ganze war völlig lächerlich! Am Ende der Woche rief Lachlan Beattie wieder an und machte auf Vorschlag von Oberin Francis seinen ersten Besuch.

Sie waren sich an diesem Tag mit einer gewissen Scheu gegenübergetreten. Die Begegnung wäre ohnehin schwierig gewesen nach all den Jahren. »Die Umstände« machten es ihnen in einer Weise leichter; sie konnten mit der sie beide betreffenden offiziellen Angelegenheit beginnen. Sie entschuldigte sich erneut, daß sie ihn in diese peinliche Lage versetzt hatte.

»Nein, nein, ich bitte dich«, beharrte er. »Ich bin derjenige, der sich entschuldigen sollte. Du bist da mit hineingezogen worden – du, der arme Goetz. Das hat alles nichts damit zu tun. Selbst der Krieg nicht. Der ist denen egal. Sie wollen meinen Kopf, das ist alles.« Sie schaute seinen Kopf an. Er war feingeschnitten, ihr vertraut. »Und den werden sie auch kriegen, letzten Endes – darum bin ich hier, um dich zu warnen. Wenn es passiert«, er sah belustigt aus, »mußt du nicht glauben, du wärest schuld.«

»Aber gibt es da nichts, was du tun kannst?«

»Doch – ich kann kämpfen, und ich bin schon dabei. Ich teile genauso hart aus, wie ich einstecken muß. Ich bin auch kein Heiliger, wenn es um so was geht. Aber ich werde nicht gewinnen. Ich habe die Regierung in eine mißliche Situation gebracht, das ist das eigentliche Problem. Die Kollegen sind es, die mich abschieben werden ... Wir könnten mit dem Thema aufhören. Ich würde lieber über etwas Sauberes reden. Über deine Bienen zum Beispiel. Reden wir doch über deine sauberen kleinen Bienen.«

»Grausame kleine Bienen«, verbesserte sie. »Ja, auch sauber – aber an ihnen ist nichts Edles, nichts Kompliziertes oder Unvorhersagbares. Darum ist es so leicht, sich mit ihnen zu beschäftigen. Und Mr. Goetz?«

Er schüttelte den Kopf.

»War er ein Freund?«

»Nein. Ein ziemlich unangenehmer Typ, ich traue ihm nicht ganz über den Weg. Seine Frau ist das reinste Nervenbündel. Sie ist krank, will ich damit sagen. Es sind hilflose, verzweifelte Menschen. Nancy –«, er hielt inne, aber sie wußte, wer Nancy war, »hat sich oft dort blicken lassen. Sein Gugelhupf hat ihr geschmeckt. Damit«, sagte er nach einer weiteren kleinen Pause, beiden fiel nichts mehr dazu ein, »wär's also vorbei.«

Sie gingen jetzt zu ihren Bienenstöcken, und als sie durch den kümmerlichen Obstgarten kamen, streckte er die Hand nach einem Apfel aus. »Darf ich?« fragte er, »dagegen haben sie doch nichts?«, und pflückte sich einen Apfel. Er war zwar reif, aber klein und unansehnlich. Er ließ ihn in seine Tasche gleiten.

Sie zeigte ihm ihre Bienenstöcke, die etwas Besonderes waren; sie bestanden aus Glas, so daß man hindurchsehen und beobachten konnte, was sich im Innern abspielte, alle Vorfälle, die geregelten Abläufe und die Rituale eines anderen Lebens.

Wie eines ihrer Kinder, Alice, Kevin oder Ben, die brennend gern da hineinschauten, um zu sehen, ob sie nicht auf eine Einzelheit stießen, die ihr womöglich entgangen war (auch sie waren dem Großen Geheimnis auf der Spur), hockte er sich hin und spähte mit großen Augen durch die transparente Scheibe; sein Gesicht hatte, bemerkte sie, denselben Ausdruck von Verwunderung und träumerischer Ruhe, den sie sich immer bei den Kindern erhoffte, und für eine Weile war sie es zufrieden, auf das größere Studium zu verzichten und sich diesem bescheideneren, nicht weniger anrührenden zuzuwenden.

Es war, als spähte man in die Stadt Gottes hinein – so betrachtete sie es, und so sah sie es in den Gesichtern widergespiegelt; spähte in das Leben kleiner, pelzköpfiger Engel mit einer Begabung fürs Geometrische und der Fähigkeit (dies war die Große Aufgabe, die sie sich gestellt hatte), sich untereinander zu *verständigen.* Die Art und Weise der Verständigung war jedesmal deutlich sichtbar, wie sie wußte, wenn sie ans Glas trat, aber ihr Verstand in seiner menschlichen Form konnte sie nicht begreifen, obwohl es vor vielen Jahren einen Augenblick gegeben hatte, da sie es *gewußt* hatte, dessen war sie sich gewiß.

Zu alldem hatte Mrs. Hutchence sie vor langer Zeit hingeführt. Nicht durch Erklärung, sondern durch Beispiel und Sympathie, und dies war der Grund, weshalb sie Lachlan nicht zu beschreiben versuchte, was ihr Leben ausmachte, sie ließ ihn bloß in den Bienenstock schauen und sehen.

Früher hatte sie den Bienenschwarm, vielköpfig, doch mit *einem* Geist, für einen Engel gehalten. Heute sah sie ihn als Maschine an, was eine Veränderung war, jedoch kein Unterschied. Würde er dies verstehen? Sie hoffte es.

Daß sie jedenfalls vertrauter miteinander geworden waren, zeigte sich später, als sie sich zum erstenmal auf die Bank neben dem Schachbrett setzten und er sein Jackett auszog, den Apfel aus der einen Tasche und das Taschenmesser aus der anderen holte. Während sie zuschaute, wie er den Apfel schnitt und geschickt ein keilförmiges Stückchen abhob, erzählte er ihr von seinem Enkel Willie, der vor zehn Monaten in Frankreich umgekommen war. Das Taschenmesser hatte ihm gehört. Es war aus vergilbtem Elfenbein, auf der einen Seite zeigte es ein silbern gerahmtes Porträt von König Edward, auf der anderen eines von Alexandra. Schon als Junge besaß er das Messer, und er trug es in seiner Tasche, als er, immer noch ein Junge, im Krieg fiel, zusammen mit Woodbine-Zigaretten, einer Streichholzschachtel und einem harten, kleinen Apfel, wohl in einem verlassenen Obstgarten gepflückt, dem ein Stückchen fehlte.

Sie wußte, was er ihr damit zu verstehen geben wollte. Der Junge mußte gerade noch die Zeit gehabt haben, das Messer zuzuklappen und es mit dem Apfel in seine Tasche zu schieben. In die harte, kleine Frucht des fremden Landes zu schneiden, bis zum Kerngehäuse, war das letzte, was er getan hatte, so feierlich, wie sein Großvater es gerade tat, bevor der Befehl zum Angriff erfolgte. Die süßsaure Hostie konnte ihm noch auf der Zunge gelegen haben, als er getroffen wurde, sein letzter Geschmack von der Welt war die Frische des Apfels, während sein warmer Atem sich mit dem größeren, kälteren des Herbstmorgens vermengte, dann das hervorschießende Blut. Sie sah zu, wie die schuppige Hand sich säuberlich noch ein Scheibchen heraussäbelte, sah zu , wie er es kaute und schluckte.

Danach hatte sie ihn jedesmal mit einem Apfel beglückt. Nichts wurde gesagt, nur sein überraschtes »Ah« und das genüßliche Würdigen der Frucht. Auch bei diesem fünften Treffen sah sie ihm beim Essen zu, und er teilte ihr mit: »Am Mittwoch wird's passieren. Ich wollte, daß du es vorher erfährst. Sie werden die üblichen gesundheitlichen Gründe anführen, du kennst das ja, als wär ich ganz alle –« Er lächelte über den Ausdruck aus der Kindheit. »In Wirklichkeit« – er blickte sie lachend an – »bin ich nie gesünder gewesen.«

Er schnitt sich noch ein Stückchen Apfel ab. Es verschwand in seinem Mund. Er kaute. Dann sah er auf: »Weißt du, ich wünschte, ich wäre vor zehn Jahren gekommen.«

Sie fing seinen Blick auf, einen Augenblick lang war sie verdutzt, dann begriff sie, was er dachte. Wie war das bloß möglich? Er wollte sagen, er hätte Willie bei sich haben können. Sie hätte den Jungen gesehen.

Aber nicht deutlicher, hätte sie ihm entgegnen können, als ich ihn jetzt vor Augen habe.

Er wollte den Namen des Jungen auf ihrer Zunge; wollte ihn hier, auf der Welt, von jemand anders laut gesagt hören. Wie hatte sie das bloß erraten?

Wie seltsam die Liebe ist, dachte sie. Und das war das Wort auf ihren Lippen, obwohl sie es nicht aussprach. Liebe. Statt dessen sagte sie »Lachlan«, nahm seine große Hand in die ihre, die ähnlich schuppig und sommersprossig war.

Er sah überrascht aus, sie gab die Hand frei, und er saß da, die Hände im Schoß, den halbgegessenen Apfel in der einen und in der anderen sein kleines Messer. Man hörte nur das Geräusch seines Atmens, ein wenig stockend, und weiter weg das leise, stete Summen ihrer Bienen, ein Klang, dessen sie sich immer bewußt war, irgendwo, nie allzufern.

Sie hatten einen langen Weg zurückgelegt bis zu dem einen Augenblick, der sich ihnen in diesen letzten Wochen mehr als einmal zu erkennen gegeben hatte und verdrängt worden war. Ein sengender Nachmittag im Sommer, als die Landschaft ringsum in schimmernder Bewegung war, sich auflöste, umformte, und sie hatten beieinandergestanden, er, Meg und sie – er ein wenig weiter vorn, da er ein Junge war, ein Mann –, während das Geschöpf, unerkannt und namenlos bis dahin, das aus der fremden Welt auf sie zugestürzt war, von der Landschaft selbst in ihre Mitte geworfen, ein Bruchstück von ihr, ihrer Geschichte oder ihrer eigenen, ein Teil dessen, was noch kommen sollte, vor dem pulsierenden Himmel ausgeharrt hatte, noch unschlüssig, wohin es sich wenden sollte, nach oben zur Sonne oder, da eine Unausgeglichenheit in seinem Körper, das Herz vielleicht, die Erde oder die Macht ihrer Blicke es herzog, nach unten zu ihnen, wo sie wie festgewurzelt dastanden, während seine Zehen das entrindete Querholz oben auf dem Zaun umklammerten, die Muskeln seiner sehnigen Füße sich spannten und die spindeldürren Arme in der Luft ruderten.

Sie stand wieder dort und hörte sich sagen: »Ich glaube manchmal, daß dies alles war, was ich je von ihm erfahren habe: das, was mir in jenem Augenblick in den Sinn kam, bevor ich ihn überhaupt kannte. Als er da oben war« (sie sah erneut die gekrümmten Zehen vor sich, staubig und mißgestaltet, die Muskeln seines hageren Halses, wo der Kopf zurückgeworfen war), »bevor er fiel, der arme Kerl, und bloß noch – ich habe keine klare Vorstellung von dem, was er vorher gewesen sein mag, und später war er bloß noch Gemmy, jemand, den wir geliebt haben.«

Geliebt. Das Wort, das sie gebraucht hatte, als wäre nichts dabei, einen solchen Aufruhr von Gefühlen so zu benennen, befreite ihn von einer Last, die sich, spürte er, verlagerte und abfiel.

»Und während er dort oben war?«

»Ich weiß nicht. Außer, daß ich nie in meinem ganzen Leben jemanden klarer gesehen habe. Alles, was er war. Alles.«

Er blickte sie mit seinen wäßrigen blauen Augen an, rotgerändert jetzt im fleckigen Gesicht, dennoch dieselben Augen, die, mutig und ängstlich, auf das hochgeschaut hatten, was sich im Visier des imaginären Gewehrs befand, das er in Händen hielt, ein trockener Stecken, von einem abgeschälten Baum heruntergefallen und eine Jahreszeit lang auf dem Boden dorrend, tot, den er seinem Baumleben entrissen und in ihrer Welt zur Waffe umgeformt hatte, fähig, Sicherheit zu bringen oder Tod, und er hatte direkt auf das Herz des Geschöpfes gezielt und, *ja*, dachte er, *es getroffen* und ihn heruntergeholt, und so hatte es angefangen, und solange dieses Bild in ihm fortlebte, war es nicht zu Ende.

Sie kannte das Ende der Geschichte, soweit es eines gab.

Neun Jahre nach Gemmys Verschwinden gehörte Lachlan Beattie einem Straßenbautrupp an, der im Auftrag der Regierung das zum Norden hin sich erstreckende Land zu vermessen und eine Straßenführung auszuarbeiten hatte, eine Staubpiste durch all die kleinen Siedlungen, die im Froschsprung entstanden, verschlafene Hafenstädte, Goldgräbersiedlungen, vereinzelten Behausungen am Ende einer Bahnstrecke, bei einem Sägewerk oder einer Zuckerrohrmühle, zwischen Brisbane und, fünfzehnhundert Meilen weiter nördlich der Tropen, den letzten von Gouverneur Bowen gegründeten kleinen Häfen, die hier und da verstreut waren und ums Überleben kämpften; quer durch Zuckerrohrplantagen, widerlich süß nach Melasse riechend, Regenwälder, ausgetrocknetes, spärlich bewaldetes Weidegebiet mit drei Meter hohen Ameisenhügeln und durch hundert Wildbäche und breite, von Mangroven gesäumte Ströme. Er kannte das Land hier oben. Er sprach ein wenig die einheimischen Sprachen. Die letzten drei Jahre hatte er zuerst als Hilfsarbeiter, dann als Aufseher bei Straßenbautrupps die Küste hoch und runter gearbeitet; es war eine Art animalischer Tätigkeit, die, so glaubte er, das noch Kindliche in seinem Wesen und seine maßlosen Träume ausmerzen würde.

Überall, wohin sie kamen, zog er Erkundigungen ein, bei einzelnen Eingeborenen, die aus dem Busch auftauchten und ihnen zusahen, wie sie ihre Vermessungsinstrumente aufstellten, Markierungspflöcke einschlugen und mit Meßgeräten hantierten, und die ihnen zuweilen zur Hand gingen, wenn sie Spaß daran fanden; bei den umherschweifenden Gruppen, denen sie begegneten und die unter elenden Bedingungen von einem Lagerplatz zum anderen wanderten. Nur er selbst wußte, dachte sie, mit welcher Angespanntheit, welcher Erregung er nachfragte angesichts der Möglichkeit, jemandem wieder Auge in Auge gegenüberzustehen, den er einmal sehr gern gehabt hatte; auch mit welcher Angst, denn sein Gewissen war nicht rein. Sie hatte in der Zeit nichts von dem gewußt, was ihn bewegte. Sie standen sich nicht mehr nahe.

Schließlich hörte er doch etwas, wenn es auch nicht sicher verbürgt war. Der in Frage kommende Stamm konnte ein anderer sein als der, den er suchte. Er kannte einige wenige Worte aus dessen Sprache, die er von Gemmy aufgeschnappt und nur schlecht behalten hatte, und der Ort, woher die Leute stammten, lag weiter im Norden, als er angenommen hatte.

Es betraf eine »Auflösungsaktion« sechs Jahre zuvor durch eine Gruppe von Viehzüchtern und zwei einheimischen Polizisten, zu belanglos, um ein Massaker genannt zu werden, und keine Zeitung bekam Wind davon. Die Schwarzen waren in vollem Galopp eingeholt und von den Steigbügeln unten am Bügelriemen zu Boden geschmettert worden – eine wirksame Waffe, um Schädel zu zertrümmern. Die Überlebenden des Stammes, darunter die junge Frau, die ihm die gewünschten Tatsachen lieferte, hatten sich verstreut und waren in einer größeren Gruppe aufgegangen. Die Knochen der Opfer, acht oder neun im ganzen, Männer und Frauen, zwei kleine Kinder, hatten sie mitgenommen und sich auf traditionelle Weise von ihnen getrennt; sie wurden in kleinen Bündeln in Baumgabeln abgelegt.

Die Geschichte zeigte bereits Gemeinsamkeiten mit anderen Geschichten, die er hier oben gehört hatte und die, sobald er versuchte, Näheres zu erfahren, nicht mehr recht faßbar waren. Vielleicht bildeten sie alle nur eine einzige Geschichte. Ob diese sich, wie es die Frau behauptete, vor sechs Jahren und zu ihrer Lebzeit ereignet hatte oder im Leben ihrer Mutter oder erst im letzten Jahr, sie war jetzt in der Traumzeit des Landes selbst aufgehoben, in einem Schattenreich, wo die Knochen der Fakten sich schon in die Haut von Felsen, von Tieren und von Luft gehüllt hatten.

Die junge Frau erklärte sich bereit, ihn dorthin zu führen, und da sie zu der Zeit ein Kind gewesen war, zehn oder elf, nahmen sie eine ältere Frau mit; aber auch sie äußerte sich, wenn er sie befragte, unbestimmt, zeigte ihm den Weg nur auf Umwegen. Er war es, der eine Art Gewißheit spürte, die ihn auch nicht verließ, als sie sich von der Küste abwandten und schließlich zu einem Dickicht an einem Wasserloch kamen. Die beiden Frauen hockten sich hinter einen Felsen. Sie weigerten sich, weiterzugehen. Die ältere Frau brach in Wehklagen aus.

Es waren Knochen da – nicht viele. Acht Bündel in Borke, zwei von Kindsgröße, befanden sich etwas über Augenhöhe.

Er betrachtete eines der trockenen Bündel, dann ein zweites – sie waren ununterscheidbar – und empfand für das eine nicht mehr als für ein anderes. Seine Gefühle, deren er sich so sicher geglaubt hatte, als sie sich dem Ort näherten, ließen ihn im Stich. Er trauerte still um sie alle in der Hoffnung, er berge auch *seine* Knochen, sollten sie denn hier ruhen, beschloß dann, ohne einen Beweis zu haben, nur aus dem Bedürfnis heraus, sich endlich von einer Pflicht, die er übernommen hatte, einem Versprechen, das er gegeben hatte, und von der Last auf seinem Herzen zu befreien, daß dies der Ort war und eines dieser Bündel, das nicht in seiner Ruhe gestört werden durfte, die Gebeine eines Mannes enthielt mit einem Kiefer, verschieden von dem der anderen, vergrößerten Gelenken und Spuren eines alten Bruchs am linken Bein, und daß dessen Wanderschaft schließlich ein Ende gefunden hatte, und das war es. Als er seinem Onkel darüber berichtete (Janet hatte wortlos zugehört und war seinem Blick ausgewichen), stellte er es als nüchterne Tatsache dar, dennoch wußte sie, daß er nicht daran glaubte. Er wollte ein loses Ende in seinem eigenen Leben festbinden, da sich vielleicht die Wunde sonst nie geschlossen hätte.

All das lag fünfzig Jahre zurück. Eine Ewigkeit. Sie lebten in einem anderen Land. Er konnte sich jetzt ohne weiteres eingestehen, daß die Geschichte nicht beendet war. Etwas, was Gemmy in ihnen ausgelöst hatte, lebten sie beide immer noch weiter, jeder auf seine Art. Es würde erst mit ihrem Ende aufhören, und vielleicht selbst dann nicht. Sie würden zurückkommen, wie sie es jetzt getan hatten, von den weit auseinanderliegenden Orten, zu denen sie sich hinbewegt hatten, Seite an Seite stehen und zu der Gestalt hinaufblicken, deren Silhouette sich gegen einen lichtflutenden Himmel abhob. Noch im Gleichgewicht. Einen letzten Moment noch festgebannt durch ihren Blick, ihre feierlich ängstliche Aufmerksamkeit, in dem einen klaren Augenblick bis zu diesem letzten, wo sie untrennbar miteinander verbunden wurden und es immer bleiben würden.

Später, nachdem er fort war, saß Janet im schwindenden Licht am Fenster in ihrem Zimmer – sie dachte an sich meistens noch unter ihrem ursprünglichen Namen, und das besonders an einem Tag, wenn ihr Vetter sie besucht hatte.

Ihr Zimmer lag auf der dem Garten entgegengesetzten Seite. Ihre Bienenstöcke waren hier nicht zu sehen, waren ihr dennoch immer gegenwärtig; ihre Arbeit ging unentwegt weiter im Kopf, und sie war froh, diese andere Aussicht vor Augen zu haben, dieses Watt, das, je mehr es sich der Bucht näherte, zu Schlick wurde und später, wenn die Flut in Kräuselwellen anstieg, zu Mondlicht.

Da draußen waren die Häuser, aus denen ihre kleinen Besucher kamen: Baracken mit nur einem Zimmer auf niedrigen Pfählen hinter verfallenen Palisadenzäunen oder rostigem Draht; Höfe voll wuchernder Sonnenblumen, bedeckt mit Plunder, ausrangierten Bettgestellen, einem zusammengebrochenen Einspänner, von dem nur noch die Deichselstangen aus einer Masse von Prunkwinden herausragten, Wäscheleinen mit ausgeblichenen Kleidungsstücken und in einem Haufen voll Unkraut alte Bier- und Rizinusflaschen, verkohlte Stockenden, zerbrochene Ziegelsteine.

Hinter den Rechtecken aus Licht setzten sich ihre Kinder hin zu gekochten Kartoffeln oder Schmalzbroten, und bald schon schliefen sie, und die Seidenraupen raschelten im Dunkel der Schuhschachteln, fraßen und spannen aus ihrem Mund feinste Fäden aus klebrigem Gold; winzige Tische und Stühlchen, aus weißem Bienenwachs hergestellt, nachdem die Kinder – Alice, Kevin, Ian, Isabel, Ben – daraus die letzte Süße gelutscht und beim Modellieren ihre riesigen Fingerabdrücke hinterlassen hatten, standen mustergültig angeordnet im Dunkel der kleinen, abgeteilten Zimmer ihrer Puppenhäuser, die früher Butterbehälter gewesen waren.

Es gefiel ihr, ihren Geist so weit schweifen zu lassen und weiter dann – über das stinkende Watt hinaus zum Wasser der Bucht, das noch nicht zu sehen war, aber schon stieg.

Ihr Geist verharrte – selbst während er in die verwahrlosten Höfe glitt, in die Elendsbehausungen, in die Köpfe der schlafenden Kinder, denen vorerst verboten war, sie zu besuchen, die aber zurückkommen würden, sobald dieser ganze Unsinn vorbei war, in die Kiefer der leise spinnenden Seidenraupen – in Ruhe, träumerisch beschäftigt mit dem Leben des Bienenstocks hinter dem Rauchglas, dessen Geist sie sich jetzt annäherte, der Sprache, die jene engelähnlichen Geschöpfe gebrauchten in ihrer Welt der reinen Geometrie, der Kreise, Halbkreise, Sechsecke und Achten.

Als sie wieder aufschaut, sie hat etwas gedöst, ist das dunstige Blau draußen indigofarben geworden; die ersten Lichter sind gelöscht, wenn auch die Häuser selbst nicht aus ihren Gedanken entschwinden oder die Kinder, die in ihnen schlafen. Ein erster glänzender Streifen von Mondlicht zeigt sich auf dem Wattenmeer und markiert das unablässige Vorrücken und Zurückweichen des Ufers. All dies ist eine Art Gebet. Das Haus da drüben ist darum nicht weniger hell, weil sie sein Licht nicht mehr sieht; auch sind ihr die Kinder nicht weniger lieb, weil die sie nicht mehr besuchen; oder Willie weniger real, weil sie ihn nur durch das kennt, was sie in Lachlan gefühlt hat; und der Apfelschnitz in seinem Mund, durch ihn, in ihrem Mund; oder ihre Mutter, längst dahingegangen, wie sie auf dem Hügel im Dunkel steht, das Dunkel ihres Körpers kompakt durch den leichten Stoff, den Mondschein ihres Nachthemdes; oder ihr Vater, vornübergebeugt am Frühstückstisch, die schlaffe Haut der Hand ihrer Mutter wie ein alter Handschuh auf seinem ledrigen Nacken; oder im Dunkel jetzt auf der anderen Seite des Hauses der Gemeinschaftsgeist des Bienenstocks, verschlossen in sich, sein Geheimnis wahrend, dem sie sich im Geiste annähert und vor dem sie zurückweicht, der Augenblick, wo ihr wieder die Erleuchtung zuteil wird; und Mrs. Hutchence, die sie dazu geführt hat; und immer Gemmy in diesem einen festgehaltenen Augenblick, der nun schon Jahre dauert, wie sie ihn sah, ein einziges Mal und für allezeit, da oben auf dem blanken Querholz, ohne je herunterzufallen, während Flash in deutlicher Hundesprache mit seinem Jaulen die Luft zerreißt und Gemmy die Arme ausbreitet, ohne daß sie ihn je emporheben werden; wie er nun aus dem Gleichgewicht gerät, angezogen von der Kraft ihrer Blicke, ihnen ganz unbewußt, ihrem Verlangen, ihn in ihr Leben einzuschließen – Liebe, wieder die Liebe –, dann verliert er das Gleichgewicht, fällt aber noch nicht. All diese, Herr, all diese. Laß keinen im Dunkel bleiben oder vergessen werden, nicht in dieser Nacht, in diesem Winkel der Welt oder woanders, nicht zu dieser Stunde mitten im Krieg …

Draußen jenseits des Watts vibriert der Streifen Licht und breitet sich aus. Das Meer, sichtbar jetzt, schlägt Wellen, rückt rasch vor. Immer stärker anschwellend, nähert es sich uns.

Wie wir uns dem Gebet nähern. Wie wir uns der Erkenntnis nähern. Wie wir uns einander nähern.

Das Meer leuchtet in seiner Fülle, bis die Flut am höchsten ist und das Licht fast, aber nur fast unerträglich, während der Mond an unserer Welt zerrt und alles Wasser der Erde sich zu ihm drängt, und das Licht bricht nun schnell herein und erreicht den Saum der Küste, genau so weit, wie es der Natur der Dinge entspricht, und die Schlickränder der Bucht beleben sich, und in einer Linie aus rennendem Feuer erscheint der große Kontinent in seinen Konturen, verbunden jetzt mit seinem anderen Leben.

DIE WORTE, die Gemmy im ersten Kapitel am Zaun ruft (der Ursprung dieser Geschichte), wurden tatsächlich zu etwa jener Zeit und ungefähr an jenem Ort, allerdings unter anderen Umständen, von Gemmy Morril oder Morrell gesprochen, dessen Vornamen ich auch verwendet habe; ansonsten beruht dieser Roman nicht auf Fakten. F. T. Gregory schrieb einen kurzen Bericht über Morrils Leben; ich habe ihm die drei Beschreibungen der lokalen Flora entnommen und sie an den Anfang des vierzehnten Kapitels gesetzt. Die Briefe von Herbert aus *Robert Herbert: Premier* von Bruce Knox haben mir Einzelheiten für das achtzehnte Kapitel geliefert.

Mein Dank gilt Joy Lewis, Brett Johnson und Christopher Edwards, der das Manuskript getippt hat und mir als dessen erster Leser viele wertvolle Anregungen gegeben hat, ebenso Professor Alan Sanderson an der Universität von Neuengland und meinen Lektoren Jonathan Burnham und Carmen Callil bei Chatto & Windus.

Die deutsche Fassung des Gedichts von John Clare stammt von Wolfgang Kaussen (Anm. d. Übers.).